嫌われ魔術師様の敏腕婚活係

Characters
ヘルムート・マクシリティ
マクシリティ侯爵の庶子。
宮廷魔術師団長。
当代一の魔力量を誇る天才魔術師。
魔法騎士として戦うこともあるため、
剣の腕も立つ。
温かい家庭に憧れて婚活に
励んでいるが連敗中。
ライラ・ベルチェリ
ベルチェリ伯爵家令嬢。
幼なじみの宮廷魔術師団長、
ヘルムートの婚活を手伝うことになる。
実家の商会経営に携わっており、
コミュ力が高い。

クラウス・サムエリ
サムエリ公爵家次期当主。
ヴィオラの兄。
過去の国境紛争で
大怪我を負って以降、
滅多に人前に姿を現さない。
リオン・ベルチェリ
ベルチェリ伯爵家令息。
ライラの弟。神々しい美形。
温和な性格で、
いつも微笑んでいる。
ヴィオラ・サムエリ
サムエリ公爵令嬢。
曾祖母に王族の姫君を
いただく高貴な身分だが、
リオンの大ファンで親衛隊に
所属している。
ヨナス・
ランベール
王宮直属騎士団次期団長。
ヘルムートの数少ない
友人の一人。
戦闘好き。

Contents

プロローグ　～根暗な宮廷魔術師団長～

「みんな、みんな滅びてしまえばよいのだ……」

ウウウ、と呻きながら、宮廷魔術師団長であるヘルムート様が先ほど届いたばかりの手紙をぐしゃりと握りつぶした。

ぼさぼさの長い黒髪の間から、寝不足で血走った琥珀色の瞳が覗く。血色の悪い顔色と相まって、まるで幽鬼のようだ。こんなんだから、ヘルムート様宛の書類を誰も届けたがらないんだろうな、とわたしは思った。

本来なら、一介の事務官であるわたしが、いかに秘密保持魔法がかけられているとはいえ、軍事機密書類をホイホイ預かれるはずはないのだ。

だが、ヘルムート様宛の書類は、何故かいつもわたしに回ってくる。

文句を言うと、「だってヘルムート様だよ～、やだよ～頼むよライラ～」と拝まれるのだ。

魔術師は自他ともに認める変人ぞろいだが、その中でもヘルムート様の奇行は飛びぬけている。

史上最年少で宮廷魔術師団長に任命されたヘルムート様は、まごうことなき天才なのだが、才能と引き換えに常識を失ってしまった類いの人間だ。非常識さでは他の追随を許さない塔の魔術師たちでさえ、関わりを避けている節がある。

「呪ってやる。祟ってやる。この裏切り者、卑怯者めぇええええッ！」

怨念のこもった咆哮とともに、ヘルムート様が握りつぶした手紙に、ボッと火が付いた。

さすがヘルムート様。詠唱なしで発火とか、魔力が有り余ってるんだろうなあ。

わたしも一応、魔術師団に所属してはいるものの、ヘルムート様の魔力とは比べるべくもない。

まあ、そもそもわたしは事務官だけど。

「あの、ヘルムート様。ニブル領の魔獣討伐行程表と兵站計画書も机に置いておきますので、燃やさないでくださいね」

わたしは心配して言った。ヘルムート様は机に突っ伏したまま、握りつぶした手紙を完全に灰にしてしまっている。まだまだ燃やし足りない！　とか叫びだして部屋の中のものを見境なく燃やされては困るのだ。

「そのお手紙、ランベール伯爵家のヨナス様からですよね？」

わたしの言葉に、ヘルムート様の肩がぴくりと動いた。

「……なぜ知っている」

「いやだって、宮廷中で噂になってますよ。おめでたい話じゃないですか。ヨナス様が長年の片思いが報われてついにめでたく婚約「うあああああああ！」

わたしの言葉をさえぎってヘルムート様が奇声をあげた。

「その呪われた単語を口にするなッ！」

呪われ……、いや、婚約って単語のどこが。

「まさか、まさかヨナスに先を越されるとは……」

うおおおお、と髪をかきむしり、苦悩するヘルムート様にわたしは呆れて言った。

「なんでそんな風に思われたんです？　ヨナス様、子どもからお年寄りにまで大人気ですよ。先の魔獣討伐でも活躍されてましたし」

ヨナス様は国境紛争で名をあげた騎士だ。武の名門ランベール伯爵家の出身であり、その勇猛さや誠実な人柄は王都中に知れ渡っている。

しかし、

「あいつが人気なのは老人と子どもにだけだっ！」

がばっと顔を上げ、ヘルムート様が吠えるように言った。

「給与や褒賞のほとんどを教会や孤児院に寄付する聖人だからなヤツは！　そりゃあ人気も出るだろうよ、老人と子ども限定で！　だが適齢期の女性には人気がない！　何故ならば女性は、給与のほとんどを寄付してしまうような聖人を、尊敬はしても伴侶には選ばんからだ！」

……たしかに。ひどい言われようだけど当たってる。

宮廷でも、ヨナス様の善行はたびたび話題になるし、素晴らしいお方よね、という評価は揺らぐことがないのだけど、じゃあヨナス様と結婚したいかと問われたら、それはまた別の話になる。

「その点、私はヨナスのような善行など一切しない！」

ヘルムート様が胸を張って言った。

いやそれ、胸張って言うことでは……。

「私はもらった金はぜんぶ貯め込んでいるぞ！　王都の一等地に城だって建てられる！　なのに何故だ！」

なぜ私は結婚できない⁉　と血走った目で問われ、わたしはつい、本当のことを言ってしまった。

「やっぱり性格……」

ぅあああああ！　とヘルムート様の絶叫が魔術師の塔に響き渡った。

あーもう、困った。

行程表と計画書の承認をもらわなきゃならないのに、この分だと午前中は無理っぽいなあ……。

わたしは荒ぶるヘルムート様を見ながら、そっとため息をついたのだった。

ヘルムート様はマクシリティ侯爵家の次男であり、わたしの幼なじみだ。

マクシリティ侯爵家に引き取られるまで、ヘルムート様は平民街に住んでいた。正確に言うならば、王都一の規模を誇る娼館に。

売れっ妓の息子として生まれたヘルムート様は、王都の学院に上がる年齢になるまで、娼館で育てられた。出産時に母親が亡くなったため、娼館は父親とおぼしきマクシリティ侯爵家のご子息にヘルムート様の保護を求めたのだが、当時マクシリティ侯爵家当主であったヘルムート様の祖父が、娼婦の生んだ子どもを引き取ることを頑として拒んだのだ。

しかしその後、魔力が発現したヘルムート様は教会の鑑定を受け、当代一と言われるほどの魔力を保有していることが認められた。それにより、ようやくヘルムート様は侯爵家に引き取られることになったのだ。

恐らくヘルムート様の祖父は、魔力を持たない平民女性が侯爵家の血を継ぐ子どもを産むことなど不可能と思っていたのだろう。実際、ヘルムート様のお母様は出産時に亡くなってしまったわけだし。

魔力耐性の問題から、ヘルムート様の祖父の考えも、あながち間違いとは言えない。

基本的に魔力を持たない平民は、魔力を持つ貴族の子どもを産むことはできないのだ。魔力を多く保有する貴族は、体質的に魔力耐性が高いため、魔力のある子どもを妊娠しても問題なく出産できる。だが、もともと魔力保有量の少ない、もしくはまったく魔力を持たない平民は、魔力耐性が低いため、貴族の子どもを妊娠しても、出産に母体が耐えられないのだ。

しかし、それにしてもひどい話だ。ヘルムート様がお生まれになった時点で家に迎え入れるのが貴族として取るべき対応だが、マクシリティ家は教会から圧力をかけられるまで、ヘルムート様を引き取るのを拒否し続けたのだ。恐らくはヘルムート様の祖父の意向を受けてのことだろうが、すでに侯爵家当主となっていたヘルムート様のお父様まで、唯々諾々とそれに従っていたのだから。

学院に入学させてくれただけ自分は恵まれている、とヘルムート様本人はあまり気にした様子を見せないけれど、本来なら許されることではない。

そんな生い立ちのヘルムート様とわたしがなぜ幼なじみなのかというと、ヘルムート様の育った娼館の近くに、わたしの一族が経営するベルチェリ商会の事務所があったからだ。

わたしと弟のリオンは、よく父に連れられて事務所を訪れたが、子どもに商売の話など退屈なだけだ。わたしと弟は父の商談が終わるまで、周辺の歓楽街をぶらついて過ごした。護衛付きだったし、歓楽街とはいえ昼間の治安はそこそこ良かったので、子どもだけでぶらぶらしていても、特に危険な目に遭うようなこともなかった。

そこで、わたしと弟はヘルムート様——当時は様付けなどせず、ヘルムートと呼び捨てにしていた——と出会ったのだ。

いや、出会ったというより、こちらが一方的にヘルムート様を見ていたといったほうが正しい。

その時ヘルムート様は、歓楽街を南北に縦断する大通りを一人で歩いていた。大通りは貴族街の端から歓楽街を抜け、教会や役所、警備隊の詰め所などのある官庁街まで続いているので、たぶんその時のヘルムート様は、娼館から教会へ向かう途中だったのだろう。ヘルムート様は昔から向学心にあふれていたが、娼館ではろくに読み書きも教えてもらえなかったらしく、王都の孤児たちと一緒に教会で学ぶことが、唯一の学習機会だったようだ。

ヘルムート様以外にも大通りを歩く子どもはいたが、家族が側にいるか、わたしとリオンのように護衛付きかで、ヘルムート様のように子ども一人で歓楽街をふらふらしている姿は珍しかった。

今にして思えば、娼館もヘルムート様の存在を持て余していたのだろう。娼館はマクシリティ侯爵家にヘルムート様を引き渡し、金を搾り取ろうとしたのに、侯爵家はその血縁関係すら認めようとはしなかったのだ。かといって、ヘルムート様を男娼として仕込むこともできない。ヘルムート様の魔力が発現すれば男娼として扱うわけにはいかず、かけた手間は無駄になってしまうからだ。

周囲へ与える影響から、魔力が発現した人間は、必ず国に登録を求められ、行動も制限される。この制度はある意味、魔力耐性値の低い人間を守るためのものなのだが、そのせいで娼館側には、ヘルムート様を育てるという選択肢が端からなかった。そうした事情から、虐待とまではいかないが、ヘルムート様は娼館で、ほぼ放置に近い扱いを受けていたようだ。

そのせいで子どもの頃のヘルムート様は、いつも一人だった。

わたしと弟のリオンは、一人でいるヘルムート様に目を引かれ、声をかけた。

父は恐らく、ヘルムート様の事情を承知していたのだろう。わたしとリオンがヘルムート様と親しく言葉を交わすようになっても、それを止めることはしなかった。さすがに、父がその時すでにヘルムート様の才能を見抜いていたとは思わないが、なにがしかの価値は認めていたのかもしれない。

それにヘルムート様は、とても可愛かった。売れっ妓の息子だけあり、たいそう整った見目をしていた。初めて見た時は、まるでお人形のようだと思ったものだ。

その容姿も相まって、ヘルムート様はとても目立っていたが、本人はそうした事実にまるで無頓着だった。というか、自分が周囲の注目を集めていることに気づいてもいないようだった。そういうところ、ヘルムート様は昔からヘルムート様だなあと思う。

「ライラは魔法が使えるか？　貴族だから使えるよな？　魔法というのは面白いものだな！　見てくれ、ちょっと考えてみたんだが……」

何度か言葉を交わし、顔見知りになった頃、ヘルムート様は興奮した様子でわたしに話しかけてきた。

ちょうどその頃、微弱ながら魔力の発現があったらしく、ヘルムート様はすっかりその不思議の虜となっていた。

「ヘルムート、魔力があるの？　じゃあヘルムートも貴族なんじゃない？」

通常、平民は魔力を持たない。稀に魔力を持つ平民もいるが、それは母体が奇跡的に出産まで持ちこたえた、貴族の落《お》とし胤《だね》であることがほとんどだ。魔力が発現したというのなら、教会の鑑定で魔力量の多さやその属性を測り、父親を特定することができる。

だがわたしの言葉に、ヘルムート様は唇を引き結んだ。

「……それはどうかな。侯爵家の人間が何度かここに来たが、俺みたいな娼婦の息子が侯爵家の血を引いてるわけがない、って面と向かって言われたからな」

ヘルムート様は一瞬、暗い目つきになったが、すぐ頭を振って言った。

「そんなことより、なあ、これどう思う？　俺の魔力量じゃ足りなくて、発動できないんだ。ライラならどうだ？　できないか？」

そう言うと、ヘルムート様は時折考え込み、唸りながら、一生懸命、空中に術式を描きはじめた。魔力が足りなくてところどころ黒ずんでいたが、それは明らかに炎の魔法の一種だった。

「え、ヘルムート、すごい！　術式が描けるなんて！　誰かに教えてもらったの？」

褒められて嬉しかったのか、ヘルムート様は赤くなってわたしから視線を逸らした。

「ん、んん……、いや、ずっと前だが、娼館《うち》の客に魔法を使えるやつがいたんだ。そいつが一度、酔っぱらって魔法を使うところを見た。そいつは、こんな感じに魔力を使って式を描いてたんだ」

驚いたことに、ヘルムート様は一度魔法を見ただけで、そこから独自に術式を編み出していたのだ。それは基本を無視しているうえ、だいぶ非効率的な式ではあったが、何の知識もなく術式を編むこと自体、驚異的な才能だ。

王国屈指の実力を誇る塔の魔術師でさえ、新しい術式を編むことは難しい。それを、魔術はおろか基礎教育すらろくに受けたことのない、まだ子どものヘルムート様がやってのけたのだ。

「……ヘルムート、魔術師になったら？」

ヘルムート様の才に驚いたわたしは、思わず口走っていた。

「魔術師？」

「そう。魔法を使って悪いやつを倒して、みんなを守る人。ほら、あの塔」

わたしは王宮を指さした。王宮の端っこに、天を衝《つ》くような鋭い塔がある。この国の者なら、誰でも知っている魔術師の塔だ。

「あそこに、魔術師がいっぱいいいるよ！　みんな、すごい魔法が使えるんだって！」

「すごい魔法……」

ヘルムート様の目が輝いた。

「わたしの魔力属性は風と治癒だけで、炎はないから、この術式が使えるかどうかはわかんない。今度、術式の基本規格書を持ってくるね」

「ほんとか⁉」

「うん、その代わり、わたしのドレス着てくれる？」

わたしの持ち出した交換条件に、ヘルムート様は顔を引きつらせた。

「おまえ、まだあきらめてなかったのか……」

「だって絶対似合うよ！」

わたしは、男だろうが女だろうが、似合うならドレスを着たっていいじゃない、と思っていた。

これはわたしの元々の性癖もあるが、貴族としては少し風変わりなベルチェリ家の教育方針が、わたしの考え方に影響を与えた部分も大きいと思う。

父は、わたしやリオンが幼い頃から、身分や人種、性別などにとらわれ、その本質を見誤ることのないよう、徹底した教育を施してくれた。それは商人としての心構えだったのだろうが、そのおかげでわたしは、ヘルムート様と親しくするのを咎められたことは一度もなかった。

そして何より、ヘルムート様は本当に可愛かった。可愛いもの、美しいものをさらに磨き上げ、最高の仕上がりを愛でたい。子どもの頃、わたしはそんな風に考えていた。

「俺は男だぞ。なんでドレスなんか」

「そーいうの、固定かんねんって言うんだよ！　女だからとか、男だからとか、そーいうのは商売のさまたげでしかないから、頭から捨てなさいって父上が言ってた！　それにほら、リオンだってドレス着てるじゃない！」

わたしは、娼館に面した大通りで、道行く人からお菓子を大量にもらっているリオンを指さした。まだ三つのリオンは、わたしの昔のドレスを着て、みんなに可愛い可愛いと褒められて、にこにこしている。後ろに立っている護衛も、心なしか自慢げだ。

「…………」

「妙なこだわりは捨てて、ドレスを着ようよ！　きっと楽しいよ！」

「こだわりとか、そういうんじゃない！」

わたしは何とかヘルムート様にドレスを着てもらおうと、粘り強く交渉を重ねた。術式の基本規格書という賄賂が効いたのか、結果として一度だけ、ヘルムート様はわたしのドレスを着てくれた。

仏頂面で、「不本意！」と全身で叫んでいるような態度ではあったが、それでもとても可愛らしかった。

「ヘルムートは可愛いから、将来モテモテになるよ！」

「そ……、そうかな」

「きっと、王子様がいっぱい来て、ヘルムートに結婚してくださいって言うよ！」

「なんで王子限定!?」

「いいじゃない、ヘルムート結婚したいんでしょ？」

この頃からヘルムート様は「大きくなったら結婚して、幸せな家庭を築くんだ！」と事あるごとに宣言していた。

わたしからすれば結婚など、家のためにしなければならない義務くらいの感覚だったから、ヘルムート様の結婚にかける情熱は理解しがたいものだった。

「でも、なんでヘルムートは結婚したいの？」

「……結婚すれば家族ができる」

「かぞく……」

父も母も弟も、当たり前のようにわたしの側にいる。子どもだったわたしには、ヘルムート様の気持ちが理解できなかった。

「ライラにはわからないだろうな」

だが、寂しそうなヘルムート様の表情に、わたしは不躾な質問をしたことを、子どもながら悔やんだ。

「……ごめんね、ヘルムート。わたしのほうこそ、固定かんねんにとらわれてたね。気をつける」

「いや、おまえさっき、そういうのいろいろ飛びこえた発言してたから。これ以上、固定かんねんとかそういうの、飛びこえようとしなくていいから」

そんなやり取りも今は遠い昔。

まさかあの可愛らしいヘルムートが、幽鬼のような有様になり果て、結婚できない現状を呪う日がやって来ようとは。

「ヨナスめ……、呪ってやる……」

血走った目でブツブツつぶやくヘルムート様に、わたしは肩をすくめた。

ヨナス様とヘルムート様は同い年だし、戦場で何度も一緒に戦った仲だというのに、恨み妬みがハンパない。

「もー、ヘルムート様、せっかくヨナス様が送ってくださった招待状を燃やしちゃうなんて。……これ、婚約を祝う夜会の招待状ですよね？　これに出席なさらないと、ヨナス様から結婚式の招待状をいただけないかもしれませんよ」

「結婚式の招待状なんて、来たって出席しないからいい！」

結婚できない人間に結婚式の招待状を送るなど、万死に値する行為！　と主張するヘルムート様に、わたしは辛抱強く説明した。

「ヘルムート様、ご存じですか？　結婚式って男女の出会いの場でもあるんですよ」

「……そ……、え？」

「考えてもみてください。招待状が送られる相手って、両家の知り合いや友達、お付き合いのある方々ですよね。つまり、だいたいが素性のちゃんとした方々です。そして出席者は、男女ともに、結婚適齢期の独身者がとても多いんです」

ヘルムート様が、黙って灰になった招待状を見つめた。

「ヘルムート様が結婚なさりたいなら、結婚式はこれ以上ないチャンスですのに、それを潰すような真似をなさるなんて」

「大丈夫だ中身は覚えている！」

ヘルムート様が食い気味に答えた。しかし、すぐにしゅんと肩を落として言った。

「たしかに結婚式は、出会いの場かもしれぬが……、私にとっては無意味だ。私は、これまで何度も同僚の結婚式に出席してきたが、何の出会いもなかった。今回も、どうせ同じだ……」

後ろ向きだなあ、という言葉をわたしは飲み込んだ。

ヘルムート様、自分でも言ってるように、お金はうなるほど持っているし、宮廷魔術師団長という地位もある。次男だから侯爵家は継げないが、やりようによっては三日で婚約者くらい見つけられると思うんだけど……、うーん……。

「なんだライラ。何か言いたげだな？」

ヘルムート様が片眉を上げ、わたしを見た。

「うーん、いや、ヘルムート様、招待状をいただけるとして、ヨナス様の結婚式には、どういう格好で出席されるのかなーと思いまして」

「魔術師団の正装で行くつもりだが？」

それがどうかしたか？　と聞くヘルムート様に、やっぱりかーとわたしは肩を落とした。

「……ヘルムート様、ひょっとして今まで出席された結婚式とか、ぜんぶ魔術師団の正装で行ってました？」

「そうだが。……何か問題でもあったか？」

ヘルムート様が少し不安そうな表情になった。

こういう表情をすると、ちょっと昔の面影が見えて可愛らしい。

しかし、ここはきちんと真実を伝えねば。

「ヘルムート様、魔術師団の正装って、全身黒一色ですよね」

「ああ、魔術師を象徴する色だしな」

汚れも目立たないからいいぞ、と嬉しそうなヘルムート様に、わたしは重々しく告げた。

「魔術師団の正装って、色も問題ですけど、作りもマズいんですよ」

「何が」

ヘルムート様、まったくわかってない。わたしはため息をついた。

「ヘルムート様、最近、夜会や舞踏会に出席されたことは？」

「ない」

キッパリ断言するヘルムート様に、わたしは顔をしかめた。

「なんでですか。ヘルムート様、腐っても宮廷魔術師団長なんだから、夜会の招待状なんていくらでも来るのでは？」

腐ってもってなんだ、と文句をつけつつ、ヘルムート様はもごもごと口ごもった。

「……私は、その……、社交は苦手なんだ」

うつむくヘルムート様に、そんなんでよく婚活しようと思ったな、とわたしは少し呆れてしまった。

貴族の婚活なんて、社交と同義ではないのか。

しかしヘルムート様は、

「だってあいつら、怖いじゃないか……」

うつむいたまま小さく言った。

「あいつら、私を見てクスクス笑うし……。ダンスを申し込んでも断るし、聞こえよがしに悪口言うし……」

「……あいつらって、貴族令嬢のことですか？　ていうかヘルムート様、その貴族令嬢と結婚なさりたいんですよね？」

わたしは呆れた表情を隠すこともできなくなっていた。

あなた、一人で魔獣の集団をビシバシ倒しまくってる宮廷魔術師団長ですよね？　歴代最年少で魔術師としてトップの地位に上り詰めた、天才の誉れも高い御方ですよね？　それなのに、貴族令嬢に笑われるのが怖くて婚活できないって。冗談だと思いたい。

「貴族が駄目なら平民……、というわけにもいきませんしねえ」

「当たり前だ。罪もない平民を殺せるか」

ヘルムート様がぶすっとして言った。殺すというのは物騒だけど、あながち間違ってはいない。

ヘルムート様は魔力量が多すぎて、魔力量の少ない平民と長期間一緒にいると、相手の体に悪影響を与えてしまうのだ。もし平民の女性がヘルムート様の子どもを妊娠したとしても、出産までに母親か子どものどちらかが死んでしまうだろう。

「ヘルムート様、貴族令嬢だってヘルムート様と同じ人間です。きちんと礼儀を尽くして会話を交わせば……」

「ライラにはわからないんだ！」

わたしの言葉をさえぎり、ヘルムート様が泣きそうな表情で叫んだ。

「ライラは社交が得意だろう！　初対面の相手とでもすぐ打ち解けて仲良くなってるが、私にとってあれは神業だ！　あんなの私には無理だ！　無理なんだ！」

そうだ私に結婚なんて無理なんだぁああ！　と絶叫するヘルムート様を、わたしはつくづくと眺めた。

うーん。これは、思った以上にこじらせている。

確かにこの状態だと、結婚までたどり着くのはなかなか難しいかもしれないなあ、とわたしは思ったのだった。

「ヘルムート様、落ち着いてください」

うぉおおおお！　と荒ぶるヘルムート様に、わたしはぴっと人差し指を立てて言った。

「ヘルムート様の婚活について、わたしから提案があるのですが、聞いていただけますか」

「……提案？」

ヘルムート様が、ぐりん、と首を曲げてわたしを見た。悪霊に憑依された人間みたいで、ちょっと怖いんですけど。

「なんの提案だ。おまえの社交術を駆使して、私を結婚させてくれるとでも言うのか？」

ふん、と拗ねたように鼻を鳴らすヘルムート様に、わたしは辛抱づよく言った。

「ええ、そうですよ。……ヘルムート様、わたしの言う通りになさってくだされば、今から三か月後、ヘルムート様は婚約されているはずです」

「……え？」

「わたしの言う通りになさってくれれば、ですよ。そうすれば、ヘルムート様は結婚できます」

「冗談……「じゃないです」

わたしはヘルムート様の目をじっと見つめた。

「ヘルムート様は、ご自分の武器も弱点もご存じではない。だから婚活という戦場において、百戦百敗という惨状にあるのです」

「……百回も断られてない……」

抗議するようにヘルムート様がつぶやいたが、無視。

「いいですか、ヘルムート様」

わたしはちっちっと指を振りながら言った。

「貴族の……、いいえ、平民であっても同じことです。婚活とは、己の市場価値を知り、それを高め、より高い値をつけてくれる相手に売りつけること。つまり、商売と同じです」

「商売……」

乱暴な言い方だが、単に結婚するだけなら真実の愛など必要ない。もちろん愛ある結婚が理想だが、なくともどうにかなる。愛は結婚後、ゆっくり育めばよいのだ。

「ヘルムート様、わたしはベルチェリ家の長女として、様々な商品を売り込む手管を父から叩き込まれました。どんなに市場価値が低く、誰も欲しがらないと思われるガラクタであっても、ベルチェリ商会の手にかかれば、それは黄金と同じ価値を持つ宝に生まれ変わるのです」

「それって詐欺……」

「いいえ!」

わたしはキッとヘルムート様を睨みつけた。

「何をおっしゃいますか、ヘルムート様！　ベルチェリ商会は、顧客満足度が大変高いことで有名なんですよ！　要は、何を人は欲しがるのか、どうすれば欲しがるようにできるのか、これを知ることが肝要なのです！　よいですか、ヘルムート様！」

わたしはビシッとヘルムート様に指を突き付けた。一介の事務官のわたしが魔術師団長に不敬極まりない態度だが、今のヘルムート様は完全にわたしの気迫に飲まれ、そんなこと気にもかけていない様子だ。

「ヘルムート様、率直にお答えください。……なぜ今まで、ご自分が結婚できなかったと思われますか？」

「よくそんな残酷なこと聞けるな！」

ヘルムート様はわたしを睨み、泣きそうな顔で叫んだ。

「わっ、私が結婚できないのは……、で、できないのは……、ウ、ウウ……、みんなみんな滅びてしまえばいいんだぁああああ！」

「落ち着いてくださいヘルムート様」

発作のように荒ぶりはじめたヘルムート様の背中を、わたしはバンバンと遠慮なく叩いた。

「こんなんでいちいち傷ついてたら、とても結婚なんてできませんよ」

「いた、痛い、もう叩くな！　おまえ力強くないかライラ！」

涙目でわたしを見るヘルムート様に、わたしはため息をついた。

「商会関係者には危険が付いて回ります。ましてわたしはベルチェリ商会トップの長女なんですよ。護身術の一つや二つ、使えないようでは困りますから」

「おまえ伯爵令嬢なのに、護身術つかえるのか……」

驚愕の眼差しを向けるヘルムート様に、わたしは淡々と告げた。

「わたしのことはいいんです。問題はヘルムート様ですよ。……ヘルムート様は次男ですから侯爵家は継げませんが、宮廷魔術師団長という地位をお持ちです。それを狙って婚姻のお話もあったかと思いますが、ヘルムート様、それぜんぶ断ってますよね？　なんでですか？」

ヘルムート様は有名人だし、わたしの所属する魔術師の塔の頂点に立つ方だ。その噂は聞きたくなくとも耳に入ってくる。そしてヘルムート様は、宮廷魔術師団長に就任した直後、降るように持ち込まれた数々の縁談を、相手に会いもせずに断っていると評判だった。正直、そのせいでヘルムート様に回ってくる縁談が皆無になったといっていい。

何故そんな愚行を犯したのか、そこら辺をまず、把握しなければ。

「……私が結婚したいのは、家庭を持ちたいからなんだ……」

蚊の鳴くような声でヘルムート様が答えた。

まあ、そりゃそうだとわたしは思った。

家を継ぐ必要のない次男以下が婚活するって、出世の足がかりのためか家庭を持つためだろう。既に宮廷魔術師団長という魔術師としてトップの地位に上り詰めたヘルムート様が、これ以上の出世を望むとも思えないし。

「……私は家庭を持ちたいのであって、名ばかりの結びつきを求めているのではないのだ……」

悲しそうに言うヘルムート様。

「そう言えばヘルムート様、子どもの頃から結婚願望強かったですもんね。大きくなったら幸せな家庭を築くんだ！　っていつも言ってましたねえ」

子どもの頃、商談を終えた父は馬車に乗らず、事務所に面した通りを歩いてわたしとリオンを迎えに来てくれた。それをヘルムート様は、いつもじっと見つめていた。大きくなってから思い返すと、それはとても羨ましそうな、寂しそうな表情だった。

生い立ちから言っても、ヘルムート様が温かな家庭に憧れを持つ気持ちはよくわかる。

「……だが、私にまわってくる縁談は、いつもいつも『夫婦が顔を合わせる機会は年三回まで』とか、『互いに干渉せず、それぞれの恋人については不問とする』とか、そんなのばっかり条件についてくるんだ……」

「……………」

まあそういう婚姻も、貴族間ならよくある話なんだけど。

だけど、そうか、それは確かに、温かい家庭を夢見るヘルムート様には、受け入れがたい話だろうなあ。

「わかりました」

わたしは重々しく頷いた。

「ヘルムート様、確認させていただきます。……ヘルムート様は、心から想いあう相手と結ばれ、温かく笑いの絶えない幸せな家庭を築きたい。……それで間違いないですね？」

「間違いない！　……が、無理だろそんなの」

いじけるヘルムート様に、わたしは力強く言った。

「いいえ、ベルチェリ商会に不可能はございません！　わたしの言う通りにしてくだされば、先ほど申し上げました通り、必ず三か月以内にヘルムート様は婚約されていますよ！」

「……いったい何が条件だ？」

ヘルムート様は探るような目でわたしを見た。

「いやですわヘルムート様、幼なじみの幸せのためにお力添えをすると申し上げておりますのに」

「それだけではなかろう」

ヘルムート様は仏頂面で言った。

「おまえが入団してからというもの、魔術師団からベルチェリ商会への注文度合いは、飛躍的に増えている。今や我が魔術師団が購入する物品の半分は、ベルチェリ商会を経由したものだ」

「ご注文いただいた品すべてにおいて、非常に高いご満足をいただいているものと自負しております」

「……これ以上、何が望みだ。魔術師団を乗っ取りたいのか？　それとも宮廷を？」

「何ということをおっしゃるのです」

ヘルムート様の言葉に、わたしは目を吊り上げた。

「いくら何でもそれは言いすぎですわ。商いは、商売相手あってこそです。商売相手を乗っ取って、それで何かベルチェリ商会に利するところがありますか？　太く長いお付き合い、それこそがベルチェリ商会の望むものです。商売相手の安定した経済状況、ひいてはお幸せな環境こそ、ベルチェリ商会を更なる発展へと導くのです。敵対や乗っ取りなど、求めておりません」

ベルチェリ商会は平和主義なのだ。金儲けできれば何でもいいという、死の商人と一緒にしないでいただきたい。

ふんっと鼻息荒くわたしがそう訴えると、懐疑的な表情ながら、ヘルムート様はそれ以上の追及はやめてくれた。

「……まあいいだろう。おまえの目的はわからんが、確かにベルチェリ商会はこれまで商売相手と問題を起こしたことはないからな」

「おわかりいただけましたか」

「いや。……私が結婚できたとして、それがどうしてベルチェリ商会の利益につながるのか、さっぱりわからん」

わたしはヘルムート様に噛んで含めるように言った。

「ヘルムート様、貴族同士の結婚にどれほどお金が動くか、ご存じないのですか。ましてやヘルムート様は、宮廷魔術師団長にしてマクシリティ侯爵家ご次男という尊いご身分。さらにはご自身でもおっしゃっていた通り、ヘルムート様は貴族の中でもかなりの財力を誇っておられます。……そのようなお方のご結婚を取り仕切らせていただいたとなれば、どれほどの利益がベルチェリ商会にもたらされるか、おわかりになりますでしょう」

「ふむ……」

ヘルムート様は顎に指をあて、考え込んだ。

「私の結婚にまつわる用意すべてを、ベルチェリ商会に一任すればよいのか？　そうすれば、私の願いを叶えると」

「ご理解いただきまして幸いにございます」

深々と頭を下げると、わかった、とヘルムート様の声が聞こえた。

「いいだろう、私の結婚に必要なものは、すべてベルチェリ商会に一任する。……その代わり」

「ええ、お任せください。必ずやヘルムート様のお望みを叶えて差し上げます。三か月、それだけいただければ、ヘルムート様は愛しい婚約者様をその手にお抱きになっていらっしゃいますわ」

「三か月……」

本当か、と小さくヘルムート様がつぶやいた。

わたしは少し笑って言った。

「ヘルムート様は、ご自分をおわかりではないんですわ」

ヘルムート様は魔術の天才だが、ちょっと世情に疎すぎるうえ、自分を客観視できていない。

「話し方や見た目、振る舞いを少し変えるだけで、ヘルムート様、きっとモテモテになりますよ！」

なんと言っても顔はいいですしね！　とあえて砕けた口調で言うと、ヘルムート様は毒気を抜かれたような、脱力したような表情でわたしを見た。

「……昔、同じようなことを言っていたな。私が、か……、可愛いから、将来モテるだろう、と」

「ヘルムート様、覚えていらしたんですか」

少し赤くなってうつむくヘルムート様に、わたしは微笑みかけた。

「わたしは間違ったことは申しません。ヘルムート様は、きっとモテモテになりますわ！　そして想い想われたお相手と、幸せな家庭を築かれるのです！　すべてこの、ライラ・ベルチェリにお任せください！」

わかった、とヘルムート様は頷き、そして小さく「なんだか悪魔と契約したような気がするな……」とつぶやいた。

失礼な！　皆さまを支え見守る一生のお友達、というのがベルチェリ商会のモットーなんですよ！

一　ライラと塔の魔術師

「ヘルムート、今年の新人はどうだ。見どころのありそうなやつはいるか？」

魔術師団長が入団リスト片手に、難しい顔つきで私に尋ねた。

「さあ？　去年よりはマシであることを祈るしかありませんね」

肩をすくめる私に、魔術師団長が入団リストを投げて寄こした。

「来年からは、ヘルムート、おまえが塔を統べる魔術師団長になるのだ。こいつらはおまえの命令に従い、手足となって働く部下となる。祈るだけでは足りんぞ。……まあ確かに去年のアレは、例外だがな」

ため息をつく魔術師団長に、私も苦い気持ちになる。

去年の入団員は、ひどいものだった。何をとち狂ったのか、魔力量が平均以下のコネ入団が半数を占めていたのだ。

貴族が魔術師団の中に派閥を作ろうとしたためだろうと魔術師団長は言っていたが、バカバカしい。そんな理由で塔に入ったところで、ついてゆけるはずがないのに。

実際、そいつらは入団後、半年もしない内に次々と塔を去っていった。その後、一部の貴族から塔への風当たりがキツくなったが、知ったことか。派閥を作りたいなら勝手に作ればよい。ただ塔に入るなら、それに見合った実力をつけてからにするべきだ。

私は、受け取った入団リストにざっと目を走らせた。

去年で懲りたのか、今年の入団員はみな、学院の卒業試験で魔法実技、魔法理論、共にA評価以上を取っている。まあ、これは当然だな。他に何か使えそうな小技を持っているやつは……、と思ったところで、一人の名前に目が止まった。

ライラ・ベルチェリ。

「まさか」

思わずもれた言葉に、魔術師団長がリストを覗き込んだ。

「なんだ？　ああ、ベルチェリ家の娘か。恐らく商会のつなぎとして寄越したんだろうな。まあ、こいつは去年の阿呆どもとは違って魔力もあるし、実技、学科とも他の入団員と比べて遜色ない成績を修めている。問題なかろう」

「…………」

ライラが、魔術師の塔に入る。

そう思うと胸がざわめいて、言葉が出てこなかった。

ライラ・ベルチェリ。私の幼なじみ……、と言っていいのだろう。ここ何年も会ってはいないし、向こうはもう、私のことなど忘れているかもしれないが。

子どもの頃、私とライラは親しかった、……たぶん。他に友達と呼べる相手などいないからわからないが、少なくとも、私にとってライラは特別だった。

ライラは明るく優しい少女で、まだ侯爵家に引き取られる前の私にも、気さくに話しかけてくれた。私の初めて描いたつたない術式を、すごい、と大げさなくらい褒めてくれたこともある。

誰かに褒められたのは、記憶にある限り、あれが初めてだったように思う。あの日は嬉しくて眠れなかった。正直、私はあの一件で、魔術師を目指そうと思ったほどだ。

だが、成長するにつれ、私はライラと自分の間にある、埋めがたい溝に気づかされた。

ライラは私を、すごい、と褒めてくれたが、本当にすごいのはライラのほうだった。

ライラの対人スキルは、半端ない。初対面の相手であっても、あっという間に相手の懐の内に入り込み、仲良くなってしまう。

考えてみれば、私と初めて会った時もそうだった。

ライラは、まるでお姫様のような格好をした、それは可愛らしい女の子だった。実際、ライラは伯爵令嬢であったわけだが、それにもかかわらず、娼婦や私のようなはみ出し者にも警戒心を抱かせずに、親しく言葉を交わす術を心得ていた。

子どもの頃は何も思わず、素直にライラと一緒にいることを楽しんでいた。だが、侯爵家に引き取られ、しばらく経って、気がついた。

ライラの周りには、いつでも人がいる。

だが私には、誰もいない。

ライラにはたくさんの友人や知り合いがいて、みながライラと言葉を交わし、一緒にいることを望んでいる。対して私には、共に過ごすことを望んでくれる者など一人もいない。血の繋がった家族でさえ、それは同じだった。いや、もっと酷かったかもしれない。

『おまえの魔力は、たしかにマクシリティ侯爵家由来のものだ。そう教会が判定を下したから、おまえを引き取ることにした。……が、勘違いはするな。おまえはマクシリティ侯爵家の人間ではない。身の程をわきまえ、邪魔にならぬよう、大人しくしていろ』

マクシリティ侯爵家に引き取られたその日、血の繋がった祖父にかけられた、初めての言葉がそれだった。父は祖父の後ろに立っていたが、私とは目も合わせず、何の言葉もなかった。兄も同様で、私の存在などなかったことにしたいと思っているのが、ひしひしと伝わってきた。

わかっていたことだが、改めて思い知らされた。

私に家族はいない。私を望んでくれる者など、誰もいない。

ライラは、私とは正反対の存在だ。家族がいて、人気者で、誰とでも仲良くなれる。私は、他人どころか血の繋がった家族からさえ忌み嫌われるような存在だ。ライラは本心では、そんな私をどう思っているのだろう。疎ましいとまでは思わぬまでも、積極的に関わりを持ちたいとは思っていないのではないか。

ライラと自分の違いにうすうす気づきながらも、私はしばらくの間、ライラから離れる決心がつかず、未練がましく何度もベルチェリ家を訪れていた。

そもそも引きこもり気質の私が、気軽にベルチェリ家を訪問できたのは、ベルチェリ家当主ゲオルグ殿の厚意によるところが大きい。

ベルチェリ家の当主、ゲオルグ殿は、私が教会の魔力鑑定を受けた後、裏から手を回して教会側に働きかけてくれた。ゲオルグ殿の尽力により、教会はマクシリティ侯爵家に圧力をかけ、私は侯爵家に引き取られることとなった。おかげで、私は国立魔術学院に入学し、教育を受けることができたのだ。

教会関係者からその事実を教えてもらった時、私は驚くとともに怪訝に思った。いったい、なぜゲオルグ殿が私にそこまで肩入れしてくれるのか、理由がわからなかったからだ。

私が侯爵家に引き取られる前、ゲオルグ殿とは二言三言、言葉を交わすこともあったが、ただそれだけだ。君がヘルムートか、ライラやリオンと遊んでくれてありがとう、とか何とか言われ、私もただ、ああ、とか、うん、とか返事をしたにすぎない。ゲオルグ殿は商会の事務所帰りにライラとリオンを迎えに来るだけで、とくに私に興味を持った様子もなかった。それなのに、なぜ？

答えのわからぬ問題を、抱え込んで黙っているのは性に合わない。不躾だと怒られても、疑問を解消してスッキリしたい。

侯爵家に引き取られた後、私はゲオルグ殿に直接、疑問をぶつけてみた。するとゲオルグ殿は、特に怒った様子もなく、あっさり答えてくれた。

「先行投資です、ヘルムート殿。あなたはきっと将来、魔術師として大成されるでしょうからな」

つまり、私の才能を見込んで後ろ盾になってくれたということか。

だが、魔術師の塔に入れば、特定の貴族に肩入れはできなくなる。それこそ宰相レベルの王国統治権を目指しているというならまた話は変わってくるが、家格からいってベルチェリ家にそれは無理だろう。

もしくは、私がベルチェリ家お抱えの魔術師となることを期待されているのだろうか。大商人のお抱えともなれば生活は安定するだろうが、それでは研究の範囲が狭まるし、使える魔術も限られるだろう。できればお抱え魔術師の線は避けたいのだが……。

困惑する私に、ゲオルグ殿は慌てたように言った。

「いえ、ただベルチェリ家は、ヘルムート殿と良好な関係を築きたいと考えているだけですよ。ヘルムート殿が魔術師の塔に入りたいと希望されていることもわかっております。……そのほうが、いろいろと楽しみですしね。そう遠くない未来、ヘルムート殿は魔術師たちを統べるお立場になられるでしょうから」

まだ学生の身である私に、ずいぶんと過分な褒め言葉だ。が、悪い気はしない。ライラもそうだが、その父親だけあってゲオルグ殿は、他人の警戒心を解くのが得意なようだ。

「マクシリティ侯爵家では、何かと息の詰まることもあるでしょう。……よろしければいつでも我が家にいらしてください。ベルチェリ家はいつでも、ヘルムート殿を歓迎いたしますぞ」

ゲオルグ殿は、私が侯爵家に引き取られた後、どう扱われているのかも、だいたい察していたようだ。その推察通り、私は血の繋がった家族から冷遇され、苦しんでいた。家族を欲していた私にとって、マクシリティ侯爵家の仕打ちは随分と応えるものだった。

私はゲオルグ殿の言葉に甘え、たびたびベルチェリ家を訪れるようになった。ベルチェリ家は、とても居心地がよかった。私の夢見る家庭が、そのまま目の前にあるような気がしたものだ。頼もしい父、優しい母、仲の良い姉弟。……なぜ私は手に入れることができなかったのだろう。いや、それはただの運だとわかっている。だが、もしかしたら、私にも何か悪いところがあったのかもしれない。それが何かわからないから、だから私は、血の繋がった家族に愛されないのではないか？

私は、いつだって一人だった。私と一緒にいたいと望む者など、誰もいなかったからだ。

そのことに気づくと、怖くなった。

血の繋がった家族でさえ、私を疎んじているのに、私に対して何の義理もないライラが、どうしていつまでも私に好意的でいてくれるだろうか。ましてや私には、魔術以外に誇れるものなど何もない。ライラを楽しませるような貴族らしい軽妙な会話も苦手だし、無駄が嫌いなので結論を先に言って相手を怒らせることもしばしばだ。

私を見るライラの瞳に、祖父と同じ侮蔑の色が浮かぶことを想像しただけで、胸が痛くなった。

いつか失ってしまうのなら、今の内に自分から手放すほうがマシかもしれない。

私は、逃げるようにベルチェリ家から遠ざかり、代わりに魔法理論や魔道具開発にのめり込むようになっていった。

念願叶って塔の魔術師となってからは、毎日がとても気楽だった。周囲は私と同じような、魔法にしか興味がない者ばかりだから、気を遣う必要もない。魔術師団長にも目をかけてもらい、次期団長に、と推薦を受けるまでになった。

魔術師として確固たる地位を築いた私は、もう祖父や父、兄などへ愛情を求めることをあきらめていた。血筋にこだわる輩は、どれだけ努力しようとけっして私を認めようとはしないだろう。こだわるだけ時間の無駄だ。それより魔法の研究をしているほうが、よっぽど有意義だし楽しい。

そう自分に言い聞かせ、私は胸の痛みに気づかぬふりをした。

そんな毎日の中、私は時折、娼館にいた頃のことを思い出すことがあった。

あの頃の私は、ライラとリオンの来訪を、何よりも楽しみにしていた。父親に連れられて帰っていく二人を見送るたびに、どうしようもない寂しさを感じ、いつか自分も幸せな家庭を持ちたい、と強く願ったものだ。

そして今、夢だった魔術師にはなれたが、いまだ私は一人だ。

……ライラの目に、今の私はどう映るだろうか。

今さら別に、ライラにどう思われようとかまわない。そう思うものの、なんとなく私はソワソワと落ち着かぬ気持ちだった。

ライラに好かれようが嫌われようが、どうでもいい。……どうでもいい、けど、ベルチェリ家には恩があるし、ライラは私の部下となるのだし、一応、気にかけてやるべきではないだろうか。

だって、どう考えてもライラは塔の中で浮いてしまうだろう。ライラはなんかキラキラしていて、どこにいてもすごく目立つ。ライラの弟のリオン、あれも人間離れした容姿で目立っているが、それとはまた違う。うまく言えないが、とにかくライラは特別だ。

あんなに目立つのだから、私とは逆の意味で、塔に入ったら辛い思いをするのではないか。塔の魔術師たちは、悪いやつらではないのだが、揃いも揃って変人ばかりだ。ライラのようなキラキラした人気者は、話が合わずに孤立してしまうのではないだろうか。

しかし、私があからさまに贔屓するのも……、といろいろ思い悩んでいたのだが。

ライラは、あっさり塔の魔術師たちと打ち解けてしまった。

気難しいので有名な魔術師団長でさえ、それは同じだった。

「ヒューゴ様の風魔法の論文を拝見いたしました。規格五の術式を改変し、他の魔法との融合を可能にされたのですね。通常では考えられないことです。天才的な発想ですわ」

ライラは魔術師団長に挨拶をすると、如才なく彼の論文を褒めた。規格五か……、きちんと論文を読み込んだ上で褒めているな。まあ、確かにあの論文はよく書けていた。曲がりなりにも魔術師団長が書いたものなのだから、当たり前だが。

だが、私だってあれくらいは……と、何となく面白くない気分でライラと魔術師団長を見る。

「ふん……、まあ、別に……、フ、フフ、それはただ思いつきを書きなぐっただけで、大した代物ではないがね」

　フフ、フフ、と抑えきれない笑みを浮かべる魔術師団長に、私は冷めた視線を向けた。ちょっと褒められただけでそのザマはなんだ。我が師匠ながら、チョロすぎないか。

「ヘルムート様も、お久しぶりです」

　すると、ライラがにっこりと、あの輝くような笑顔を私に向けた。どうして良いかわからず、私はただ黙って頷いた。

「ヘルムート様のご活躍は、学院でも有名でした。なんでも山岳地方への出征中に、魔道具を開発されたとか」

「ん……、暇だったからな。手慰みに作ってみただけだ」

　ウソだ。あの遠征は強行軍で、ぜんっぜん暇なんかなかった。だが、どいつもこいつも寒い寒いとうるさいから、仕方なく徹夜して暖房魔道具を作ったのだ。急いで作り上げたから、満足のいく出来ではない。魔力循環回路の効率がイマイチで……。

「いいえ、ヘルムート様の魔道具のおかげで、それ以降、何千人もの兵士が凍死をまぬがれたと伺いました。素晴らしい発明ですわ」

「ん、んん……、そうか？」

「ええ、さすがヘルムート様です！」

　ライラがにこっとして私を見た。おかしい。ライラが笑うたび、なんかキラキラするのはなんでだ。ライラの魔法属性は風と治癒で、光魔法は使えないはずなのに。

「ん……、だがあれはまだ、完成品ではないのだ。時間がないので、試作品のまま商品化させたのだが」

「たしかに魔力循環回路などは、改善の余地があるかもしれませんね」

「その通りだ！」

ライラも気づいていたのか。私は頷き、暖房魔道具の問題点とその改善策について、一気にまくし立てた。

「あれは複数の魔法を組み合わせてあるから、魔力の循環が肝要なのだが、その効率に問題がある。いや、魔道具の大きさを変える必要はない、持ち運びが不便になれば本末転倒だからな。要は、術式の簡略化をすればいいのだが……」

ライラがじっと私を見つめ、真剣な様子で私の言葉に耳を傾けている。それが嬉しくて、私は一生懸命、説明した。隣で魔術師団長が「我が弟子ながら、チョロすぎる……」とつぶやいたのが聞こえたが、何を言うか、言いがかりも甚だしい。

私は別に、ライラに褒められたからって喜んでいるわけではない！　魔道具の改善は必要なことだから、仕方なく説明してやっているだけなんだからな！


その後、ライラは塔の公文書管理課に配属された。ここは魔力より他機関との交渉力がものを言う部署だ。ライラの能力を考えれば、妥当な配属先といえるだろう。

……が、やはりちょっと心配だ。たしかにライラは誰とでもすぐ仲良くなれるし、コミュニケーション能力においては私など足元にも及ばぬ天才だ。しかし、相手が血の気の多い第二騎士団の連中だったりする場合、少しマズいのではないだろうか。

ヨナスが直接統括している第一騎士団に比べ、基本的に第二騎士団は荒っぽいやつらが多い。王宮直属である分、地方の騎士よりはだいぶマシだが、それでも伯爵令嬢であるライラにしてみると、勝手が違って戸惑うこともあるのではないだろうか。

それに、ライラはあんなに可愛くてキラキラしているのだし……。もし第二騎士団の阿呆が、ライラに何かちょっかいでも出したらどうする。大変ではないか！

たしか今、第二騎士団から返答待ちの案件があったはずだ。その確認も兼ねて、ライラの様子を見に行ってみるか。

返答待ちの案件は、低強度国境紛争における作戦要綱についての提案だが、そもそもなぜ全騎士団バラバラに返書を寄こすのだ。おかげで一向に要綱がまとまらんではないか！　だいたい、低強度国境紛争における塔の役割はトラップ一択で、主役は騎士団だというのに、要綱のまとめ役を塔に丸投げするのはどうなんだ。いくら書類仕事が嫌いだからといって、何でもかんでも塔に押し付けるその姿勢、許しがたい。ヨナスめ、一度締めてやる！

私がイライラしながら公文書管理課に足を運ぶと、

「まあ、それではこのような魔術をほどこして各課に文書を届けるのですね、素晴らしい工夫ですわ」

ライラの鈴を転がすような声が聞こえた。

いつも思うが、ライラの声にはそれ自体、魔力があるのではないかと思う。あの声を聞くと、なんでも言いなりになってしまいそうだ。

さて、職場でライラはうまくやれているのだろうか。……ここで私が姿を現しては、面倒なことになるかもしれない。余計な仕事を押し付けられたくはないし、姿を隠しておくか。

私は自身に隠蔽術をかけ、しばし様子を見ることにした。

「いや、別にそんな褒められるようなものでは……、ッフ」

「いえ、こうして文書に魔術を乗せ、相手方が手に取った時、それとわかるようにこちらに合図がくるのでしょう？　大変素晴らしいアイデアですわ。おかげで、先方が文書を確認したかどうか、塔にいながらにしてわかるのですもの」

「フ、いやあ……、そ、それと、この文書には、他にもいくつか魔術をかけているんですよ。なに、どれも簡単な魔術ですがね。相手が文書を手にとった瞬間、その文書の内容の要約と回答期限を相手に通知するというもので……」

ライラに褒められて気を良くしたのか、ライラの隣に立っている魔術師が、立て板に水のように説明をはじめた。

……あいつは三年前に入塔した魔術師だな。魔力はそれほどでもないが、複合魔術の小技が得意だったはずだ。ふん。

「ただ、この通知魔術は、なぜか不評で……。以前、騎士団から怒鳴り込まれたこともあるんですよね」

ふう、とため息をつく魔術師に、ライラが首を傾げた。

「まあ、なぜですの？　こんなに有用な魔術ですのに。……あの、ちなみにどのような通知文を魔術に乗せたのか、聞かせていただけますか？」

ライラの言葉に、ええもちろん！　とその魔術師は意気込み、机に積まれた書類の山から文書を一枚、手に取って開いた。それを合図に、魔術音声が自動再生を始める。

『第二騎士団に告ぐ。この文書は低強度国境紛争の作戦要綱について、各部署の回答を求めるものである。ちなみに回答期限はとっくの昔に過ぎている。とっとと回答文を寄こせ。散発的なゲリラ戦における第二騎士団の体たらくは目を覆わんばかりだが、それを改善する有効な提案を出すよう、希望する。以上だ』

文書に乗せられた魔術音声を聞き終え、私は頷いた。ふむ、過不足なく必要事項を伝えているようだな。問題ない。

と、私は思ったのだが、ライラは困ったような表情をしている。

「……ライラ殿、なにか問題でも？」

魔術師が不安そうな表情でライラに問いかけた。

「あ、いいえ。……ええと、必要な情報を簡潔にお知らせする、良い通知文だと思いますわ。ただ……、そのう、簡潔な分、貴族の皆さまには馴染みがなく、直截的な表現が反発を招いてしまう恐れがあるかと」

「なるほど。……しかし、婉曲な表現にしようとしたこともあるのですが、その時は何を言っているのかわからん、とやはりお叱りを受けまして……」

「まあ、そうですのね」

ライラは、その魔術師にニコッと笑いかけた。まぶしい笑みに、魔術師の頬が赤くなる。貴様！仕事中になにをデレデレしておるのか！　燃やしてやろうか、おおん!?

「よろしければ、各部署宛ての通知文は、わたくしにお任せいただけませんでしょうか？」

「ライラ殿に？」

「ええ」

戸惑ったような表情の魔術師に、ライラは優しく言った。

「わたくしは、ベルチェリ商会で父の補佐を務めた経験があります。商談をまとめる際の、ちょっとしたコツというか、まあ、大したことではないのですけど、工夫をしてみたいと思ったのです。……この魔術は、本当に優れたものですもの、わたくしにも是非、お手伝いさせていただきたいんです」

「そ、そうですか？　フ、フフ……、まあ、うん、ライラ殿がそこまで言うなら、うん、仕方ないですね。特別に手伝わせてあげましょう」

グフグフと締まりのない笑みを浮かべる魔術師に、ありがとうございます、光栄ですわ、とライラはやはり、にこにこしながら続けて言った。

「国境付近では、いまだ散発的な戦闘が続いているんですのね。……国境の紛争地帯へ、ベルチェリ商会が新しく開発した救急キットを、無償で提供させていただきたいと思っているのですが、よろしいでしょうか？　何か問題ありますでしょうか」

「え？　ああ……、そうですね、治癒術師の負担を減らせるなら、特に問題ないと思いますよ。魔術科連隊長の承認が得られれば、転移陣ですぐ送付できますし。私から上に話しておきましょうか？　そうすればすぐ、各隊長へも話が通るでしょう」

「まあ！　本当ですの？　ありがとうございます、助かりますわ！」

「いや、なに、これくらいなんてことありませんから。……それより無償で提供って、それで大丈夫なんですか？　うちは忖度なんてしませんから、無償と言われたら、ほんとにタダでもらっちゃいますよ」

「ええ、もちろん。……実際にお使いいただき、気に入っていただければ、次はちゃんとお金を払って購入してくださるはずですわ。ベルチェリ商会の取り扱う品は、どこよりも品質が優れていますもの」

へえ、そんなもんですかね、と魔術師は感心したようにライラの話を聞いている。

……なんだかあの魔術師、ライラの手の平で転がされてるような気がするんだが。

しかし、工夫と言ったが、ライラはあの通知文のどこをどのように変えるつもりなのだろう。別に変える必要などないように思えるが。

まあ、いいだろう。ここはライラのお手並み拝見といくか。もし第二騎士団から何か言われたら、その時は私が守ってやれば済む話だしな。

私は踵を返し、執務室に戻った。その後、なんだかんだと忙しく、ライラの様子を見に行くこともできずにいたのだが、

「おう、ヘルムート、ここにいたのか。さっき、第二騎士団から例の案件の返書をもらったぞ」

魔術師団長ヒューゴ様が、鼻歌を歌いながら執務室に入ってきた。

ヒューゴ様は現在、魔術師団長としての権限をほぼすべて私に移譲しており、今ではもっぱら新人の訓練などを引き受けてくださっている。ご本人は楽しそうだが、新人はヒューゴ様を見かけただけで光の速さで逃げ出すようになってしまった。

しかし、第二騎士団からの返書というと……。

「低強度国境紛争のアレですか？」

「そうだ。先ほど、第二騎士団の副団長から、直々に手渡されたぞ。珍しく上機嫌な様子だったな。塔の魔術師もようやく礼儀を身につけたようだなとか、いろいろ言っていたが、賄賂でも贈ったのか？」

「……いえ。ただ、公文書管理課のほうで、通達に変更を加えたようです」

ふーん、とヒューゴ様は第二騎士団からの返書を開き、それを一瞥した。

「相変わらず汚い字だな、まったく。筆圧が強すぎて紙が破れそうになってるんだが。……まあ、ともあれこれで、ようやく要綱を取りまとめられるな、ヘルムート」

「ええ……」

何かと魔術師の塔と衝突の多い、あの血の気の多い第二騎士団がすんなり返書を寄こしただけでも驚きだが、しかもその上、魔術師を褒めるような発言があったとは。

いったいライラは、どんな魔法を使ったんだ？

私は第二騎士団からの返書を手に、しばし考え込んだ。

……子どもの頃から、ずっと感じていたことだが、世の中というものは、どれほど魔力が強くとも、どれほど剣技が優れていようとも、それだけではどうにもならぬ。現に私は今、次期宮廷魔術師団長として魔術師の塔の頂点に立っているが、それでも無力感に苛まれることばかりだ。

対してライラは、いともあっさり第二騎士団に返書を作成させた。騎士団との関係を悪化させず、塔の魔術師を敵視するあの脳筋連中から、褒め言葉さえ引き出してみせた。そんな芸当、私ではおそらく、やつらに賄賂を贈ったところで無理だろう。

ライラと私と、いったい、何が違うのだろう。いや、何もかもが違うのだろうが、努力ではどうにもならぬ、大きな壁のようなものを感じずにはいられない。

『ヘルムート、すごい！　術式が描けるなんて！』

無邪気に私を褒めてくれたあの時のライラを、今ではとても遠くに感じる。

私は、すごくなんてない。どれだけ強力な魔法が使えても、宮廷魔術師団長になっても、それだけではダメなのだ。

子どもの頃から結局、私は少しも変われなかった。誰にも愛されない、あの頃のまま、ずっと立ち止まっているのだ。

◆

なんか、ヘルムート様がうなだれている。

わたしはちょっと心配になった。

これからもっとグサグサ言わなきゃいけないんだけど、大丈夫だろうか。

「まずはヘルムート様の生活環境を改善しなければなりません」

わたしは、ボサボサの黒髪で目の下に紫色のクマのあるヘルムート様に、キッパリと告げた。

「毎日八時間、睡眠をとっていただきます。魔獣に襲われて逃げているとかでない限り、必ず毎日、八時間の睡眠を確保してください」

「八時間？　無理……」「なら結婚も無理です」

食い気味に言うわたしに、ヘルムート様が戸惑ったような目を向けた。

「……睡眠時間と結婚に、何の関係があるのだ」

「関係大アリです」

わたしは力強く言った。

「ヘルムート様、ご自分を鏡でご覧になったことあります？　ひどい顔されてますよ」

「おまえ、はっきり言いすぎじゃないか」

ヘルムート様は顔をしかめたが、わたしは気にせずサッと手鏡を取り出し、ヘルムート様へと差し出した。

「ご覧になって、ヘルムート様。髪はボサボサ、お肌は荒れて目の下には紫色のクマがくっきり。まるで死人ですわ」

「……おまえ、もう少し言いようってものが」

「言葉を変えても現実は変わりませんわ」

わたしはヘルムート様に、キッパリはっきり告げた。

「いいですか、ヘルムート様。女性の心をつかみたいと思われるなら、まずご自身を大切になさってください。ご自身を粗末にし、髪も肌も荒れほうだい、死体のようにボロボロのお方と、ツヤツヤの髪にぴかぴかのお肌をされた健康的なお方、他の条件が同じなら、みな後者を選ぶはずですわ」

「………………」

ヘルムート様が沈黙した。

「今日中に、ヘルムート様に守っていただきたい項目を記した書類をお届けいたしますので、それをキッチリ順守なさってください。ヘルムート様が書類の指示に従ってくだされば、一か月後、わたしたちは次の段階へ進めます」

「一か月……」

「お肌や髪に成果が出るには、最低でも一か月は必要なんです。今回は時間がないので、魔術にも頼って予定を少し早めさせていただくつもりですけど」

わたしは頭の中で、素早く今後のスケジュールを組み立てた。

三か月しか時間はない。が、土台をおろそかにするわけにはいかない。ここが一番肝心なのだ。手は抜けない。

「魔獣討伐に出られている間のお食事ですが、野営ですとどうしても栄養が偏りがちなので、簡易栄養補助食品もお出しいたします。必ず必要量を摂取してください」

「あれ、不味いんだが」

「好き嫌いを言えるようなお立場ではないということを、ご理解なさってくださいませ」

ビシバシ言いながらも、わたしはにっこり微笑んだ。

「ヘルムート様、わたしたちの目指すところは同じです。ヘルムート様のお幸せのために、わたしたちは一丸となって努力しなければなりません！」

「う、まあ……、そうだな……」

引き気味のヘルムート様に、わたしは念を押した。

「いいですかヘルムート様。細かいことは書類に書いておきますが、絶対に、これだけは！　お守りいただきたいのです！」

わたしはヘルムート様を見つめ、一語一語、区切って言った。

「睡眠は、八時間！　バランスのとれた、栄養摂取！　わかりましたか、さあくり返して！」

「す、睡眠は、八時間……」

「バランスのとれた栄養摂取！」

「バランスのとれた……、おい、言っておくが、今までだってちゃんと食べてたぞ」

「なに言ってんですか、そんなボロボロのお肌で！　どうせ肉と甘いものばっかり食べてたんでしょう！」

「甘いものを食べないと体がもたないんだ！」

「そんなの偏食の言い訳です！」

わたしとヘルムート様は、机を挟んではったと睨みあった。

「……甘いものを食べるなとは言いませんよ。が、量は減らしていただきますよ」

ヘルムート様が絶望したように呻いたが、ここで甘い顔をするわけにはいかない。

「ヘルムート様、一か月です。一か月、わたしの言う通りの生活を送ってみてください。きっと一月後には、ヘルムート様ご自身も驚くほどの変化があらわれるはずですよ」

「……ほんとか……」

詐欺にあってる気がする、という呟きは、聞かなかったことにしておこう、うん！

ヘルムート様は不信感まんまんだったけど、睡眠と食事が大切なのは本当だ。

体のどこかしらに不調があっても、この二つを改善すれば、あとは本人の体力にもよるが、重篤な病でない限りだいたいは復調する。

ヘルムート様のように、わかりやすく髪や肌に問題があらわれているならば尚のことだ。まあ、いざとなれば化粧で肌荒れや顔色を隠すという荒業もあるが、やはりそれではカバーできないところもある。

たっぷりの睡眠に栄養をとった体は、何というか芯から潤って輝いて見えるのだ。これは化粧や魔術ではどうにもできない。

そもそも、婚活とはある意味、形を変えた戦争のようなものだ。気力体力を充実させて臨まなければ、とても勝利できない。見た目、中身、金、権力、すべてを兼ね備えているのならば戦わずして勝利できようが、そうでないのなら入念な準備は必要不可欠だ。

わたしは部署に戻ると、まっすぐ上司のもとへ行き、午後からの休みを申請した。

「申し訳ありません、実家から急用を言いつかりまして」

「ベルチェリ商会からか。大変だな」

上司は鷹揚に頷き、許可してくれた。ベルチェリ商会の信用度の高さが、こういう時は役に立つ。

ふだん起居する塔の宿舎から必要なものだけ持つと、わたしは急いで実家に戻った。

王宮から馬車で一刻、市街地にも王宮にもほど近い、絶妙な立地にある我が家。先触れもなく帰ったのだが、執事のファーガスンが慌てず騒がず出迎えてくれた。

「お久しぶりです、お嬢様。旦那様は夕刻にはこちらにお戻りになるご予定ですが、お急ぎでしたら……」

「いいえ、大丈夫よ。それより、至急用意してほしい物があるの。品名はここに書いてあるわ。商会に使いを出してくれるかしら？」

わたしは執事に必要な品々を書いたリストを手渡した。

承知いたしました、とファーガスンがリストを受け取り、使いを出してくれた。

これでヘルムート様の初期装備がととのう。

この婚活を建築に例えるなら、土台を固めるのと同時進行で内装も仕上げていかねばならない。三か月しか時間がないので、だいぶキツい工程を組まねばならないが、何とかなるだろう。……いや、絶対に成功させてみせる。

わたしは自分の部屋に戻り、急いで何通か手紙を書いた。

書き上げた手紙をメイドに渡し、それぞれに花や小さな贈り物を添えて届けるよう指示する。

そうこうしていると、馬車回しに見慣れた紋章の馬車が入ってくるのが見え、わたしは部屋を出て玄関へ向かった。

「ライラ！　久しぶりだね！」

赤毛に青い瞳のハンサムな男性が、満面に笑みを浮かべてわたしに手を振った。

「お久しぶりです、アルトゥール・クベール様」

わたしが膝を折って挨拶すると、アルトゥールは笑いながらわたしの手を引き、ぐっと体を引き寄せた。

「そんな堅苦しい挨拶はしないでくれよ。昔みたいにアルって呼んで」

いささか近すぎる距離に、アルトゥールのにこやかな笑顔があった。

強引だが、わたしの腕をつかむ力は弱く、簡単に振りほどける。この絶妙な力加減が、アルトゥールの商売人としてのカンの良さをあらわしている、とわたしは思った。

少々無礼なくらいの気安さと、女性を怖がらせない優しさ。人好きのする明るい雰囲気と、何より女性に威力を発揮する整った容貌。それらの武器を十分理解し、適切に使用することのできる、アルトゥールは生粋の商売人だ。父が気に入って手元に置きたがるのも無理はない。

わたしはアルトゥールを見上げ、表情を変えずにきっぱりと言った。

「そうは参りませんわ。わたくしもアルトゥール様も、もう子どもではありませんもの。昔のような振る舞いをすれば、アルトゥール様との仲を邪推されてしまうかもしれませんから」

アルトゥールの手を振りほどくと、彼は小さくため息をついた。

「あいかわらずライラは鉄壁だなあ」

「……アルトゥール様、本日はどのようなご用向きで我が家へ？」

クベール家はベルチェリ家の傍流であり、仕事上の繋がりも深い。互いの家を行き来する仲であるが、今日のように主不在の屋敷を訪れたことはない。

アルトゥールは肩をすくめた。

「卒業祝賀会のため、急ぎ用意しなければならない物がでてきてね。ゲオルグ様は店を離れられないから、代わりに僕がここに来たってわけ」

「祝賀会……、もうそんな季節ですのね」

王都が雪におおわれる頃、国立魔術学院の卒業祝賀会が開催される。国立魔術学院は国内の主要貴族の子弟が在籍する教育機関のため、内輪の祝い事ではあってもその規模はかなりのものだ。

「今年は君の弟が卒業するんだっけ？」

「ええ、おかげさまで。リオンも無事、卒業を迎えることができましたわ」

正直、リオンの学業成績はあまり芳しいものではなかったので、ちょっとハラハラした。しかし何とか卒業試験をパスできて、両親ともども一安心といったところだ。

「……君の弟は、卒業したらベルチェリ商会に入るのかい？」

「それはもちろん。リオンはベルチェリ商会の後継者ですもの」

アルトゥールの探るような視線に、わたしはにっこりと微笑んでみせた。

アルトゥールの言いたいことはわかっている。

リオンが正式に後継者としてベルチェリ商会に入れば、わたしがベルチェリ商会のトップになる可能性は消滅する。つまり、わたしの夫となってもベルチェリ商会の実権は握れない。

正式な打診こそないが、アルトゥールはわたしの婚約者候補だ。彼は野心家だし、商会の後継者がどちらになるか、気になってしかたないのだろう。

だからこそ、ここはきちんと釘を刺しておかねば。

「両親もわたくしも、リオンが後継者としてベルチェリ商会に入ることを心待ちにしておりましたから、本当に喜んでおりますの。これからはリオンを支えるべく、わたくしも一層努力しなければと思っておりますのよ」

ほほほ、と笑うわたしを、アルトゥールがじっと見た。

「……君は、本当にそれでいいのかい？　失礼だが、リオンと君とじゃ明らかに能力に差がある。君のほうが商才はずっと上だ」

「まあ、ほほほ、お褒めいただいて恐縮ですわ」

「本当のことだ。リオンには正直、ベルチェリ商会のトップに立つような頭はないと思うね」

わたしは苛立った様子を見せるまいと、にっこり微笑んだ。

よくも言ったな。

確かにリオンに商才はない……というか、商売人としてはおっとりしすぎている。それはアルトゥールの言う通りだ。

しかし、リオンにはリオンの良いところがある。けっしてベルチェリ商会のトップに立つ資質がないわけではないのだ。それに、アルトゥールがこんなことを言うのはわたしを思ってのことではない。単に自分がベルチェリ商会の実権を握りたいだけだ。そのためにわたしを利用するのはともかく、リオンを軽視するのは許せない。

わたしは心の中で拳を握り、表面上はしおらしく言った。

「まあ、そのように言っていただいて、なんと申し上げればよいのかわかりませんわ。ご期待に沿えず、心苦しゅうございます」

「君が望むなら、僕も君がベルチェリ商会を継げるように力を尽くすよ。君は僕の言う通りにするだけでいいんだ」

「アルトゥール様、わたくしを困らせないでくださいまし」

アルトゥールはわたしをじっと見たが、わたしが表情を崩さないままでいると諦めたようにため息をついた。

「本当に君は鉄壁だね、ライラ。女の子は、もう少しわかりやすいほうが可愛いと思うけど？」

「まあ、ひどいわ、アルトゥール様。そんな事をおっしゃるなんて」

わたしは悲しげな表情を作ってアルトゥールを見上げながら、心の中で毒づいていた。

そりゃー、わかりやすい女のほうが扱いやすいだろう。わたしみたいに腹の内の読めない、可愛くない女はごめんだと、そう思うアルトゥールの気持ちもわかる。

でも、しかたないじゃないか。わたしは魔術師の塔に所属していると同時に、ベルチェリ商会トップの娘でもある。将来、リオンをサポートする人間として、これまでずっと海千山千の商売相手と渡り合ってきたのだ。わかりやすい女でなんか、いられるはずがない。

その時、わたしはふとヘルムート様のことを考えた。

ヘルムート様も、わかりやすくて可愛い女が好きなんだろうか。わたしみたいな可愛げのない女は、嫌いなんだろうか。

わたしは小さく笑った。

考えたってしょうがない事だ。わたしとヘルムート様がどうこうなるなんて、ありえない話なのだから。


「まったく、可愛げのない子どもだよ、おまえは」

娼館の女将は、私を見るといつも、憎々しげな表情でそう言った。

女将の気持ちは、わからぬでもない。

私は、望まれぬ子どもだった。女将からしてみれば、私は娼館一の売れっ妓の命を犠牲にして生まれた、忌々しい存在だ。しかも、貴族の血を引いているとあれば、魔力を持っているかもしれないのだ。成長して魔力が発現すれば、娼館には置いておけない。男娼として売ることもできないのだ。かといって、魔力持ちかもしれぬ子どもを不用意に捨てたりすれば、最悪、牢屋行きとなるかもしれない。魔力保有者は、国の財産であるからだ。

そんなただでさえ厄介な存在だというのに、その子どもに愛想も可愛げもなく、金を搾り取れると踏んだ侯爵家の反応も芳しくないとくれば、対応がとげとげしくなるのも仕方のないことだろう。

女将は、売れっ妓だった母に大きな期待をかけていたようだが、母の望みは違ったようだ。

「おまえのせいで、母親は亡くなったんだ。……まったく、あの子も大バカさ。意地を張って貴族の子どもを産んだところで、家族が迎えに来てくれるわけもないのに」

女将や他の娼婦の話によれば、私の母は、落ちぶれた男爵家の妾の子であったらしい。借金で首が回らなくなった男爵は、妾の子である母を娼館に売り飛ばした。「おまえなど、誰の子かわかったものではない」という言葉とともに。

母はよく、自分は男爵の娘だ、父はいつか自分を迎えに来てくれる、と言っていたらしい。

マクシリティ侯爵に気に入られ、私を身ごもった時も、迷わず産むことを決めたそうだ。自分は男爵の娘だから魔力の耐性がある、だから貴族の子どもも産めるはずだ、と言って。

しかし母は結局、出産時に亡くなってしまった。魔力の発現もなかったようだし、母が本当に男爵家の血を引いていたかどうかはわからない。

私は、魔術師の塔に入った後、母を娼館に売り飛ばした男爵について調べてみた。

その男爵、私の母方の祖父にあたる男は、母を娼館に売った後、結局は爵位も屋敷も手放し、行方知れずとなっていた。大方、どこぞの賭場か娼館あたりで最期を迎えたのではないだろうか。

最初の魔道具開発で思わぬ大金を得た私は、マクシリティ侯爵家と娼館に、私の養育にかかったであろう金を計算し、それらすべてをきっちり支払った。これでもう、どこにも借りはない。

そして残った金で、母方の祖父が手放した男爵位を購入した。……自分で買っておいてなんだが、人はなぜこんな称号を欲しがるのだろう。ただの肩書に、何の意味がある。私からすれば、男爵も公爵も同じ、単なる称号にすぎない。そんなものより、一冊の魔術書のほうが、よほど役に立つし面白いのに。

しかし、母には意味があったのだ。母は男爵家の娘でいたかった。命を懸けて、それを証明しようとするほど。

私は教会の敷地にある墓地の一角を購入し、男爵家の墓を建てた。そして母の遺骨を娼館から引き取り、そこに埋葬した。

――まったく、あの子も大バカさ。

娼館の女将は、母をそう評していた。

母は、自分を娼館に売り飛ばした父親が、いつか自分を迎えに来てくれると信じていた。自分が貴族であること、父親の血を引いていることを証明するために、侯爵家の息子である私を産もうとしたが、結局は死んでしまった。

母は娼館一の人気を誇っていたのだから、いずれは客に身請けしてもらうことも可能だったろう。

それなのに母は、父親に娘と認めてもらうことに固執し、命まで失ってしまったのだ。

そんな母をバカだと娼館の女将は言ったが、私には母の気持ちがわかる。

母は、家族に受け入れてほしかったのだろう。父親に、娘として愛してほしかったのだ。

努力の方向性が間違っているとは思うが、そのために命まで懸けた母を、愚かだとは言いたくない。


霧が濃く月もない、まだ冬の寒さを残した早春の夜、私は教会の墓地を訪れていた。

母を葬ってから、私は毎年、この時期に墓参りをするようにしている。

今日はちょうど私の誕生日、母の命日だ。残業で真夜中近くになってしまったが、死者は文句を言うまい。

「花屋が閉まっていてな。これで我慢してくれ」

私は幻影術で黄金のユリをひと抱えも創り出すと、それを母の墓前に供えた。

「私の魔力保有量は、国一番だそうだ。それほどの魔力を持つ赤子を産めたということは、あなたも貴族の血を引いていた可能性が高い」

墓石に向かって話しかけながら、私は、自分がどうしてこんな無駄なことをしているのか、不思議に思った。母はもう死んでいるし、こんな事をしても何も変わらない。ただの自己満足だ。

「男爵位も買い戻した。あなたは男爵家の娘として埋葬されている」

だが、私は母に喜んでもらいたかった。何もかも遅いとわかっていても、私にできることはすべて、してやりたかった。

何故なら、私も彼女と同じ痛みを抱え、同じように苦しんでいるから。誰よりも彼女の悲しみを、理解できるからだ。

「ロウィーナ男爵令嬢マリーベル殿。……私を産んでくれてありがとう。感謝している」

母がただ、私を手段の一つとして産んだのだとしてもかまわない。どのような理由であれ、彼女は自分の命と引き換えに、私を産んでくれたのだ。

私は墓石にひざまずき、祈った。

どうか母の魂が安らかであるように。生前の苦しみが拭い去られ、幸いに包まれてあらんことを。

年に一度の墓参りを済ませた私は、塔へ帰ることにした。だが、

「ん？　……おい、おまえ、どうした。道に迷ったのか？」

教会からの帰り道、私は蒼白な顔で立ち尽くす男に気づき、声をかけた。霧が濃く、月もない夜だったため、道に迷ってもおかしくはない。だが、私が声をかけた途端、その男は悲鳴を上げて気絶してしまった。

なんなんだ、一体。仕方なく私は、王都警備隊の詰所まで、その男を抱きかかえて運ぶことにした。

残業で疲れているのに、なんでこんな事までせねばならんのか。しかし、気を失った人間を放置しておくわけにもいかないし……。

だが、詰所に着き、不寝番のやつらに声をかけると、何故かやつらまで私を見るや、悲鳴を上げて逃げ出してしまった。

……どういうことだ。私は一般市民に対して、攻撃魔法を使ったことなどないのに。

私は腹を立て、何より残業で疲れていたこともあり、気絶した男を詰所の長椅子に寝かせると、何の説明もせずそのままその場を立ち去ってしまった。

明日、時間を作って詰所に立ち寄り、改めて説明をしよう。

そう思ったのだが、次の日から仕事に忙殺された私は、すっかりそのことを忘れてしまった。そうしてしばらく経った頃、私はとんでもない噂を聞いた。

「ヘルムート、知ってるか？　王都に出没するという死神の話を」

魔術師団長がワクワクした顔で私に言った。団長は間違いなく偉大な魔術師だが、こういった根拠に欠ける怪談や与太話を好むという、嘆かわしい一面がある。

「いいえ、存じません。そもそも、何をもって死神と断定しているのですか。その王都に出没するという死神とやらは、自ら死神であるとでも名乗っているのですか」

「いやいや、それがな。その死神は気配もなく現れ、気づいた時には煙のように消えているらしいぞ。また、見た目がもう、死神そのものだとな、見た者すべてがそう証言しているのだよ」

団長は楽しげに続けた。

「霧深い夜、その死神は墓地をさまよい、現世にとどまる霊魂を刈り取っては、黄泉の国へと連れてゆくそうだ。だが、命ある者には手を出さない。うむ、節度ある、良い死神だな」

節度ある死神ってなんだ。

「警備兵の連中も目撃したそうだぞ。美しくも恐ろしい、まさに死神そのものの容姿だったそうだ。青白い肌、闇に沈む黒髪、狼のような金色の瞳を持ち、その目の下には紫色のクマがくっきりと……」

言いかけて、団長はしげしげと私を見た。

「なんですか」

「いや。……まさかな」

「だから、何なんです」

団長は首を振り、それ以上は何も言わなかった。

早春の夜、王都の墓地に現れるという死神の話は、その後、王都定番の怪談となった。その死神は、黄金の花でもって死者の魂を慰め、黄泉の国へと連れ去ってゆく。だが、決して生者に害なすことはないという――。

二

婚活を始めよう

「……久しぶりに家に帰ってきたと思ったら、また妙なことを始めたようだな」

屋敷に戻った父が、夕食の席でわたしに言った。

「話術の教師から医師にいたるまで、あちこちに手紙を出しておまえ自ら手配しているそうではないか。どこぞの病弱な娘を、社交界デビューまでに目も覚めるような美姫に仕立ててくれ、とでも依頼が入ったのか？」

「そのようなものですわ。……いずれお耳に入るでしょうから申し上げておきますけど、マクシリティ侯爵家のご次男、ヘルムート様の婚姻のお支度を、ベルチェリ商会に任せていただくことになりましたの」

えっ、と父が驚いたのがわかった。父もヘルムート様のことは子どもの頃からよく知っている。

幼かったわたしが、父に連れられてベルチェリ商会の事務所を訪れた際、まだ娼館にいたヘルムート様に興味を惹かれ、会話を交わすようになったことを知っても、父はわたしを咎めるようなことはしなかった。それは決してヘルムート様への思いやりによるものだけではなかったにせよ、父の心象的には、ヘルムート様は親戚の子どものようなものなのだろう。

「なんと、ヘルムート様の……、それでお相手は？　一体どなたなのだ？　まったく何の噂も聞かなかったが……」

父の探るような眼差しを受け、わたしはにっこり微笑んだ。

父がヘルムート様への対応に腐心していることは、よくわかっている。

父は、伯爵家の当主としてよりベルチェリ商会トップとしての地位を大事にしている。ヘルムート様の才能をいち早く見抜き、その価値を理解したのは父だった。父はマクシリティ侯爵家にヘルムート様を引き取るよう、教会から圧力をかけさせ、ヘルムート様がベルチェリ家を私的に訪れることを許容していた。それは、ヘルムート様への憐憫からだけではなく、ヘルムート様の価値を知っていたからでもあった。

「まあまあ、ヘルムート様が。それはおめでたいお話ねえ。……でも、たしかにヘルムート様の婚姻については、わたしも何の噂も聞かなかったけれど……」

母も不思議そうに首を傾げている。ベルチェリ商会当主の妻として社交に励む母は、王都内の噂のほとんどを把握している。その母ですら何の情報もつかんでいないのだから、そりゃ不思議にも思うだろう。

「噂などなくて当たり前ですわ。お相手はこれから探すのですもの」

わたしは落ち着きはらって答えた。

父と母が目を剥いているが、気にしない。

「ちなみに、お相手探しから婚約まで、いただいた期間は三か月ですわ。この三か月の間に、ヘルムート様のお相手を見つけ、婚約を成立させねばなりません」

うっ、と父が息を吞んだ。

「三か月……」

「父上、何を驚いていらっしゃいますの？　不可能を可能にするのがベルチェリ商会ではありませんか」

「……ライラ、あなたが有能なのはようくわかっているけれど、それでも人間にはできることとできないことがあるのよ」

母が諭すように言ったが、わたしはキッと母を見やった。

「たしかにその通りですわ。そして、ヘルムート様の婚約は実現可能な案件です！」

「いやまあ、それはそうだが……」

父が言いづらそうにわたしを見た。

「たしかにヘルムート様は能力も血筋も問題ない。ご次男ではいらっしゃるが、苦しい台所事情を抱える貴族の婿にというなら、かえって好都合だろう。ただ、ヘルムート様の母君は婚外子、しかも魔力の発現すらなかった娼婦だ。それを理由に、母方の血筋を問題視されるかもしれん。まあ、ヘルムート様は男爵位を購い、母君を男爵令嬢として埋葬されている。何よりヘルムート様ご自身に、あれだけの魔力があるのだからな、その辺りはどうとでもなろう。……しかし、ヘルムート様は魔術師だけあって何というか……、いろいろとクセが強いお方というか……」

わたしは無言で両親を見やった。

二人とも、わたしの視線に気まずげに目をそらす。

両親は、ヘルムート様のことをよく知っている。子どもの頃からその成長を見守ってきた、田舎の親戚のようなものだ。けっしてヘルムート様を見下しているわけではない。

ただ両親は、骨の髄まで商人なのだ。相手に対する愛情が、その価値を測る目を曇らせることはない。

「……ライラ、ヘルムート様は、とっても良いお方だわ。容姿だって、今はそのう……、お仕事が忙しくてちょっとお手入れ不足だけれど、あなたが磨き上げれば、それは素晴らしい仕上がりになるでしょう。でも……」

母は言いづらそうに口ごもった。

わかっている。見かけは変えられても、性格までは変えられない。

両親は、ヘルムート様が魔法にかける情熱を、よく理解している。そしてそれが、ほとんどの貴族には理解されないであろうことも。

ヘルムート様の魔術師らしく実利を重んじる性格も、体面や儀礼にこだわる貴族には受け入れがたいものだろう。

「母上のおっしゃりたいことは、わたしにもわかっております」

わたしは深呼吸し、腹に力をこめて言った。

「それでもです、それでも！　わたしはお引き受けしたのです。ベルチェリ家の者として、一度お引き受けした案件を、簡単に投げ出すわけにはまいりません。それに、おそらくこれが、ライラ・ベルチェリとして最後の仕事になるでしょう。……どうです、最後を飾るにふさわしい、素晴らしい大仕事だとは思われませんか？」

わたしの言葉に、母は「まあ」と少し驚いたような声を上げた。

父は苦笑し、わたしを見た。

「……そうか、そこまで考えているのなら、余計なことだったな」

「いいえ、父上と母上のおっしゃる通りですわ。これは大変難しいお仕事です。父上と母上のお力もお借りしなければ、とうてい成し遂げられませんでしょう」

「まあ、ライラ、何でも言ってちょうだい、何でも！　わたしにできることなら、何でも手伝いますよ」

母が興奮したように言う。わたしは母に微笑みかけた。

「ありがとうございます、母上。……ではお言葉に甘えて、母上が最近入手なさった東方の化粧水を少しばかり……」

「あれは駄目よ！　あの化粧水のためにわざわざ専門の冒険者を雇って、半年もかけてやっと入手したのよ！」

母の言葉に、わたしは最近噂の冒険者の話を思い出した。

「ああ……、母上が雇われたのは、たしか、いま話題の二人組でしたね。元貴族と噂の女性と、正体不明の怪力の男の」

海の向こうの大陸で頭角を現し、あっという間に大商会の指名を受けるまでに急成長した冒険者チーム。ナー・タンとエリリンと言っただろうか。

「そうよ。うちは海の向こうの商会とも懇意にしてますからね。その伝手を使ったの」

ほほ、と満足そうに笑う母を見ながら、わたしは考えた。

いくらなんでも貴族のご令嬢が冒険者というのは嘘だろうが、つまりはそれくらい美しく、品があるということなのだろう。

海の向こうの大陸に住まう者たちは、こちらの人間とは微妙に寿命や魔力の質などが違っていると聞くが、実際のところはどうなのだろう。

それに、冒険者として海を渡るほどの実力者だ。どんな力を持っているのか、興味がある。わたしもぜひ、会ってみたい。

「母上、その二人組はどんな方たちでした？」

「とても感じのよい方たちでしたよ。ナー・タンとやらはあまりしゃべらなかったけれど」

母は少し、考え込むようにして言った。

「ナー・タンは顔もフードで隠していて、よく見えなかったわ。もしかしたら、とても恐ろしい顔をしているのかもしれないわね。彼については、銀髪の、とても背が高い男性ということくらいしかわからなかったわ。エリリン嬢は黒髪に黒い瞳の、それは美しい女性でしたよ。朗らかで気持ちの良い方で。……でもねえ、どこかであの顔は見たような気がするのだけれど……」

「貴族という触れ込みが本当なら、母上がご存じでもおかしくはありませんでしょう」

「まさか。さすがにそれはないと思うけど」

首を振る母に、わたしは言った。

「では母上、わたしにもそのお二人を紹介してくださいませんか？　母上が化粧水を融通してくださらないなら、わたしが直接、そのお二人に依頼いたしますわ」

「イヤよ、あの二人組にはわたしの専属になってほしいと思っているのに！　ライラが口説いたら、ライラの専属になってしまうじゃありませんか！　あの二人は、わたしが先に見つけたのよ！」

「母上、これは先着順の問題ではないと思いますが」

騒がしく言い合うわたしたちを、父が少し呆れたような目で見ていた。

ヘルムート様の婚活に関して、両親の他にもう一人、助力を乞わねばならない相手がいる。

わたしの弟、リオンだ。

「姉さん、久しぶり」

鷹揚に微笑むリオンに、わたしも自然と笑顔になった。

学院から帰省した弟、リオンと会うのは、去年の社交シーズン以来だ。それもわたしの仕事が忙しく、あまり顔を会わせる機会がなかったから、まともに話すのは一年ぶりくらいかもしれない。

わたしの後ろで、商会の使用人たちがソワソワしている気配が伝わってくる。

早くリオン様をこっちに寄こせ、と言う声が聞こえてきそうだ。

気持ちはわかる。リオンはベルチェリ商会のアイドルみたいなものだしね。

「少し背が伸びた？　リオン」

「どうかな。自分ではよくわからないんだけど」

おっとりと答えるリオンに、後光が差して見える。実際、肩をおおうほどの長さの金色の髪が、シャンデリアの光を反射し、キラキラと輝いている。この艶、きらめき、まさの黄金の滝のよう。

リオンの少し垂れ気味の大きな緑の瞳に、長いまつ毛が影を落とし、神秘的に見せていた。鼻は芸術家が細心の注意を払って彫り上げたように美しく完璧な高さ、角度を保ち、唇は淡いピンク色で、ふっくらと柔らかそうだ。

これは、神……、地上に舞い降りた神……。

こんな美神がわたしの弟だなんて、何かの間違いじゃないのか。

わたしとリオンの容姿は母に似たのだが、どういうわけか、リオンは母の容姿を神レベルにまで

引き上げた上位互換であり、わたしはまあ、母レベルのままの容姿だ。

リオンとわたしを見た人のほとんどは、気の毒そうな視線をわたしに向けるが、しかし、わたしは自分の容姿を気に入っていた。

くすんだミルクティー色の巻き毛はどんな色にも合わせやすいし、垂れ気味の大きな緑の瞳は、男女問わず媚びを売るのに最適だ。少し低めの鼻とぽってり厚い唇は、子どもっぽく見られやすいが、逆に言えば相手の油断を誘う絶好の武器となる。

リオンのような驚愕の美貌より、そこそこの容姿のほうが仕事はやりやすいのだ。

そうは言っても、やはり美しいものはいい。

わたしはリオンに見惚れ、ため息をついた。

「どうしたの、姉さん？」

リオンがわたしに微笑みかけた。見慣れたわたしでさえ、思わずひれ伏したくなるような美しさだ。

「……うーん、いや、リオンは相変わらず綺麗だなあと思ったのよ」

綺麗なんて言葉では足りない。美・美・美の塊、美の化身、美の神！　……と思っているけれど、あんまり言うとリオンが嫌がるしなあ。

「そう？　僕にはよくわからないけど」

リオンはおっとりと首を傾げた。

「でも僕は、綺麗って言われるより、姉さんみたいに頭が良くて、仕事ができるって言われたほうが嬉しいなあ」

リオンの言葉に、わたしは思わず微笑んだ。

これこれ、こういうところが弟の可愛いところなんだよね。

美の化身のようなリオンは、子どもの頃から周囲にちやほやされまくり、学院に入学してからは勝手に親衛隊まで作られた。

が、そういう状況にあっても、リオンは常に謙虚で控え目。人からの好意にあぐらをかくような真似は決してしてしない。

正直、リオンはあまり頭も良くないし、身体能力もけっして高くはない。魔力もかろうじてあるが、学院に入学した平民にも劣るほどの量しかない。

が、そんなことは問題ではないのだ。リオンの真価は、彼の性格の良さにある。正確にいうならば、その美しい容姿に付随する、真に美しい性格、というべきか。

ベルチェリ商会の跡継ぎという立場やその容姿から、勘違いしたお馬鹿さんになっても仕方のないところを、リオンは謙虚で真面目、優しい青年に育ってくれた。

この容姿にこの性格。身内のみならず、商会の店員までリオンを溺愛するのも、むべなるかな。

「お話し中失礼いたします、坊ちゃま、お嬢さま。リオン様の卒業祝賀会で着用される礼服ですが、何着か出来上がってまいりましたので、後でご試着いただけますでしょうか」

後ろに控えていた店員の一人が、頃合いを見計らってわたしたちに声をかけた。

「ああ、そうね、三か月後には、もうリオンも成人するのね。祝賀会……、着飾ったリオン……、さぞかし美しいでしょうねえ」

わたしの言葉に、店員がうんうんと頷いた。

「誠に。ご当主様も奥様も、それはもう楽しみにしておられますし、ここはベルチェリ商会の腕の見せ所と、我ら一同も張り切っております」

「リオンは磨けば磨くだけ光る宝石みたいなものだものねえ、頑張り甲斐があるわよね。……ねえ、髪紐やブローチ、小物類はもう決まっているの？　後でわたしにも見せてほしいのだけど」

「はっ！　かしこまりました！　何点か候補にあげている物があるのですが、お嬢様に見立てていただければ間違いございますまい！」

盛り上がるわたしたちに、リオンはにっこり笑って言った。

「ありがとう。世話をかけるね」

「いいえ！　とんでもない！」

「これはわたしたちがやりたくてやってることだから、お礼なんていいのよ」

店員とわたしは、心を一つにしてリオンに応えた。

恐らく後ろに控えている店員たちも、考えてることはみな同じだろう。

リオンはわたしたちのアイドルみたいなものだしね。

「リオン、卒業を祝って茶会やら舞踏会やら、いろいろ招待されてるわよね？」

「うん、みんな義理堅いんだね。同級生のほとんど全員から、何がしか招待状をいただいてるんだ」

いやー、義理とかそういうのじゃないと思うけど。みんな、卒業祝いをダシにリオンを個人的に招待したいだけだと思うけど。

が、この際だ。身内にアイドルがいるこの状況、せっかくなので利用させてもらおう。

「それ、何件かわたしも同伴させてもらえないかしら？」

「姉さんを？」

リオンが首を傾げた。

「かまわないけど、珍しいね。姉さんが僕の同伴者としてパーティーに出席したがるなんて」

そりゃわたしだって、無駄に恨みは買いたくないし。

いくら身内とはいえ、リオンのエスコートを毎回独占していたら、冗談でなくリオンの崇拝者から刺される恐れがある。無用な危険は避けるのが一番だ。

……が、今回ばかりはそうも言ってはいられない。

「わたしともう一名を、同伴させてほしいの。ヘルムート様……、ヘルムート・マクシリティ様なんだけど、覚えてる、リオン？」

わたしの言葉に、リオンはぱちぱちと瞬きした。

「ヘルムート……、魔術師のヘルムートのこと？　うわあ、久しぶりだね、ヘルムートはいつも忙しいって聞いてたけど、どうしたの？　ヘルムート、元気なの？」

懐かしそうに聞かれ、わたしは苦笑した。

リオンの中のヘルムート様の印象は、子どもの時のまま、止まってしまっているらしい。まあね、ヘルムート様は社交界にほとんど顔を出さないし、リオンはいつも人に囲まれてるから、ヘルムート様と顔を合わせる機会なんてなかったしね。

「ええ、相変わらずお忙しくされているけど、元気でいらっしゃるわよ。……ちょっと事情があって、ヘルムート様を社交の場に連れださなきゃならなくなったのよ」

「そうなんだ。僕はもちろん、かまわないよ。久しぶりにヘルムートに会えたら嬉しいしね」

にっこり微笑むリオン。まぶしい。この笑顔の破壊力よ。

「ありがとう、リオン。助かるわ」

さすがアイドルの名に恥じぬ懐の深さだ。その優しさに付け込むわたしを、どうぞお許しください、神よ！

これで、ヘルムート様の婚活に関して、ベルチェリ商会のバックアップおよび、リオンという強力な助っ人を得られることが確定した。

よし。後は、ヘルムート様ご本人に磨きをかけるぞ。


「今回の魔獣討伐は、だいたい一月ほどかかるでしょうか？」

わたしの問いかけに、ヘルムート様はふむ、と考え込んだ。

魔術師の塔にあるヘルムート様の執務室で、わたしたちは婚活に関する打ち合わせをおこなっていた。

ヘルムート様は明日には魔獣討伐に出発してしまうため、この場でかなり先の予定まで決めてしまわなければならない。

「そうだな。……王都からニブル領まで往復十日、討伐に十日、事後処理に一日……、急いでも三週間か」

「ではその間に、お肌と髪のお手入れを進めましょう。それから今日は、ヘルムート様の婚活用のお衣裳のため、ベルチェリ商会のお抱えデザイナーとお針子を呼んであります。採寸させていただきますよ」

部屋に張られた結界を解き（ヘルムート様謹製の結界魔道具は、手で押すだけで結界を張ったり解いたりできるから、とっても便利だ）、パンパンと手を打つと、ヘルムート様の執務室にぞろぞろと職人たちが入ってきた。

それを見て、ヘルムート様の顔が引きつる。

「え、もうそんな、婚活用の服とか作るのか？」

「いま作らずにいつ作ると言うのです。ヘルムート様、明日には魔獣討伐に出発されてしまうじゃないですか」

「それはそうだが……」

ヘルムート様は気乗りしない様子だが、わたしは構わず職人たちに指示を出した。

「茶会用、舞踏会用、夜会用と三種類、五着ずつ作る予定です。だいたいのスタイルは事前に伝えてある通りですが」

「ちょ、ちょっと待て！」

わたしの言葉をさえぎり、ヘルムート様が慌てたように叫んだ。

「三種類だと⁉　しかもそれぞれ五着ずつって……、十五着も⁉」

「最低それくらいは必要ですよ。ヘルムート様が魔獣討伐から戻られたら、毎日何かしらの催しに参加する予定ですから」

「いや無理だ、そんなに招待されてない！」

ヘルムート様は必死の形相で訴えたが、わたしはにっこり笑って言った。

「大丈夫です。招待状は、弟のリオン宛に山ほど来ているものを利用します。リオンの同伴者、もしくは護衛の名目でそれらの催しに潜入します」

「潜入って、私はスパイか！」

わたしはヘルムート様をなだめるように、ポンポンとその肩を叩いた。

「ヘルムート様。……わたしたちの目的をお忘れですか？」

「目的って」

「三か月後、相思相愛のお方と婚約されること。それを望まないとおっしゃるなら、ええ、どうぞ、強要はいたしませんが」

ぐっ、とヘルムート様が唇を引き結んだ。

「……ヘルムート様。婚活用のお衣裳は、目的達成のためにどうしても必要なものです。ヘルムート様は今まで、公的な催しにはほぼすべて、魔術師団の正装で臨まれていたようですが……」

「それの何が悪い⁉」

ヘルムート様がキッとわたしを睨んだ。

「魔術師団の正装は、百年の歴史を誇る伝統ある衣裳だ！　決して他人に侮られるようなものでは」

「誰も侮ってなんかいませんよ。ただ、カッコ悪いというだけです」

うぐっ、とヘルムート様が呻いて机に手をついた。

「き、貴様、よくもそのような……」

「さ、早く採寸してください。時間を無駄にしない！」

わたしの声に、職人たちがぱっと散り、臨戦態勢に入った。

「それではヘルムート卿、服を脱いでいただけますでしょうか」

デザイナーの言葉に、えっ、とヘルムート様がうろたえ、両腕で自分の体を抱きしめるようにした。

「ぬ、脱げとは……、そ、そんな」

「脱がなきゃ採寸できないでしょうが！」

わたしはヘルムート様を一喝し、くるりと後ろを向いた。

「心配しなくても、見たりいたしません！　ほら、衝立もわざわざ持ってきてくれてるんですよ！　向こうに回って、さっさと脱ぐ！」

ヘルムート様は大人しく衝立に向かったらしい。背後でもそもそと服を脱ぐ気配がする。だが、

「……ヘルムート卿、体を隠されては採寸できないのですが……」

デザイナーの困ったような声に、わたしはこめかみを押さえた。

「ヘルムート様、採寸するのは男性の職人たちです、恥ずかしがらないでください。……ていうか、あなた、仮にも貴族でしょう！　裸を見られて何が恥ずかしいっていうんですか！」

「だっ……、いや、だって、私はこんな風に裸になって採寸されたことなんてない！」

「ええ!?」

わたしは驚いて、思わずヘルムート様を振り返った。

「ちょっ、こっち見るなライラ！」

「どうせ衝立で見えません！　それより、どういうことですかヘルムート様！　今まで、どうやっ

て服を仕立ててたんです？」

「いや、そもそも服を仕立てたことがない」

「え？」

わたしは耳を疑った。

「え？　……え？　どういうことです、服を仕立てたことがないって……」

「子どもの頃は、娼館の女将が適当に見繕った服を着ていたし、学院に入ってからは古着屋で売られていた制服を安く購入した。……祖父は私に金をかけるのを嫌がっていたからな」

ふん、と鼻を鳴らすヘルムート様に、わたしは呆気に取られた。

「いや……、でも、だって……、ヘルムート様、今じゃマクシリティ侯爵様より個人的な資産は上だって言われてるくらいじゃないですか。給料も報奨金も貯め込んでるうえ、魔道具開発で何件も大当たりをされてますし。ベルチェリ商会でもお取り扱いさせていただいている品がございますよね？　ヘルムート様、ご自分でもおっしゃってたじゃないですか、王都の一等地に城でも建てられるって。それだけお金あるのに、なんで服の一着も仕立てたことがないんですか？」

ヘルムート様は、何故か自慢するように言った。

「うむ、魔術師用の服は、フリーサイズが多いからな！　先輩からもらったお下がりで済ませている魔術師も多いのだ！　私もむろん、偉大なる前魔術師団長から……」

「いやちょっと待って。……まさかとは思いますけど、ヘルムート様、正装まで先輩のお下がりを……？」

「ああ。前の魔術師団長も引きこもりで、ほとんど使用していないということだったしな。実際、新品同様だったぞ」

　何か問題あるか？　と不思議そうに問われ、わたしはその場にくずおれそうになった。

　こ、これは……、思っていたより大変そう。ヘルムート様の外見を変える前に、意識そのものを改革する必要がありそうだ。

「……ヘルムート様、たとえ新品同様だとしても、他人のお下がりは……いえ、婚活用のお衣裳以外ならかまいません。物を捨てず再利用するというのは、それはそれで大変立派なことと思いますから。……が、婚活用のお衣裳は、絶対に新調せねばなりません」

「なんでだ」

　ヘルムート様、まったくわかってない。わたしはふう、と息をついた。

「ヘルムート様。……ヘルムート様は、大変ご立派なお方ですわ。侯爵家からほとんど支援を受けられぬ中、自力で今のお立場、宮廷魔術師団長という、魔術師として最高峰の地位にまで上り詰められたのですから」

「えっ」

　ヘルムート様の声が裏返り、ひょこっと衝立から顔が覗いた。

「え、ええ……、どうしたライラ、いきなりそんな」

「本当のことですわ。わたしは、心からヘルムート様を尊敬しております」

「え……」

　衝立から覗くヘルムート様の顔が、真っ赤に染まる。

　わたしはそれへ、容赦なく告げた。

「ですが、ヘルムート様の婚活市場における価値は、ゴミのようなものです」

衝立の向こうで、何かが床に落ちるような音がした。気にせず続ける。

「以前も申し上げました通り、それは、ヘルムート様がご自分についてご存じないせいですわ。ヘルムート様の良いところ、悪いところ、それを的確に知らずして、どうして婚活という厳しい戦いに臨めるでしょう」

「…………つまり、ゴミのような私を隠し、財力で相手の目をくらませるために、大金かけて服を新調するというわけか」

ヘルムート様のいじけたような声に、わたしは、いいえ、と首を横に振った。

「ヘルムート様、魔術師団の正装は、それは歴史ある素晴らしいお衣裳かもしれません。ですが、あの服はヘルムート様の良いところをすべて消し去ってしまいます。他のお下がりも同じですわ。魔術師の方がお召しになる服は、締め付けがなく、動きやすく、基本的に黒一色です。それは仕事用の服としては最適かもしれませんが、婚活用、特にヘルムート様のようなタイプには最悪なのです。ヘルムート様は、背が高く、細身でいらっしゃいます。そういう方は、魔術師の正装のような体の線を隠す服ではなく、もっと体に沿うような、スタイルの良さを活かした服装をすべきです」

「え」

ヘルムート様が戸惑ったように言った。

「え、……え、ス、スタイルがいいって……、それ、私のことか？」

「ヘルムート様は、ご自分のことをおわかりではないんですわ」

わたしはくり返した。本当にそうだ。ヘルムート様は、自分の武器をまったくわかっていない。

「新調した衣裳をお召しになれば、ヘルムート様もわたしの言葉の意味がおわかりになるでしょう。その時ヘルムート様は、新しいご自身を発見されるはずです。美しく謎めいた、誰もが憧れるような貴公子に変身されたご自身を」

「……いや、さすがにそれは」

「無理ではございません」

わたしはさらに言葉を重ねた。

「魔術師団の正装は、全身を覆い隠す真っ黒なローブでございましょう？　たしかに魔術師としての風格と申しますか、迫力と申しますか、まあ、そういった類いのものは存分に感じさせる衣裳かと存じます。……が、婚活用の衣裳として優れているとは、とても申せません」

「……あれは汚れが目立たないし、動きやすいんだ……」

ぼそっとヘルムート様が反論する。

「ええ、ええ、あれはあれで素晴らしいお衣裳ですとも。ただ、婚活には向かないというだけです」

なだめるようにわたしが言うと、わかった、と小さくヘルムート様がつぶやいた。

「美しい貴公子うんぬんはともかく、少しでも私の見た目をマシにするために、必要なことなのだろう。……わかった。もう文句は言わん」

「ありがとうございますヘルムート卿！」

わたしではなくデザイナーが感謝の言葉を述べた。どうやらヘルムート様、体を隠すのをやめたらしい。

「ご理解いただきまして幸いにございます。……ところでヘルムート様、せっかく裸なんですから、お肌の状態もチェックさせていただいてよろしいでしょうか？」

「かまわない……が、魔獣討伐を控えている。皮膚を切り取るとかそういうのは、少し困るんだが」

「そんなことしませんよ！」

わたしはギョッとして叫んだ。

ヘルムート様、美容に関してまったく知識がないせいか、発想が斜め上すぎる。美容を人体実験と勘違いしてるんじゃないか。

「お肌の水分量を計測し、ヘルムート様にもっとも適した化粧水、クリーム等を精製いたします。明日からの分は、とりあえず間に合わせのものを使用していただきますが……」

わたしは言いながら、部屋の隅に控えていた職人の一人に頷きかけた。

「何種類か試していただいて、一番お気に召したものをしばらくはお使いください。魔獣討伐から戻られる頃には、専用のものが出来上がっているはずですので」

美容液やらクリームやらを大量に持った職人が衝立の向こうに回ると、ヘルムート様が戸惑ったように言った。

「気に入ったものと言われても……。私にそうした品の良し悪しはわからん。どれでもいい」

「良し悪しではなく、お気に召したもので結構ですわ。なんでもいいんです、香りが気に入ったとか、肌触りがいいとか。こうしたものは、本人の好き嫌いも重要な要素になりますから」

いくら美容効果が高くとも、使用者本人が気に入らなければ、その効果は半減する。これは不思議な話で、さほど効能が高くないものでも、使用者がその香りやら肌なじみの良さなどを大変気に入り、毎日満足して使用を続けた場合、その化粧品は想定以上の効果を発揮するのだ。美容とは、心に直結するものなのかもしれない。

そしてヘルムート様は、爽やかな柑橘系の香りの化粧水とクリームを選択した。

意外。もっとこう、樹木系のスパイシーなやつか、麝香の蠱惑的な香りを選ぶかと思っていたんだけど。まあ、本人が気に入ったものが一番だから、何でもいいんだけどね。

それより問題はこっちだ。

「うわ、なんですかこの水分量！　ミイラですか⁉　ヘルムート様、ほんとに生きてます⁉」

「失礼なやつだな！」

いや、ほんとにこんな数値は初めて見た。……ヘルムート様の体質改善、気合入れてかからないと、マズイかもしれない。

ヘルムート様がニブル領の魔獣討伐に出発してから、一週間が経った。

帯同したニブル領出身の魔術師にヘルムート様を見張らせ、三日毎にその様子を書き送らせているおかげで（魔術師には、お礼としてベルチェリ商会で取り扱っている商品を好きなだけ進呈すると言ったら、喜んで引き受けてくれた）、今のところ美容計画はとどこおりなく進んでいることがわかった。王都に戻ってくるまで、ぜひこの調子を維持してほしい。

その間、わたしはわたしで片づけておかねばならない問題がある。

お見合いだ。

「今日はどなたですか、母上」

「あなた、お相手に会う前に釣書くらいちゃんと読んでおきなさい」

母に呆れたように言われたが、そんな時間などない。

「申し訳ありません、仕事がたてこんでおりまして」

「……まったく、あなたは父親に似て仕事熱心すぎるわ」

「そのおかげでベルチェリ商会は急成長し、いまや海の向こうの大陸に手を広げるほどの規模になりましたよ」

ふう、と母がため息をついた。

温室へと向かう母の足取りがゆっくりになる。お説教されるのかと思ったが、母はあきらめたように言った。

「あなたと言い争っても、言い負かされるだけね。……今日のお相手はフランケル男爵家のご次男よ。騎士団に所属されているけれど、将来的にはベルチェリ家に入って商会の仕事に携わりたいとおっしゃっているわ」

「それはできませんね」

わたしは肩をすくめた。

「ベルチェリ家はリオンが継ぎます。余計な火種は作らぬべきです」

「……それはそうなのだけど」

母はためらうように声を落とした。

「リオンは、あなたを後継者にと」

「馬鹿なことを」

わたしは母を睨んだ。

「そのような戯言、決して認められません。……わたしがベルチェリ家を継いだら、リオンはどうなります？　騎士になる？　文官として働く？　いいえ、リオンにはベルチェリ商会トップの地位こそふさわしいですわ。リオンには物事の本質を見抜き、人を動かす力があります。だからこそ父上も、リオンを後継者にと決めたのです」

「ライラ……」

「母上はそれでよろしいのですか。騎士や文官、どちらを選んでもリオンは不幸になるでしょう。そうとわかっていて、それでもわたしに家を継げと？」

「……リオンに不幸になってほしくなどないわ。でも、わたしはあなたにも不幸になってほしくないのよ」

母の言葉に、わたしは思わず足を止めた。

「母上」

「……あなたはそれでいいの？　一生リオンを、ベルチェリ家を支え、陰の存在として尽くし、表に出ることもない。実権はあなたが握るとしても、リオンの子が生まれればどうなるかわからないわ。いいえ、リオンの結婚相手があなたを疎めば、商会をさえ追い出されてしまうかもしれない」

「その時はその時ですわ」

わたしは母を安心させるように笑ってみせた。

「自慢ですが、わたしは多才なうえ、あちこちに伝手があります。たとえベルチェリ家を追い出されたとしても、それで食い詰めて身を持ち崩すようなことにはなりません。ご安心ください」

「あなたが有能で、度胸もあることは、ようくわかっていますとも」

母は苦笑した。

「でも、それとこれとは別です。……言ったでしょう、わたしはあなたに、幸せになってほしいのよ」

わたしは母を見つめ、考えた。

幸せ。わたしの幸せ。……そんなこと、考えたこともなかった。いや、考えるのを避けてきた。考えたってどうしようもない。手に入りっこないからだ。

「……母上がおっしゃったことです。人にはできることと、できないことがあると」

「あなたが幸せになるのは、不可能なことなの？」

「リオンをベルチェリ家の当主とするなら、それを側で支える人間が必要です。実質的にベルチェリ商会を切り盛りしながら、決してリオンから権益を奪わぬ人間が。……わたし以外に適任者がいますか？」

母はわたしから目をそらした。

「リオンの幸せはリオン自身が決めることですが、もしリオンが不幸になれば、わたしも問答無用で不幸になります。少なくともリオンに、わたしへの遠慮から商会入りをやめさせるべきではありません。リオンには、人の上に立つ資質があるのですから。……だから、これが一番の解決策なんですよ。さあ、行きましょう母上。お相手を待たせては失礼です」

わたしは温室に向かう足を速めた。少しして、母の足音がついてくる。わたしは軽く息を吐き、今日のお見合いに意識を切り替えた。

ベルチェリ家でお見合いが行われる場合、だいたい温室が使われることが多い。

相手は海外の珍しい植物を鑑賞できるし、こっちはベルチェリ家の財力をそれとなく誇示できる。

たしか今は、東方から取り寄せた『月の花』と呼ばれる珍しい植物が蕾をつけたばかりのはずだ。咲くのはまだ先だが、これを話題にしてみよう。相手がどれだけ東方に詳しいか探ることもできる。

そこまで考えて、わたしは苦笑した。

お見合い相手を、まるで職員採用と同じ目線で見てしまっている。どれだけ商会に役立つかどうか、それだけで結婚相手を決めようとしているのだから、わたしも大概だ。

わたしは、ふとヘルムート様のことを思った。

娼婦の子として生まれ、侯爵家に冷遇されながらも、見事に宮廷魔術師団長という地位にまで上り詰めた、わたしの幼なじみ。魔法に関しては天才だが、それ以外のことはまったく知らず、修道士並みに世情に疎いため、現在、婚活で大苦戦している。

だがヘルムート様は、少なくとも結婚相手を利用できるかどうか、なんて視点では選ばないだろう。彼は、愛し愛される人としか、結婚を考えていない。そんなことを望むのが許される時点で、そうとう恵まれた立場にいるとは思うが、その立ち位置まで上り詰めたのは、彼の努力の賜物だ。

ヘルムート様は、自分の望み、幸せが何なのか、ちゃんと理解している。そして今、ベルチェリ商会の助けを得て、その幸せに向け着実に一歩を踏み出した。

自分の心を偽り、幸せについて考えることすら避けているわたしとは、大違いだ。

わたしは偉そうにヘルムート様にああだこうだと指図をしているが、本当はヘルムート様は、わたしなんかよりよほどまともなのだ。

――わたしに、ヘルムート様にお説教する資格なんてない。

わたしはため息をつき、憂鬱な気持ちで温室の前に立ったのだった。


「まあ、そうですの。フランケル男爵家では、香水なども取り扱っていらっしゃるのですね」

わたしは目の前に座るフランケル男爵家次男、アーサー様に、にっこりと微笑みかけた。

フランケル家の領地は、東方との交易が盛んな港に隣接している。そのおかげで独自の流通ルートを確保しているらしく、様々な掘り出し物があるようだ。

アーサー様は次男ということもあり、騎士団に所属してはいるものの、あまり剣などに才はなく、内勤に配属されたそうだ。まあ、そういうことなら、ベルチェリ家入りを希望する気持ちもわかる。

わたしが興味を示したことに、緊張ぎみだったアーサー様の表情が明るくなった。

「ええ、そうです。……よければご覧いただけますか？　こちらの品なのですが」

アーサー様が遠慮がちにテーブルの上に小さな香水の瓶を乗せた。瓶は、赤や金を多用したモザイク柄の装飾が施され、異国情緒あふれる見た目をしている。

「まあ、素敵。……香りを確認させていただいても？」

「もちろんです、どうぞ」

そっと香水瓶の蓋を開け、香りを確かめる。

樹木系だが、柔らかな花のような香りもする。甘さは少なく、温かみのある落ち着いた香りだ。

「これは、ちょうどこれからの季節、秋から冬に向けて人気が出そうな商品ですね。アーサー様がお取り扱いを始められたんですの？」

「ええ、まあ……。ベルチェリ商会から見れば、商売とも呼べないような小さな商いですが」

「商売に小さいも大きいもありませんわ。特にそちらでお取り扱いされている品は、通常の流通ルートには乗らぬものなのでしょう？　そうしたお品は、付加価値がついてさらに貴重なものとなりますもの」

ふふ、と笑うと、アーサー様も嬉しそうに顔をほころばせた。

ふむ、とわたしは気づかれぬよう、アーサー様の全身にさっと視線を走らせた。

柔らかそうな茶色の髪、人の良さそうな茶色のたれ目。そばかすの浮いた頬。

カフスピンやブローチなど、身に着けている装飾品は、さほど高価ではないが趣味がいい。深い緑色のジャケットによく映え、品良く見える。腹芸はできなそうだが、そこが逆に信頼できるとお客様に人気もでそうだ。何より、独自流通ルートを持ち、ニッチな需要を掘り起こせそうな商品も、少しではあるが開拓しているようだ。よし採用！　……ではなく、見合いだ、見合い。

だが、やはり商売の話は見逃せない。

「アーサー様、こうしてお会いして、実に有益なお話を伺うことができました。……この縁談の結果がどうあれ、先ほどお伺いした香水や他の商品につきまして、ベルチェリ商会のほうで是非、お取り扱いさせていただければと思うのですが」

「おお、それはありがたい！」

アーサー様は顔を輝かせた。

「お話しさせていただいた品々は、どうも……、フランケル家ではあまり良い顔をされぬのです。

利幅が薄く需要も少ないので、商売にならぬと」

「まあ、そうなのですか？」

わたしは驚いたふりをしながら、さもあろうと内心で納得していた。

フランケル家で囲い込んでいる顧客と、アーサー様が取り扱いを希望する品々の想定顧客層は、微妙にズレている。品質も優れているし、値段も妥当ではあるが、フランケル家当主はあまりいい顔をしないだろう。

だがベルチェリ商会ならば違う！　うちは老若男女、平民から王族まで幅広い層にご贔屓いただいておりますので！

わたしは、テーブルの上に置かれた小さな香水瓶を手に取り、それをじっくり見た。

「この容器は、細部にいたるまで非常に丁寧に作られておりますわね。香りの雰囲気ともよく合っておりますし。……こうした品々を好む方々を、わたくし、よく存じておりますわ」

「本当ですか！」

アーサー様が椅子から体を浮かせる勢いで食いついた。

「ああ、良かった、ベルチェリ商会ならばもしや、と思っていたのですが」

「ほほほ、今日はお互いに良き日となりましたわね、アーサー様。……あら、時間が経つことのなんと早いこと、執事が参りましたわ」

わたしは椅子から立ち上がると、アーサー様に片手を差し出した。

「アーサー様、これ以降のお取引につきましては、まず、わたくしからアーサー様へ直接書類をお届けいたします。書類はご実家と騎士団、どちらへお届けしたほうがよろしいかしら？」

「では、騎士団宛てで。僕はあまり実家にいることはありませんので」

実家はどうも居場所がなくて、と苦笑するアーサー様に、わたしはにっこり笑いかけた。

「かしこまりました。では、騎士団宛てにお送りいたしますわ。わたくし宛ての書類は、ベルチェリ家ではなく魔術師の塔へお届けいただけます？」

「ああ、そうでした、ライラ様は魔術師の塔に所属されていましたね。……このように商才をお持ちのうえ、魔法にも長けておられるとは、いや、これは始めから僕などがお相手とは、おこがましい話でした」

「まあ、アーサー様、お上手ですこと」

アーサー様はわたしの手を取ると、うやうやしく指に口づけた。

「ありがとうございます、ライラ・ベルチェリ様。……誠に、今日は僕にとって素晴らしい一日となりました」

アーサー様の輝く笑顔に、わたし自身も、よくやった！　と晴れやかな心持ちとなったのだが。

「……ライラ。あなた、お見合いの意味をわかっているのかしら？」

母の地を這うような低い声音に、わたしはさすがに後ろめたくなった。

「あら。……ええ、それはもちろん……、あの、ただ、話の流れでちょちょっとこの商品についてもご説明いただいただけで。……母上、ちょっと見てくださらない？　この香水なのですけど」

「……これは？」

「本日のお見合い相手、アーサー様が独自ルートで入手された品ですわ。東方のアンラスキア地方で栽培されている薬草から蒸留されたものですって」

母は瓶に顔を寄せ、その香水の色、香り、容器に至るまで素早くチェックした。

「……少しクセのある香りだけど、これは一部に人気が出そうね。容器もエキゾチックで素敵だわ」

「昨今の流行にも乗っておりますしね。アンラスキア地方は、まさに王都民が憧れる東方の文化の粋と呼べる場所ですし」

ここ最近、王都では騎馬の民と貴族令嬢の恋物語が大流行し、その流れで騎馬の民の住まう東方にも注目が集まっているのだ。東方の人々は、なぜか年齢より若く見えるため、美容関連の品々も便乗してよく売れている。

「母上、実はこの香水、お肌を美しくする効能もありまして……」

「え、本当!?」

「現地の方も、半ば薬用として使用されているそうです。この香りは代謝を良くし、お肌を引き締める効果があると……」

「買うわ！」

「お買い上げありがとうございます。……ではなく、まずは販売方針から決めてゆきましょう。遠方からの仕入れのため、少し割高になりますから、やはり貴族などの富裕層が主な顧客層となります。しかし、これは今までより少し若い世代を想定したほうがよろしいでしょう」

わたしの提案に、母は首を傾げた。

「あら、何故？　美容効果があるというなら、年配のご婦人方にも人気がでるでしょうに」

「香水はまた別ですわ。お年を召した方は、既にご自分の香りをお持ちです。時たま、気分転換に違う香水を使用されることもあるかもしれませんが、長年愛用されているものを変えるようなことはなさいません。……が、若い世代は違います。あれこれと新しいものを試し、自分の香りを確立してゆくようなお若い方、それを想定顧客とし、売り出すのがよろしいかと思うのですが」

「なるほど、そうねえ……」

母は少し考え込んだ。

「こちらはどれほどの流通を見込んでいるの？」

「アーサー様のお話ですと、冬季の内職として手作業で作っているものですから、大量生産は見込めないとのことです。そもそも、母上がおっしゃったように香りにクセがございますから、万人向けに販売するのは難しいでしょう。……王都周辺に限定して、年間一万本、といったところでしょうか」

「……なかなか強気ね」

「固定客をつかめば、そう難しい数字でもありませんわ。後は広告ですね。意外性があって、男女両方に訴求力のある……」

頭の中でいろいろな計算を始めたわたしに、母がため息交じりに言った。

「……それで、お見合いのほうはどうなったの？」

聞かないでください、母上。

その後、香水の販売権に関する交渉はとんとん拍子に進み、いよいよ明日、本契約にまでこぎつけることができた。

契約書を取りに、魔術師の塔からベルチェリ家に立ち寄ると、目ざとくわたしに気づいた母が声をかけてきた。

「ライラ、帰っていたのね。この間のお相手……、フランケル男爵家のご次男とは、その後どうなっているの？」

「母上、お喜びください！　そのアーサー様と、ついに明日、件の香水の本契約にこぎつけましたの。ベルチェリ商会の独占販売となりますわ！」

「……そう。それは何よりです。それで、商売以外のほうはどうなの？」

「商売以外というと……」

「お見合い相手として、何か発展はあったの？」

「……アーサー様もわたしも、いろいろと仕事がいそがしく……」

「もういいわ」

母は深いため息をついた。

「あなたは本当に、ゲオルグ様に似てしまったのねえ」

父の名前を出され、わたしは首を傾げた。

「そうでしょうか？　わたしに会った方はみな、わたしは母上にそっくりだとおっしゃいますが」

「それは見た目の話でしょう」

母は苦笑し、わたしを見た。わたしと同じ大きな緑の瞳、同じミルクティー色の巻き毛を持つ母は、苦笑して言った。

「あなたを見ていると、昔のゲオルグ様を思い出すわ。本当にそっくりよ」

父は金髪に青い瞳の、どちらかと言えば少し厳つい見た目をしている。その父にそっくりと言われ、いくら見た目の話ではないと言われても、わたしは少し顔を引きつらせてしまった。

「そ、そうですか……」

「ゲオルグ様も、仕事に一生懸命で、自分のことはぜんぶ後回しにされていたの。情熱的で真っ直ぐで……、ステキだったわあ……」

ぽわんと恋する少女のような瞳をして両手を組む母に、わたしは苦笑した。

「そのように思ってもらえて、父上は幸せ者ですね」

両親のような相思相愛カップルは、貴族では稀なケースだ。ある意味、奇跡に近い幸運を両親は引き当てたのだ。

「お見合いは、商売のようにはいきませんね。わたしにはまだ、難しそうです」

肩をすくめるわたしに、母は眉をひそめた。

「商売と比較すること自体が問題なのよ。まったく、あなたは……」

「申し訳ありません反省しています」

わたしは素早く頭を下げた。

この手の問題で母と言い争っても勝ち目はない。早めに白旗をかかげて降参するのが身のためだ。

「それではそろそろ、塔へ戻りますね。父上にもよろしくお伝えください」

「まあライラ、まだ話は終わっていませんよ」

まだ続きそうな説教から逃れ、わたしはそそくさと馬車回しにつけた馬車に乗り込んだ。

「お嬢様、契約書はお持ちになりましたか？　それでは後ほど、魔術師の塔への納入品を、商会から直接、お届けにするよう手配いたします」

見送りに出た執事のファーガスンはそう言うと、深々とわたしに頭を下げた。なんだか笑うのをこらえているように見える。

「もう、ファーガスン。わかっているわよ、面白がらないでちょうだい」

わたしの生まれる前から父に仕えていたファーガスンには、わたしが母から逃げ回っていることもお見通しなのだろう。馬車の窓から首を出し、抗議するわたしに、ファーガスンは笑いを含んだ声で言った。

「面白がるなど、滅相もない。……お嬢様、奥様も旦那様も、僭越ながら私めも、お嬢様のお幸せを願っているだけでございます」

わたしは苦笑した。こう言われては反論できない。

馬車が出発し、ファーガスンの姿もベルチェリ家の屋敷も遠ざかってゆく。わたしは馬車の座席に深く座り直し、ため息をついた。

誰もかれもが、わたしに幸せになってほしいと言う。わたしだって別に、進んで不幸せになりたいわけではない。でも、その道筋が見つからない場合は、いったいどうすればいいのだろう。

アルトゥールは、リオンにベルチェリ商会のトップは務まらないと決めつけている。

だが、わたしはそうは思わない。これは決して身内の欲目ではなく、子どもの頃から誰よりも近くにいて、リオンを見てきたからこそわかることだ。

リオンには物事の本質を見極める目があり、時として驚くほどの洞察力を発揮する。また大勢の人間を取りまとめ、自然な流れを作って動かすことが上手い。学園唯一無二のアイドルとして君臨しつづけた実力は伊達ではないのだ。いかに顔が良くとも、それだけでアイドルは務まらない。リオンには、人の上に立つ素質が十分にある。

わたしは、リオンのその才を活かしてやりたい。ベルチェリ商会の経営に関わる立場だからこそ、そう思うのだ。

リオン自身も、商会の仕事に携わる事を望んでいる。わたしに対する遠慮から商会トップの地位に執着を見せないが、商会をさらに発展させたいなら、わたしよりリオンがトップに立つべきなのだ。だからこそ父も、リオンを後継者に決めたのだろう。父とわたしが似ているというなら、父もわたしと同じ考えのはずだ。そもそも父は、親子の情に流され、商会の未来を潰すような阿呆ではない。

そしてリオンの才を活かすためには、その手足となって働く忠実な部下が必要だ。

そう、わたしのような。

問題はすべて、ここに戻ってくる。

リオンを商会トップに据え、その補佐としてわたしが働く。それこそがわたしの望む未来だ。

だがそのためには、自分の心を殺す必要がある。

『ライラは魔法が使えるか？』

わたしはふいに、子どもの頃のヘルムート様の言葉を思い出した。目をきらきらさせて、一生懸命、つたない術式を描いていたヘルムート様。

きっとわたしは、あの頃からヘルムート様を好きだったのだろう。好きなことには努力を惜しまない一途さや、ふとした時に見せる寂しそうな表情に、わたしはいつの間にか惹かれ、夢中になっていた。

ヘルムート様はマクシリティ侯爵家に引き取られてからも、時折ベルチェリ家を訪れたが、次第にその足は遠ざかり、魔術師の塔に入る頃にはほとんど顔を会わせることもなくなってしまった。

このままだとわたしは、もうヘルムート様と会うこともなく、ベルチェリ商会のために、ヘルムート様以外の誰かと結婚することになる。それがどうしてもイヤで、わたしは学院卒業後、魔術師の塔に入ることにした。魔術師の塔におけるベルチェリ商会の販路を拡大し、人脈を広げる、という名目で。


「ヘルムート様、第二騎士団より低強度国境紛争の作戦要綱について、追加提案の書類をお預かりいたしました。要綱策定会議は明日なので、それまでにご確認のうえ、草案の作り直しをお願いいたします」

「ああ⁉　いま何時だと思ってる！　これから作り直しだと⁉」

「ヘルムート様、書類を燃やさないでください！」

公文書管理課に配属されたわたしは、何故かヘルムート様宛ての書類をすべて任されるようになった。

久しぶりにお会いしたヘルムート様は、相変わらずヘルムート様だった。魔法に夢中で、建前を嫌い、誰に対しても臆せず媚びず、我が道を突き進んでいる。

ああ、ヘルムート様だなあ、と、胸がくすぐったいような、それでいてちりちりと痛むような、不思議な心地がした。

婚活を手助けする、と申し出たわたしに、ヘルムート様は「何が望みだ？」と問いかけた。わたしの目的がわからない、とも。

幼なじみであるヘルムート様を助けてあげたい、と言ったのは嘘ではない。ただ、本当のところは自己満足というか、自分の気持ちを整理するためだ。

冬になれば、わたしの弟、リオンが学院を卒業し、ベルチェリ商会に入る。それに伴い、わたしの立ち位置も『ベルチェリ商会トップの娘』から、『リオンの補佐役』へと変化する。その地位にふさわしい結婚相手も必要だ。両親の望みもわかっているし、わたし自身もある程度、結婚相手の目星はつけている。

あとは、自分の気持ちだけ。

自分の気持ちを整理し、区切りをつけて望ましい婚約者と縁を結ぶために、ヘルムート様の婚活の手助けを申し出たというのが本当の理由だ。

ヘルムート様には、とても言えない。伝えたところで困惑されるだけだろうし、そもそも受け入れられても困るのだ。

わたしの結婚相手とするには、ヘルムート様の地位は高すぎる。アルトゥールのような子爵家、もしくは男爵家の次男以下辺りが理想なのだ。

そうわかっているのに、わたしはヘルムート様を好きになってしまった。

わたしが魔術師の塔に入った頃、ヘルムート様は魔術の天才と称されると同時に、変人としてもすでに有名だった。しかしわたしには、ヘルムート様が誰よりも輝いて見えた。子どものように寝食を忘れて新しい魔術に打ち込む様子も、怒って書類を燃やそうとする子どもっぽい行動も、何もかもが愛しく思えた。

わがままを言って、魔術師の塔に入って良かった。未練がましいけど、思い出を作ることができたし、思惑通り、魔術師の塔における人脈を広げ、商会の販路を拡大させることもできた。リオンの卒業を控え、そろそろわたしの初恋も終わりを迎えようとしている。

だが、きっと、これでいいのだ。

個人としての幸せと、多くの幸せのための犠牲。どちらかを選ばねばならないとしたら、わたしの心はもう決まっている。

リオンやベルチェリ商会にかかわる多くの人々の役に立ち、幼い頃から想い続けたヘルムート様を幸せにすることができるのだ。迷う理由なんかない。覚悟を決めなければ。

わたしは深呼吸した。

明日には、ヘルムート様が魔獣討伐から帰ってくる。

「――よし、やるぞ」

自分に言い聞かせるように、わたしはつぶやいた。

ヘルムート様の婚活を、わたしの意地にかけて、必ず成功させてみせる！

三　魔獣討伐と婚活

「団長、第二部隊の騎士に、攻撃を開始せよとの命令が下されました！」

「第二部隊？　中央の部隊ではなく？」

私は驚いて部下に問いただした。

第二部隊を動かすとは、左翼を展開する変則的な陣形をとるつもりなのだろうか。しかしこの平原は狭く、左翼のすぐ横には湿地帯が広がっている。それなのに、何故あえて左翼の第二部隊に攻撃命令を出したのだ？　そもそも第二部隊の主な任務は、魔術師の護衛だ。そこを動かすなら、代わりの騎士を中央部隊から出さねばならない。

そんな手間までかけて、わざわざ陣形を変える意味がわからん、と思っていると、

「それが、その……、指揮官は、中央部隊、第二部隊の両方に攻撃命令を出されたようであります」

部下の返答に、私は呆気にとられた。今回の魔獣討伐隊の指揮を執るのは、レーマン侯爵家の後継者、ハロルド・レーマンだが、こいつはまともに軍役を担ったこともないお坊ちゃまだ。いったい何をやらかすかと、胃の痛い思いをしていたらこれか！

「なんだと？　ハロルドは何を考えている、それでは第二部隊の魔術師はどうなるのだ！　ハロルドは塔との取り決めを破るつもりか⁉」

魔術師が魔法を使っている間は、どうしても物理防御が落ちる。第二部隊には魔法騎士として戦

える魔術師がいないから、その護衛として騎士を配置したというのに、その騎士に攻撃命令を出してどうする。ハロルドは魔術師を殺すつもりか!?

「レーマン侯爵家のご子息は……、将として采配を振るったことが、おありではないようでして……」

「そんなことはわかっている！　やつは宮廷から押し付けられた役立たずだ！　しかしだからと言ってこのような……！」

「団長、声が大きいです！」

部下が慌てて遮音魔術を使ったが、聞かれてもかまうものか。

ハロルドは先の国境紛争でも、まさにお客さま扱いで、実際には剣を握ったこともなかったはずだ。あのサムエリ公爵家の嫡男でさえ、前線に出て戦ったというのに、ハロルドは後方の安全な陣の中で、十重二十重《とえはたえ》に守られていたのだ。

いや、それ自体は別にいい。実戦経験のないお坊ちゃまに、下手に前線にしゃしゃり出てこられても困る。

だがそんなやつに、いきなり騎士団の指揮権を与えるなど、宮廷の輩は何を考えているのか。無謀にもほどがある。政治に関わりを持つ気はなかったが、これは一度、ヨナスと真剣に話し合う必要があるかもしれない。ヨナスも政治を嫌っているが、あいつは次期騎士団長なのだから、いずれ避けては通れない問題だ。

あー、面倒くさい……。

私がイライラしていると、

「団長！　左翼の魔術師二名が、魔獣に取り囲まれました！」

遠見の魔術で戦況を分析していた部下が、焦ったような声を上げた。

「なぜ転移陣を使わない⁉　全員に緊急避難用の陣を渡してあるはずだ！」

「それが……、両名とも魔力が尽きて、陣の起動ができぬようです！」

部下の言葉に、私は頭を抱えた。

だーーー！　もう魔力が尽きただと⁉　ハロルドのやりようは論外だが、この魔術師たちもふざけている！　恐らくは魔法を乱発して魔力不足に陥ったのだろうが、二名とも塔に戻ったら特別訓練メニューを組んでやる！

私は防御魔法を展開させ、中央部隊の全員を包み込むと、大声で叫んだ。

「よいか、私が戻るまで、この防御魔法の中から絶対に出るなよ！　ハロルドに何か言われても無視しろ！　責任は私が取る！」

「だ、団長」

「攻撃魔法はこの中から打て！　それで十分、騎士の援護ができるはずだ！　私は左翼、魔術師二名の救出に向かう！」

私は地面に手をつき、転移陣を浮かび上がらせた。空中に浮かんだそれに飛び乗り、魔獣に取り囲まれた魔術師二名のもとに転移する。

「きさまら！」

転移先に着くなり、魔獣が襲いかかってくる。それを剣で撥ねとばしながら、私は、地面に倒れ込んでいる魔術師二人に怒鳴った。

「いつまで寝ているつもりだ！　とっとと転移陣の中へ入れ！」

二人は私の姿を認めるなり、目を潤ませた。

「だ、団長……、わたしたちを助けに……！」

「いいから早く陣に入れ！　魔獣ではなく私に殺されたいか⁉」

私に怒鳴られ、二人は慌てて起き上がると、よろよろしながら転移陣の中に入った。その様子に、私は舌打ちした。

二人とも魔獣に襲われ、背中や腕に怪我をしている。致命傷ではないが、前線からは離脱させねばならないだろう。私がついていながら、部下にこのような怪我を負わせるとは！

オオカミ型の魔獣が、集団で襲いかかってくる。まともに相手をしていてはキリがないので、私は簡単な防御魔法を正面に展開してから、魔術師二名を両腕に抱えた。

「しっかり立っていろ、転移するぞ！」

ドン、と二名分の転移負荷が一気にかかったが、これくらいは何ほどのこともない。中央部隊に戻ると、遠見の術を使っていた部下が、私たちに走り寄ってきた。

「団長！」

「こいつらを後衛に下がらせろ！　治癒術師を待機させておけ！」

中央部隊にかけた防御魔法はまだ切れていなかった。今の内に、負傷した魔術師たちを前線から離脱させないと。

「しかし、第二部隊からは魔術師の追加要請がきております。防御魔法の使い手が足りぬようで……」

部下の言葉に、私は危うく喚きちらしそうになった。

よくもそのような図々しい要請ができるものだ。そもそも、魔術師が離脱せねばならんほどの怪我を負ったのは、誰のせいだと思っている。ハロルドめ！

私は大きく息を吐き、言った。

「……左翼の防御は、私がやろう。ここから防御魔法を飛ばす」

「こ……、ここから、ですか？」

部下が動揺したように私を見た。

「し、しかし、左翼全体の防御魔法を維持しながら、中央でも攻撃魔法を使うのは、いかに団長でも負荷が大きすぎます。体が耐えきれないかと」

「大丈夫だ」

面倒だが、仕方ない。

「今回は剣を使う」

剣に魔力を流して戦えば、攻撃魔法を打ち続けるより、魔力消費量を抑えられる。

私は腰に佩《は》いた剣を引き抜いた。柄を握る手から軽く魔力を流すと、ブレード部分がぶわりと炎に包まれる。同時に体内で魔力を練り上げ、防御魔法を編み上げた。それをそのまま、もう片方の手の平に乗せ、風の魔術でくるんで左翼の第二部隊へ向けて放り投げる。

「――どうだ。第二部隊をちゃんと防御魔法で包めたか？」

遠見の魔術を使っている部下に声をかけると、

「は、はい……っ！　騎士及び魔術師全員、防御魔法の中に入りました……っ！」

「よし」

私は頷き、剣を握り直した。

「これより中央正面、魔獣の群れを殲滅する。飛行系の魔獣の取りこぼしがあるかもしれんから、気を付けろ。この分では騎士の援護は望めぬ。何かあれば、魔力が足りなくなる前に必ず転移陣を使うよう、徹底させろ」

「仰せの通りに！」

部下の一人が魔術で声を飛ばし、命令を伝達する。

これ以上の被害を出さず、なるべく早く戦闘を終わらせなければならない。ハロルドや宮廷の阿呆どもと対決するのは、その後だ。

「行くぞ！」

私は剣を掲げ、すでに乱戦状態の騎士と魔獣の群れの中に突っ込んでいった。


「ヘルムート様、ご無事の帰還、お祝い申し上げます」

「何がめでたいものか！」

ニブル領の魔獣討伐を終え、魔術師の塔に戻ったヘルムート様は、怒り心頭の様子だった。

背後からゴゴゴと怒りの炎を噴き出す（幻覚だ、幻覚）ヘルムート様に、わたしは首を傾げた。

「どうされたんです？　討伐は成功したと伺いましたが」

「……まあな。討伐自体はなんとかなった。だが当初の予想よりも被害が大きい。魔術師二名が重傷を負い、戦線離脱を余儀なくされたのだ。……この私がいて！　二名も魔術師を戦線離脱させるなど、屈辱の極みだ！」

「ちょっとヘルムート様、頭を掻きむしらないでくださいよ。せっかく髪ツヤツヤになってきたんですから」

わたしは、どうどう、とヘルムート様の肩を叩き、執務室の椅子に座らせた。

気持ちが落ち着くよう、鎮静効果のあるハーブティを入れてヘルムート様に渡すと、一瞬怒りを忘れたのか笑顔になって「ありがとう」と受け取った。

ヘルムート様、このお茶大好きなんだよね。自腹で大量購入し、戦地にまで持っていってるくらいだし。

「魔術師に被害が出たことは、わたしも聞き及んでおります。……ニブル領の魔獣が危険なのは承知しておりますが、たしかに意外でした。魔獣の暴走でもあったのですか？」

基本的に、魔術師は後衛だ。騎士が盾となって守るため、激戦地でもない限り、魔術師が戦線離脱するほどの重傷を負うことはあまりない。

ヘルムート様はお茶を飲み、気持ちを落ち着かせるように一つ息をついた。

「魔獣の暴走のほうがまだマシだ。……今回の被害は、人災だ。はっきり言えば、無能な廷臣どもの利権争いのせいだ」

「ちょっとヘルムート様！」

わたしは慌てて周囲を見回した。

魔術師団長の執務室には、結界が張られている。そこを突破できるような人間はまずいないと思うが、それでも万が一ということがある。

だがヘルムート様は、なおも激しく言いつのった。

「まったく宮廷の阿呆どもは、ろくなことをせん！　今回の討伐には何の口出しもなかったと安心していたら、後から侯爵家のボンクラ子息を前線に送り込んで来やがった！　魔法もろくに使えん、一度も戦場に立ったことのない侯爵子息に！　騎士団を掌握する全権を与えるだと！　常軌を逸している！」

「そ、それは……」

わたしは言葉に詰まり、口ごもった。

現在の宮廷には、様々な派閥が入り乱れている。それらすべてを従えるほどの強大な権力を持つ貴族はおらず、政治は半ば混乱状態だ。現王が幼く、後ろ盾も弱いことから、一部貴族のやりたい放題になってしまっている。

こういう場合、騎士団や魔術師団が、これと見込んだ貴族もしくは王族のバックにつくものだけど、次期騎士団長のヨナス様も魔術師団長のヘルムート様も、政治には無関心だからなあ。まあ、政争に巻き込まれるよりは傍観者の立場でいたほうが安全だとは思うけど。

しかし、いくらヨナス様が温厚とはいえ、これが表沙汰になったらさすがにひと悶着あるんじゃないか。

今回の魔獣討伐には、ヨナス様及びその麾下にある第一騎士団は参加していない。が、これは明らかに王宮直属の全騎士団を束ねる次期騎士団長も兼任する、ヨナス様の権限を侵害している。高位貴族といえど、糾弾されればただでは済まないだろう。

ていうか、その前に魔術師団が騒ぎそうだ、とわたしは怒り収まらぬ様子のヘルムート様を見ながら思った。

「無能どもが、お気に入りに地位を与えたいというなら、勝手にすればいい。別に私は反対などせん。……が、その尻拭いを魔術師団に押し付けることは許さん！　あいつら、今度という今度は……！」

「ヘルムート様、落ち着いて。……あの、ヘルムート様はどこぞの貴族か王族の後見として立つおつもりで？」

「……いや」

ムスッとした表情でヘルムート様が言った。

「塔の魔術師は、政治に関わりを持たぬ。そもそも誰が王になろうが我々には関係がないからな。塔の魔術師は、その師団の長にのみ忠誠を誓い、長は国に忠誠を誓う。王ではなく、国にな。建国の時から変わらぬ、塔の魔術師と国との契約だ。だから今まで黙っていたのだ」

ヘルムート様はふん、と鼻を鳴らした。

「塔の魔術師は、誰にも肩入れはせん。……もちろんそれは建前であって、歴代の魔術師団長の中には、政治にどっぷり関わった者もいる。が、私は政治は好かん。廷臣どもの思惑に振り回されるのはまっぴらだ。……だが今回、あやつらのくだらん権力争いのせいで、魔術師に被害が及んだのだ。長として見過ごすことはできん」

ヘルムート様は吐き捨てるように言った。

「本来なら、魔術師は騎士に守られているはずだった。だが、魔術師の護衛担当だった騎士にまで、魔獣掃討の命が下された。あの侯爵家の阿呆は、魔術師の命を守るより、己の功績を優先したのだ！　魔術師が助かったのは、単に運が良かったからにすぎん！」

「そ、そうだったんですね……」

わたしは怒れるヘルムート様に恐る恐る尋ねた。

「それで、今回騎士団の全権を任されたというご子息は……」

「レーマン侯爵家のハロルドだ」

苦虫を噛み潰したような表情でヘルムート様が言う。

「あやつめ、学生の頃から何かとカンにさわるやつであったが、まさか魔術師団長になってまであの阿呆に煩わされることになるとは……」

あー、ハロルド様って、そういえばヘルムート様と同い年だったっけ。ヘルムート様は飛び級したから二年目から同じ授業を受けることはなかったはずだけど、入学は一緒だ。

たしかにヘルムート様とハロルド様って、何から何まで正反対で互いに反発しそうだな。

「今回は災難でしたね。ハロルド様のお父上のレーマン侯爵様が、家督を譲るにあたってハロルド様に箔をつけようと、騎士団の指揮権を与えたんじゃないでしょうか。……もしくは、ハロルド様は令嬢たちに大人気ですから、娘をハロルド様に嫁がせたいともくろむ親の仕業かもしれませんね」

わたしの推測に、は？　とヘルムート様が目を丸くした。

「人気だと？　あの阿呆のどこが？　何が人気だと言うんだ⁉」

「どこって……、まあ、顔ですかね。ほら、ハロルド様って美形じゃないですか」

金髪碧眼の美貌を誇るハロルド様は、王都の絵姿売り上げで常に上位にいる。美形はよほどのことがない限り、民から愛されるのだ。

「結局、顔か！　顔なのか！」

美形なんて大っ嫌い！　滅びてしまえ！　と絶叫するヘルムート様を、わたしは黙って見つめた。

ヘルムート様だって美形なのに、コンプレックスが強すぎて己を客観視できていないんだな……。可哀そうに。

吠えるだけ吠え、ぐったりと執務机に突っ伏すヘルムート様に、わたしは優しく声をかけた。

「それはそうと、ヘルムート様、きちんと約束を守ってくださったんですね」

「あ？」

半眼でわたしを見上げるヘルムート様に、わたしはにっこり笑って言った。

「髪はツヤツヤになりましたし、お肌もだいぶ状態が良くなってます。目の下のクマもだいぶ薄くなったし……」

顔をのぞき込むと、ヘルムート様が少し赤くなって下を向いた。

「そ、……そうか？　ん、まあ……、そうだな、言われた通り八時間睡眠を守ったし、栄養補助食品もちゃんと食べたしな……」

「すごい！　さすがヘルムート様です！」

「ん……、そうだな、まあ、少しは頑張ったかな……」

「えらいですね！　頑張りましたね、ヘルムート様！」

わたしは、これでもかとヘルムート様を褒めた。

魔術師の塔に入ってからわかったのだが、ほとんどの魔術師は褒められることに慣れていない。塔の魔術師は強大な魔力をあやつり、時として一個大隊を壊滅させるほどの脅威となるにもかかわらず、あまり表立って賞賛されることがない。華やかな騎士に比べると、圧倒的に地味な存在なのだ。

そのせいか、魔術師は軽〜く褒めただけで、こっちが引くくらい喜んでくれる。また、喜んでいることを隠そうとするのだが、それがあまりにわかりやすいため、なんかこっちが切なくなってしまう。

こんなに頑張ってるのに、みんな魔術師を無視するのなんで⁉　誰かもっと褒めてやって！　と思うのだが、まあ、おかげで魔術師のマインドコントロールは割と簡単だ。

褒めて伸ばす。

なんか幼児教育のようだが、ほんとにこれがよく効く。それは魔術師団長であるヘルムート様も例外ではない。

幼少時、ヘルムート様は虐待とはいかぬまでも娼館ではろくな養育をされなかったし、侯爵家に引き取られてからも精神的なケアは皆無のようだった。そうした過去を考えると、ヘルムート様が褒め言葉に弱いのももっともな話だ。

わたしは、頬を染めてうつむき、ソワソワするヘルムート様をさらに褒めた。

「ヘルムート様、お肌と髪の状態がよくなったせいか、すっごく素敵に見えます！」

「ん、いや、まあ……、そ、そうか……？」

「ええ！　見違えました！」

うつむいたまま、ヘルムート様がちらちらとこっちを見る。もっと褒めてほしいんだな、よし。

「ヘルムート様はほんとにすごいですね！　魔力量は国一番だし、部下思いだし、剣もお強いですし！」

「んん……、いや、フ……、フヘ……」

唇を噛みしめ、喜んでいる様を見せまいと頑張っているが、妙な笑い声が漏れている時点でバレバレだ。

「ヘルムート様、さっきも言いましたけど、ほんとに髪、綺麗になりましたねえ！　ツヤツヤのサラサラじゃないですか！」

「んっ、んん……、そうか？」

デュフッ、と小さく笑うヘルムート様に、わたしはさりげなく言った。

「後は、ちょちょっと毛先を切りそろえれば、もう完璧なんですけど……。何事も仕上げが大切ですよね、ヘルムート様。ちょーっとだけ、髪を整えてもよろしいでしょうか？」

「グフ、ん、まあ……、別にかまわんぞ？」

上機嫌のヘルムート様に、よし言質はとった、とわたしは執務室の結界を解き、隣の部屋に向けて声を張った。

「ハイ、いいですよ皆さん！　さあ、こちらにいらしてヘルムート様の仕上げにかかってください！」

わたしが言うやいなや、バン、と隣の部屋の扉が勢いよく開いた。執務室になだれ込んでくる職人たちに、ヘルムート様の顔が引きつる。

「はい失礼しますー、ヘルムート卿お久しぶりです、はい、お顔失礼しますよー」

有無を言わせぬ勢いで、前回ヘルムート様に化粧品を塗りたくった職人（美容部門）が、ヘルムート様の顎をガッとつかんだ。

「は、え？　な、なに……、ちょっ、ライラ、こいつら何なんだ！」

「ヘルムート様、髪を整えてもいいとおっしゃったじゃありませんか」

職人数人に囲まれ、髪やら顔やらを触られて身動きできない状態のヘルムート様が、焦ったようにわたしを見上げた。

「いや、だって……、か、髪だけじゃなくて顔もなんかされてるぞ⁉」

「仕上げですからね。お肌も整えないと、夜会に行けませんから」

うむ、こうしてじっくり見ると、ヘルムート様、ほんとにいい状態に仕上がってる。間に合わなければ魔術を使おうかと思っていたが、その必要はなさそうだ。

「お肌は産毛を剃って眉を整えて、後は……、保湿するだけで大丈夫そうですね。髪も……、うん、毛先を揃えたら、今日は下ろしたままにしましょう。肌が見える服装なので、紅玉髄の首飾りをつけて……」

次々に指示を飛ばし、ヘルムート様を磨き上げてゆく。

「え、ライラ、ちょっと待て。……夜会？　夜会って？」

「本日のヘルムート様の戦場ですわ」

わたしは指に挟んだ招待状をピシッと掲げてみせた。

「以前、申し上げたではありませんか。魔獣討伐から戻られましたら、毎日、何らかの催しに参加していただくと」

「え、いや、だって……、今日戻ったばっかりだぞ？」

「何ふざけた事おっしゃってるんですかヘルムート様！　魔獣討伐のせいで、一か月近く無駄にしてるんですよ！　もう一日だって待てません！」

でもでもだって、と反論しようとするヘルムート様を、職人たちが衝立の向こうに押し込める。

「わたしも着替えてきますので、ヘルムート様、抵抗しないで大人しく職人さんたちの言うこと聞いてくださいね！」

「待てライラ！」

ヘルムート様がなんか言っているが、無視してわたしは執務室を出た。

さて、急がねば。

わたしは廊下を滑るように歩き、同じ階にある控室に飛び込んだ。ここは午後いっぱい使用許可を取ってあるから、誰も入ってこない。

わたしは用意していた女性用の騎士服を手に取ると、大急ぎでそれに着替えた。夜会に相応しい宝石のブローチをつけ、短い湾刀を腰に下げる。それから今夜のために用意した、特製の耳飾りも。

髪を上の方で簡単に一つ結びにすると、わたしはふたたび執務室に戻った。

「ヘルムート様、着替え終わりました？」

「まっ、まだ見るな！」

わたしが声をかけると、衝立の向こうで焦ったような声が上がる。とたん、ヘルムート卿、動かないで！　と職人（服飾部門）の怒声が飛んだ。

ヘルムート様、その気になればこの部屋にいる人間全員、一瞬で消し炭にできるレベルの魔法の使い手だけど、ぜんぜん怖がられていない……。貴族と違って魔力を持たない平民は、魔力量を感じ取れないせいもあるだろうけど、ヘルムート様は平民に対して威圧的じゃないからなー。

「お嬢様、終わりました！」

やりきった！　という表情で、ベルチェリ商会の者がわたしに声をかけた。

「ありがとう、みんな。……ヘルムート様？　どうされたんです、衝立から出てきてください。どこかサイズ合わないところでもありました？」

「いや、そうじゃ……、だめ、だめだライラこっち来るな！」

衝立に手をかけると、必死な様子でヘルムート様が衝立を押し返してきた。

「どうされました？　サイズ合ってません？　動きづらい？」

「そうではないが……」

「じゃ、ちょっと仕上がり見ますんで、失礼しますね」

イヤだ、だめだと喚くヘルムート様を無視し、衝立の向こう側に回る。

「あら」

背中を丸め、体を隠すように両腕で自分を抱きしめるポーズをしているのがアレだが、これは中々……。

「素敵。お似合いですわ、ヘルムート様」

「ウソつくな！」

ヘルムート様が涙目で叫んだ。

「こっ、こんな派手な服、わ、私に似合うわけないだろう！　み、みんなみんな、私を馬鹿にして……っ」

真っ赤になってぷるぷる震えるヘルムート様の肩を、わたしは無言でつかんだ。そのまま、強引に姿見のほうへ体を向けさせる。

「なんですって、ヘルムート様？　似合わない？　馬鹿にしてる？　この麗しいお姿をご覧になって、それでもまだそんな戯言をおっしゃいますの？」

「…………」

ヘルムート様が、呆然と鏡に映る自分を見つめている。

鏡には、エキゾチックな装いをした、どこか謎めいた美しい青年が映っていた。

体にピッタリと沿うような東方風の黒い上着を、金色の刺繍や帯、赤い飾り紐が華やかに彩っている。

服の形は丈の長いチュニックに似ているが、動きやすいように深いスリットが入っている。襟元は大きく開き、ドレスコードぎりぎりのラインで肌が見えていた。おかげで紅玉髄の首飾りがよく映える。

白いパンツはゆったりした作りで、膝下のブーツできゅっと締められている。

いま王都で大流行中の騎馬民族風の服装だが、思った通り、ヘルムート様にとてもよく似合っている。

体にピッタリした作りだからヘルムート様のスタイルの良さが引き立つし、エキゾチックな雰囲気がその美貌を神秘的に見せている。

物憂げな色を浮かべる切れ長の琥珀の瞳、スッと通った鼻筋になめらかな白い肌、肩に流れ落ちるサラサラの黒髪。ちょっと酷薄そうな薄い唇が退廃的で、かえっていい感じだ。よし、上出来。

ヘルムート様は元々整った顔立ちをしていたが、いかんせんめちゃくちゃな生活習慣のせいで、容貌をうんぬんする以前の状態にあった。

しかし、一月かけて健康状態を改善したおかげで、ヘルムート様はため息の出るようなその美貌を取り戻した。今ならアンラスキアの王子様と言っても通るだろう。

「これが……、私……!?」

両頬に手を当てた乙女ポーズで、ヘルムート様が驚愕している。いや、ちょっとそのポーズ……と思ったけれど、突っ込むことはやめておいた。その代わり、わたしはヘルムート様を力づけるように言った。

「ええそうです、まぎれもなくヘルムート様、ご本人ですよ。さあ参りましょうヘルムート様！武器は揃いました、後は戦いあるのみです！」

魔術師の塔から、いったんベルチェリ家の屋敷にヘルムート様を連れて戻ると、玄関前で待っていたリオンが出迎えてくれた。

「ヘルムート、久しぶりだね！　……ああ、申し訳ありません、ヘルムート様。久方ぶりなので嬉しくて、ついご無礼を」

リオンが頭を下げると、ヘルムート様が手を挙げてそれを制した。

「いや、私も堅苦しいのは好かん。他人がいない時は、昔と同じに呼び捨てにしてくれ」

「ありがとう、ヘルムート。……ところで今夜の服装、とっても素敵だね。ヘルムートによく似合ってる」

リオンはにっこり笑い、ヘルムート様を褒めてくれた。

ありがとうリオン。その素直な称賛、ヘルムート様にいま一番必要なものです。

「ん、んん……、その、なんだ、リオン、おまえも相変わらず、神がかった美貌だな」

幼なじみの気安さから、ヘルムート様も普通に（当人比）リオンを褒めている。

「リオン、これからしばらくよろしくね。いろいろ迷惑かけると思うけど……」

ヘルムート様の婚活騒動に巻き込んでしまうリオンに、わたしは前もって謝っておいた。

「ううん、久しぶりにヘルムートに会えて僕も嬉しいし、何も迷惑なことなんてないよ」

優しく微笑むリオンに、わたしもヘルムート様もしばし見惚れた。まぶしい。キラキラ輝いてる。なに、リオンって光の神？

「……ライラ、なんかしばらく見ない内に、ますますリオンがすごい事になってないか？　こんなの一人で外に出して大丈夫なのか？」

「だからわたしが護衛としてついていくんですよ」

わたしの返事に、あ、そうか、とヘルムート様が納得した。まあ、今回のわたしの役回りは、リオンの護衛兼ヘルムート様のお目付けってところか。

魔術師の塔の馬車を返し、三人でベルチェリ家の馬車に乗り込んだ後、わたしはヘルムート様に今回の作戦について説明を始めた。

「いいですか、ヘルムート様。今回参加する夜会の主催は、ランベール伯爵家です」

「ランベール……、ヨナスの実家か」

ヨナス様はヘルムート様の数少ないご友人の一人だ。ランベール家主催の夜会なら、ヘルムート様の初戦として、ホームグラウンド的役割を果たしてくれるだろう。

「本日の夜会は、ランベール伯爵家のヨナス様とヴァイダ男爵家のソフィア様、このお二人の婚約をお祝いするためのものです。ランベール伯爵家は武の名門ですし、ヨナス様は次期騎士団長となられるお方です。この夜会には王都の主要貴族がほぼ勢ぞろいするとお考えください。その出席者の中でも今回特に重要なのは、レーマン侯爵家のハロルド様です」

「あいつが来るのか⁉」

ヘルムート様が目を吊り上げた。

「あの男、よくも恥ずかしげもなく！　魔術師二人に重傷を負わせながら、夜会だと⁉　あやつめ、今夜会ったら、ただではおかん！」

ヘルムート様の怒り、いまだ冷めやらず。

もともとヘルムート様とハロルド様の仲は悪かったみたいだけど、今回の魔獣討伐で二人の仲はさらに最悪な状態になっている。これは今夜の作戦を考えると、逆に良い結果を生むかもしれない。

よしよし、とわたしが頷いていると、ヘルムート様がハッと何かに気づいたように言った。

「……いや、待て。ハロルドが来るということは、もしかしてその妹のイザベラ嬢も来るのか⁉」

「どうなさいました、ヘルムート様？」

「い、いや……、その、今夜は悪いがやはり欠席「ぜったいダメです」

わたしはヘルムート様の言葉に押しかぶせるように言った。

「ここまで来ておいて欠席とか、ふざけないでください。……どうしたんですか、ヘルムート様。何か問題でも？」

「問題というか……、レーマン家のあの令嬢には、会いたくない。あの令嬢は……、アレは悪魔だ」

うつむくヘルムート様に、リオンが心配そうに言った。

「ヘルムート？　大丈夫？　イザベラ嬢と何かあったの？」

「何って……、リオンはあの令嬢、平気なのか？」

ヘルムート様に問われたリオンは、不思議そうな表情になった。

「イザベラ嬢のこと？　同じクラスになったことはないから、よくは知らないけど。……そうだね、一度、顔を褒められたことがあったかなあ」

会う人すべてに顔を褒められるリオンが、うーん、よく覚えてないや、とあやふやな笑みを浮かべて言った。

イザベラ・レーマン様はリオンの同級生であるが、一度もリオンと同じクラスになることはなかった。……まあ、リオンはいつも成績最下位グループにいたから、しかたないんだけど。

「リオンに悪感情を持つ人間は、あまりいませんからね。もしいたとしてもリオンには親衛隊がいますし、侯爵令嬢であっても手出しは難しいでしょう」

リオンは、そのあまりの美貌に学院入学直後、親衛隊が発足している。その中には公爵令嬢もいると聞くし、たとえイザベラ様がリオンを嫌っていたとしても何もできないだろう。

「……ああ……、そうか、そうだな」

わたしの説明に、ヘルムート様は暗～い表情で頷いた。

「そうだな……、私とリオンは違う、まったく違う……。私など、人前に出るのも遠慮すべきゴミだ……。貴族令嬢にダンスを申し込むなど、思い上がりもはなはだしい……」

「ヘルムート様、ちょっと待って。……それ、イザベラ様に言われたんですか？」

ヘルムート様は淀んだ目でわたしを見た。

「……私が王宮主催の舞踏会に出席した時、あの令嬢は取り巻きと一緒になって、私のことを名指ししてクスクス笑ったんだ……。髪がボサボサだの、死人みたいな顔だのと。……別にあいつらにダンスを申し込んだわけでもないのに、私なんかにダンスを申し込まれたら恥ずかしくて死んでしまうって、そんなこと言って笑ってたんだ……」

うーん。わたしも似たようなことをヘルムート様に言ってしまったな、と少し反省した。ヘルムート様に現状を伝え、危機感を持ってもらうという目的のためだったけど、ヘルムート様の傷をえぐってしまったかもしれない。

「ひどいね、そんなこと言われたの？　ヘルムート、気にしないで！」

リオンがヘルムート様の肩を、優しくぽんぽんと叩いた。

「今夜のヘルムートは、とっても素敵だよ。そんな風にヘルムートを笑う人なんて誰もいないから、自信を持って！」

「リオン……」

ヘルムート様が涙目でリオンを見た。

「そうですよ、ヘルムート様。リオンの言う通り、ヘルムート様が引け目に思うことなんて何もありません。イザベラ様も、今夜のヘルムート様をご覧になったらきっと驚かれて、そのようなひどい言葉を投げつけたことを後悔なさるはずですわ」

「後悔とかいいから、顔を合わせたくない……」

後ろ向きなことを言うヘルムート様。今夜のわたしは、リオンとヘルムート様の護衛ですから。たとえイザベラ様が悪意をもってヘルムート様に何かしようとしても、わたしがヘルムート様をお守りいたしますわ」

「大丈夫です、ヘルムート様に、わたしは力強く言った。


「ライラ」

ヘルムート様は驚いたようにわたしを見て、ちょっと顔を赤くした。

「……私のほうが魔力があるぞ」

「ええ」

「それに、剣だって私のほうが強いし……」

「わかっておりますわ。ヘルムート様は戦闘において、それはお強く頼りになるお方です。ですが社交界では、魔法や剣で戦うわけにはまいりません。社交界での戦いは、どうぞわたしにお任せください」

「……わかった……」

ヘルムート様はちょっと悔しそうな表情で頷いた。

「こうした場では、私は何の役にも立たん。すまんがよろしく頼む。……その代わり、ライラが魔獣討伐や国境紛争等に赴く際は、必ず私が守ると約束しよう」

いいえ、わたしは一介の事務官ですから。そんな物騒な場所に行く予定、ありませんから。

そうは思ったが、わたしは一応、ヘルムート様にお礼を言った。

「ありがとうございます、ヘルムート様。……それでは、こちらをご覧いただけます？」

わたしは、筒状に丸めた紙を取り出し、ヘルムート様に差し出した。

「……何だ、これは？」

「今夜の夜会における台本です。おそらくここに書かれている通り、ヘルムート様に声がかけられるでしょう。それに対してヘルムート様がどのように振る舞うか、ここが一番の要となります」

「…………」

ヘルムート様が眉根を寄せ、わたしの渡した台本に目を落とした。

これまでヘルムート様が出席された催しにおいて、どのような方がヘルムート様に声をかけ、何を言い、どう振る舞ったのか。できうる限り調べ上げ、それを基に作ってみた。

が、いかんせんヘルムート様は公の場に出席すること自体が少なく、データ不足は否めない。計画を立てるうえで、足りないデータはほぼほぼわたしの推測で補った。これでは万全の策とは言いがたい。

しかし、わたしとリオンが側についていれば、何とかなる……だろう、たぶん。そう思いたい。

わたしは、不安そうな表情のヘルムート様に、自信に満ちた態度を装って言った。

「いいですか、ヘルムート様。この夜会を利用し、ヘルムート様の印象を良くするのです。令嬢がたに、なんて素敵なお方でしょうとため息をつかせるような、そんな貴公子として振る舞わねばなりません。事をうまく進めるため、くれぐれも短気は起こされませんよう。この台本に忠実に従ってください」

ヘルムート様は難しい顔をして、手にした紙を見つめた。

「わかった。……が、本当にここに書かれた通りになるのか？　どう考えても無理だと思うが」

「まあ、ヘルムート様」

わたしはにっこりとヘルムート様に笑いかけた。

うん、ヘルムート様の言う通り、この計画は半分賭けだ。……が、それを正直に言っても、ヘルムート様を余計に不安がらせるだけである。

わたしは顎を上げ、強気な口調で言った。

「こう申してはなんですが、わたしはヘルムート様よりも社交界に通じております。ヘルムート様、どうぞご心配なさらず、わたしを信じてくださいませ」

「おまえを疑いはせん。……わかった、もう四の五の言わぬ。おまえの言う通りにする」

キリッと表情を引き締めるヘルムート様を、リオンがすかさず褒めてくれた。

「ヘルムート、偉いね！　今日は一緒に頑張ろうね！」

「ん、んん……っ、わかった、やるぞ！」

気合を入れるヘルムート様に、よし、とわたしはコート裏から例の香水を取り出した。

「ヘルムート様、これが最後の仕上げですわ」

わたしは一度、香水を自分の手に落としてから、それをヘルムート様のうなじと手首に軽く付けた。

「……これは？」

「最近、手に入れた東方の香水です。今夜のヘルムート様にピッタリでしょう？　エキゾチックで、神秘的で」

「ん、ん……、まあその、いい香りだな」

くんくんと手首の匂いを嗅ぎ、赤くなるヘルムート様。

よし、準備は整った。

わたしは静かに深呼吸し、気合を入れ直した。

この夜会でヘルムート様のイメージを一新し、麗しい貴公子として令嬢たちの意識を上書きしてみせる。

ヘルムート様の幸せのために、頑張るぞ！

四

婚活戦線異状なし？

馬車回しでランベール伯爵家の厩番《うまやばん》に馬車を預けると、従僕の出迎えを受けた。

「ベルチェリ家のリオン様と宮廷魔術師団長ヘルムート様、それに護衛の方一名ですね。ようこそいらっしゃいました、こちらへどうぞ」

招待状を出すまでもなく、リオンを見たとたん、伯爵家の従僕にすんなりと邸内へ案内された。

「……さすがリオンだな」

ヘルムート様が小さくつぶやいた。

招待状を出しても私一人だと半刻は入り口で足止めされるぞ、と悲しいことを言うヘルムート様に、わたしは優しく言った。

「前もってランベール伯爵家に使いを出しておきましたからね。まあ、リオンの顔が知れ渡っているせいもありましょうけど」

大広間に入ると、すぐにヨナス様とソフィア様が挨拶にきてくれた。

「ヘルムート⁉　ヘルムートか、おまえ⁉　普段とまったく違うなあ！　おまえ、綺麗な顔をしていたんだな、気づかなかった！」

ハハハと明るく笑うヨナス様に、ヘルムート様は緊張の面持ちで挨拶を返した。

「んん……、まあ、その、なんだ、おまえも……、結婚おめでとう」

「ヘルムート様、ご結婚はまだです、婚約です、婚約！」

慌ててわたしが後ろから耳打ちしたが、ヨナス様は気にしていないようで、ニコニコしている。

よかった。まあ、ヘルムート様のご友人でいらっしゃるくらいだから、細かいことを気にされるような方ではないだろうけど。

「リオン様、ライラ様、来てくださってありがとう！」

ソフィア様が満面の笑みでわたしたちに声をかけてくれた。

「ソフィア様、ご婚約おめでとうございます」

リオンが膝を折ってお祝いを口にすると、ソフィア様は照れたように笑った。

「まあ、ありがとうございます。……ライラ様、ほんとにあなたの弟君は、まるで光の神のように麗しいのねえ。それにヘルムート様も、あんなにお綺麗な方だったかしら？　以前、一度お会いしたことがあったはずなんだけど」

ヨナス様と会話を交わすヘルムート様を見て、ソフィア様が首をひねっている。うん、まあ戸惑う気持ちはよくわかります。

ソフィア様はわたしと同い年で、現在は騎士団に所属する治療師として働いている。学院在籍中は何かと話す機会があり、親しくさせていただいた。

その縁もあって、ヘルムート様の婚活初戦に、この夜会を利用させてもらおうと思ったのだ。

「別人ではありませんわ。……ちょっと事情があって、わたしが腕をふるいましたの」

「まあ、ライラ様が？　本当にあなたって多才な方ねえ。私にもぜひ、その魔法をかけていただきたいわ」

ふふっとソフィア様が笑う。

「あら、ソフィア様には魔法なんて必要ありませんわ。今夜のソフィア様は、誰よりも輝いていらっしゃいますもの」

わたしはお世辞ではなく、心からそう言った。艶やかなダークブロンドの髪にきらきら輝く青い瞳をしたソフィア様には、派手ではないが生き生きとした魅力がある。

だがソフィア様は微妙な表情になった。

「そう言っていただくのは嬉しいけど、あなたの弟君を見てしまうとねえ……」

リオンは神枠で考えてください。人間は別枠で！

「ソフィア、宮廷魔術師団長のヘルムート卿だ。よく戦場で一緒になるのだが、ヘルムート卿は魔力が多くてな、どれほど魔法を使っても魔力切れをおこさぬ。頼りになるやつだ」

ソフィア様と話していると、ヨナス様がニコニコしながら話しかけてきた。ヘルムート様がソフィア様に膝を折り、お辞儀をした。

「ソフィア・ヴァイダ嬢。ヘルムート・マクシリティと申します。この度のご婚約、お祝い申し上げます」

「まあ、ありがとうございます」

ヨナス様やソフィア様と歓談されるヘルムート様を見て、周囲の人たちがひそひそと囁きかわすのが聞こえた。

わたしは今夜、魔術師の塔特製耳飾りをつけているので、魔獣並みの聴力となっている。耳をすますと、

――ヘルムート？　あの魔術師の？　いやまさか。

――違いますわ、あんな美しい方では。

――マクシリティ家のヘルムートだと？　あれが？

表情を変えぬように気を付けながら、わたしは内心、ほくそ笑んでいた。

よし、ここまでは計画通り！

すると、

「あら、まさか、違いますわ。あれは宮廷魔術師団長ではないことよ」

後ろからバカにしたような声が聞こえた。

「だが今夜、あのベルチェリ家のリオンの同伴者として、ヘルムートがこの夜会に出席すると聞いたが」

「マクシリティ家の魔術師は、いつも野暮ったい服を着て、何かというと奇声をあげる変人じゃありませんか。……まあ、最年少で魔術師団長に就任されただけあって、たしかに実力はおありだと伺っておりますけど。でも優れているのは魔法だけで、外見はひどいものですわ。以前、わたくしが見た時は、髪もボサボサで死神みたいな格好をされてましたもの、別人よ」

何ともひどい言われようだが……、どうしよう、一つも間違ってない。

隣でヘルムート様が、うぐぅと小さく呻いた。わたしは肘で軽くヘルムート様の脇腹をつついて言った。

「ヘルムート様、しっかり！　わたしとリオンがついていますから！」

「む、……だ、大丈夫だ」

ヘルムート様は、ふう、と息を吐くと、ゆっくりと振り返った。わたしもさりげなく向きを変え、失礼な発言の主を確認した。

そこには艶やかな金髪に深い青い瞳をした、派手な顔立ちの美しい兄妹が立っていた。

「ハロルド卿、イザベラ嬢」

ヘルムート様が落ち着いた様子で膝を折り、優雅にお辞儀をした。

ヘルムート様の天敵、レーマン侯爵家のハロルド様とイザベラ様。

二人の姿を認め、わたしは背筋を伸ばした。

ここが一番の踏ん張りどころだ。頑張って、ヘルムート様！

わたしがハラハラしながらヘルムート様を見守っていると、

「……ヘルムート・マクシリティか？」

ハロルド様がいぶかしむような視線をヘルムート様に向けた。

「ずいぶん、いつもと様子が違うではないか」

嘲るような言い方に、わたしはぐっと拳を握りしめた。ハラハラしてヘルムート様を見上げたが、

「ここは戦場ではありませんから」

ヘルムート様は唇の端を上げ、小さく笑った。事情を知っているわたしには、緊張した引きつり笑いだとわかるが、この場にいる他の人たちには、内心をのぞかせぬ謎めいた笑みに見えているだろう。

「……本当にヘルムート様ですの？　宮廷魔術師団長の？」

ハロルド様の隣に立つイザベラ様が、扇で口元を隠し、目を眇めた。

「まあ、本当にお兄様のおっしゃる通り、いつもとご様子が違いますわね。そのお衣裳も……」

「イザベラ嬢」

ヘルムート様は落ち着いた様子でイザベラ様を見つめ、言った。

「先ほども申し上げた通り、ここは戦場ではありませぬ。我が友ヨナスとソフィア嬢の婚約を祝うめでたき場です。それにふさわしい装いをせねば失礼というもの」

「まあ」

イザベラ様が驚いたように目を見開いた。いいぞいいぞ、その調子、ヘルムート様！

「ふん。ふさわしい装いというが、東方風の衣裳だな。野蛮で危険な騎馬の民の服装だ」

ハロルド様が面白くなさそうな顔で言った。

「……とても美しく、素晴らしいお衣裳だと思いますわ」

ソフィア様がさりげなくヘルムート様とハロルド様の間に立ち、言った。

「ヘルムート様によくお似合いで、見惚れてしまいましたわ。まるで東方の国の王子様のよう」

ソフィア様の言葉に、その場に居合わせた者はみな、興味を引かれたような視線をヘルムート様に向けた。

注目を浴びたヘルムート様は、居心地が悪そうだ。あと少し、頑張って！

「……貴殿がこのような夜会を好むとは、意外だったな」

ハロルド様がはっきりと敵意をあらわにしてヘルムート様を見た。ハロルド様のようなタイプは、自分以外の人物が注目を集めるのは我慢ならないだろう思っていたが、その読みは当たったようだ。

「貴殿はこうした場に現れても、ものの一刻もせぬうちに、いつもそそくさと逃げるように帰ってしまうではないか」

せせら笑うハロルド様を、ヘルムート様は物憂げに見た。うんうん、退廃的な美青年って感じで、とてもいいですよヘルムート様！

「……たしかに私はこうした場は好かぬ。だが今夜は、友に一言、祝福を伝えたいと思ったのだ。……しかし、場違いだったようだな。私はこれで失礼することにしよう」

さっと東方風の服の裾をひるがえし、ヘルムート様は踵を返した。わたしもその後に続く。

すると、

「お待ちください、ヘルムート様！」

リオンがすっと現れ、ハロルド様に鋭い視線を向けた。

「この夜会には、僕が無理を言ってヘルムート様にいらしていただいたのです。確かにヘルムート様は、こうした場を好まれません。しかし、ヨナス様とヘルムート様は戦場で何度も共に戦った仲と聞きました。それ故、良かれと思って僕が強引にこの夜会へお連れしたのです。……ヘルムート様は、ニブル領の魔獣討伐から戻ってきたばかりの身で、ただヨナス様にお祝いを伝えようとされたのに……」

悲しげにうつむくリオンに、その場がざわつく。

ハロルド様は侯爵家嫡男、リオンは新興貴族の伯爵家嫡男だ。二人の身分の差は明らかだが、ことリオンに限って、身分差はそのまま作用しない。

「まあ……、リオン様、そのようなご事情がありましたの？」

おずおずとリオンに声をかけたのは、サムエリ公爵家の令嬢ヴィオラ様。曾祖母に王族の姫君をいただく、この場で一番高貴な身分のお方だが、ヴィオラ様は筋金入りのリオンのファンで、親衛隊にも所属している。

「はい……、ヘルムート様は、僕の幼なじみなんです」

「まあ」

リオンの言葉に、その場は再びざわついた。

どこに行っても人に囲まれる人気者のリオンと、めったに社交の場に姿をあらわさぬ宮廷魔術師団長の、意外な縁に驚いているのだろう。イザベラ様もいぶかしむような表情をしている。

「ヘルムート様は、リオン様とそのような縁がおありでしたのね。……わたくし、初めてお目にかかりましたけど、たしかにソフィア様のおっしゃる通り、ヘルムート様は物語から抜け出た王子様のようだと思いましたわ。昨今、王都で流行している物語のような」

「ヴィオラ様もそう思われますか？」

リオンがヴィオラ様ににこっと笑いかける。

そのまばゆい笑顔に、令嬢方からきゃあっと黄色い声があがった。我が弟ながら、後光がさして見える。アイドルは偉大なり。

「ヘルムート様、場違いなどということはありませんわ。戦場で共に戦われたお仲間の、せっかくの慶事ではございませんか」

リオンの微笑みにうきうきのヴィオラ様が、重ねておっしゃった。ヘルムート様は、すっと膝を折った。

「……お気遣いいただき、ありがとうございます。しかし、私が慣れぬことをしたせいで、レーマン侯爵家のご兄妹に不快な思いをさせてしまったようです。この場は、これで失礼させていただくことにいたします」

そう言うとヘルムート様は、ヴィオラ様やこちらを注視している皆に頭を下げた。その拍子に、東方の香水がふわりと香る。

毒気を抜かれたように立ち尽くすレーマン侯爵家兄妹を尻目に、ヘルムート様は今度こそ足を止めず、大広間を後にした。

その後を追いながら、わたしはちらりと後ろを見やった。

心配そうにこちらを見つめるリオンと、それを守るように周囲をかためるヴィオラ様他、たくさんの令嬢たち。その半分は、非難するような眼差しをハロルド様に向けている。

よしっ！　ヘルムート様の努力とリオンのアイドル力のおかげで、初戦は無事、勝利したぞ！

屋敷の外に出て馬車を待つ間、わたしは小さくヘルムート様にささやきかけた。すると、

「……ヘルムート様、やりましたね！」

「……った……」

小さくヘルムート様がつぶやいた。

「え？　なんです、ヘルムート様？」

聞き返すと、ヘルムート様は両手に顔をうずめ、絞り出すように言った。

「……死ぬかと思った……！」

あー……、お疲れさまです、ヘルムート様。

夜会の翌日の夕食後に、我が家の客間にてヘルムート様の初戦の反省会を行うことになった。残

業の合間をぬって、ヘルムート様も来てくれた。

「リオン、それで、あの後どうだったの？」

「うん、姉さんの言ってた通り、あの場にいた皆にヘルムートのことを聞かれたよ。あんなに美しい方だとは知らなかった、ぜひ紹介してほしい、って」

「リオン、……その、助かった。ありがとう……」

ソファに座ったヘルムート様が、落ち着かぬ様子でそわそわしながら言った。

「ううん、面白かったし、とても楽しかったよ」

顔に似合わず度胸のある我が弟は、にこにこしながらお茶を飲んでいる。

「ヘルムート様も、なかなかの演技力じゃありませんか。わたし、見ていて感心しましたよ」

「んっ、んん……、そうか？」

ヘルムート様が嬉しそうにもじもじしながらお茶に口をつけた。

「……正直、レーマン侯爵家の兄妹を見た時は、血の気が引いた。あいつらと言葉を交わすなんて絶対ムリだと思ったが、何とかやり遂げられた。ライラとリオンのおかげだ」

ありがとう、と頬を染め、うつむきながらヘルムート様が言った。

「いえいえ、今回はソフィア様の助太刀もありましたしね。ニブル領の魔獣討伐の件で、騎士団の皆様はレーマン侯爵家に悪感情を持っているようですし」

あの後、詳しくリサーチしてわかったのだが、騎士団とレーマン侯爵家の仲は、かつてないほど冷え込んでいるらしい。まあ、当然だけど。

次期騎士団長のヨナス様はレーマン侯爵家に非公式に苦情を申し入れただけだったけど、騎士たち、特に今回の魔獣討伐に参加した騎士たちは怒り心頭のようだ。ソフィア様も、共に戦う仲間に無茶な命令が下されたことをご存じで、ある意味ヨナス様より憤っていた。

魔獣討伐で負傷した騎士たちは、「あの指揮官は何を考えている⁉ そもそも、なぜ実戦経験のない侯爵家子息が魔獣討伐の指揮官に任命されたのだ！ ヨナス様はご存じなのか⁉」と口々に不満をもらしていたらしい。ソフィア様は騎士団の治療師としてニブル領で仕事にあたっていたため、今回の魔獣討伐で何があったのか、その詳細をご存じだった。レーマン侯爵家の僭上な振る舞いを許す宮廷への怒りもあいまって、同じくとばっちりを受けた塔の魔術師に対し、ソフィア様はとても同情的だった。

通常、理屈より筋肉を愛する騎士と、何よりも理屈を愛する塔の魔術師は、何かにつけて角突き合わせているのだが、今回ばかりはレーマン侯爵家への怒りで一致団結していた。次期騎士団長のヨナス様と魔術師団長のヘルムート様が、歴代の団長同士では珍しく、良好な関係を築いていたせいもあるかもしれない。

結婚式の細々とした打ち合わせにソフィア様を訪ねた際、ソフィア様は「ヨナス様にうかがったのだけど、ヘルムート様とハロルド様って、学生時代から犬猿の仲だったんですって？ ライラ様、騎士団はヘルムート様の味方よ！ レーマン侯爵家と事をかまえる時は、ぜひ一言おっしゃって。必ずお力になるとお約束しますわ！」と目をらんらんと輝かせていた。

ソフィア様、侯爵家が相手でもまったく腰が引けていない。さすが騎士団で働いているだけあって、胆力が違う。侯爵家とやり合う気はないが、騎士団というカードが手に入ったのは心強い。

「ヘルムート様、次に備えて本日からヘルムート様に話術とダンス、マナーの教師をつけさせていただきます。ダンスが必要になるのはもう少し先ですが、マナーと話術……、特に話術ですね、これは喫緊の課題ですから」

「えっ⁉」

ヘルムート様が目に見えて動揺した。

「話術って……、アレか、あなたの瞳は星のようだとか何とかがバラのようだとか……、いや無理、無理だ！　そんなこと口にするの、恥ずかしくて死ぬ！」

無理ぃいいい！　と身をよじらせるヘルムート様に、わたしは冷静に告げた。

「いえ、そんな気障なセリフを言って許されるの、リオンくらいですから。大丈夫、ヘルムート様にはもっと初心者向けの講義をしてもらう予定です」

僕そんなこと言わないよーと笑うリオンに、ヘルムート様は恨めしそうな視線を向けた。

「そりゃリオンなら何を言ったって許されるだろうが。……しかし、初心者向けとは？」

「いわゆる世間話のレベルからです。今日はお暑いですねとか、寒くなってきましたねとか」

「……それくらい、私だって」

「へえ？　ヘルムート様、世間話をされたことありますか？　お天気の話とか、最近流行している劇についてとか、そんな話を誰かとされたこと、あるんですか？」

「…………………」

「話題だけではなく、間の取り方、話の聞き方についても教えていただきます。女性相手なら、むしろこっちのほうが重要ですね。話に共感し、身を入れて聞いてくださる殿方に、女性は好感を抱くものですから」

「そんなものか……？」

「ええ、そういうものです。頑張ってくださいね。三日後の昼食会で、その成果が試されますから」

そう言うと、ヘルムート様はお茶を噴き出しそうになった。

「三日後⁉」

「ええ、サムエリ公爵家の昼食会に、リオンが招かれてまして。ヘルムート様は同伴者、わたしは護衛です」

「公爵家⁉」

「そこのヴィオラお嬢様が、リオンのファンでして」

ねっ、とリオンに話を振ると、にこにこしながらリオンが頷いた。

「うん、在学中はあまり話せなかったけど、できればこれを機会に仲良くさせていただきたい、ってこの前の夜会でおっしゃってくださったんだ」

夜会の帰りは公爵家の馬車で送ってもらったよ、と言うリオンに、ヘルムート様が神でも見るかのような尊敬と驚愕の入り混じった眼差しを向けた。

「そ、そういえばリオン、帰りの馬車にいなかったな……」

「いま気づいたんですかヘルムート様」

わたしの突っ込みに、ヘルムート様が焦ったように言った。

「だ、だってあの時は、いっぱいいっぱいだったんだ！　……しかし、そのような……、えええ……、そんな、よく話したこともない人間にいきなり馬車で送ってもらえるなんて、そんなことあり得るのか？　私なんか、約束していても忘れられて先に帰られるとか、ザラにあるぞ」

「それは約束したお相手に問題があるのでは……。ていうか、その場合どうされたんです？　辻馬車を拾われたとか？」

「普通に歩いて帰った」

ヘルムート様の悲しい話を聞きながら、わたしはこれからについて考えを巡らせた。

話術、ダンス、マナーと社交スキルを磨いた後は、ヘルムート様の見た目の、さらなる底上げをしなければ。

わたしは呼び鈴を鳴らし、従僕に用意していた箱を持ってこさせた。

「どうぞ、ヘルムート様」

「これは……？」

「ヘルムート様専用の化粧品です。といっても石鹸、洗顔料、化粧水に保湿クリーム、それから洗髪剤、髪油くらいですけど。あとは香水ですね」

ヘルムート様は箱からテーブルの上に化粧品を取り出して並べた。

「私専用……」

「ええ、この間ヘルムート様のお肌の状態を調べさせていただいたでしょ？　それを基に作り上げたものです」

ヘルムート様は、どこか恐々とした手つきで華奢な香水瓶に触れ、言った。

「私専用の化粧品を作らせるなど、まるで王侯にでもなったような気がするな……」

「お言葉ですが、平民でもちょっと奮発すれば、これくらい可能です」

実際、ベルチェリ商会の美容部門には、個人の体質に合わせた専用化粧品を提供するサービスがあり、好評を得ている。お値段に差はあれど、平民から公爵まで幅広い層にご利用いただいているのだ。

ヘルムート様だって国内屈指の財力を誇る貴族なのに、こうした問題に関しては、相変わらず修道士のような反応だなー。


三日後、昼食会のために訪れた、サムエリ公爵家ご自慢の庭園は、さすがの一言だった。

王宮の庭園にもひけを取らない広大さ、綿密に計算された噴水や像の配置、木々の並びに種々の花々。

わたしとリオンはうっとりしながら案内する従僕の後を歩いていった。ヘルムート様は景色を楽しむ余裕もないのか、緊張の面持ちをしている。

「ヘルムート様、そんな怖いお顔をしないでください。せっかく新調したお衣裳が台無しです」

「む……」

「そうそう、ヘルムート、笑って」

リオンも声をかけてくれたが、相変わらずヘルムート様の表情は硬いままだ。

本日のヘルムート様は、騎士服を基調とした衣裳を着ている。マントやブーツの色は黒だが、ジャケットなど他すべての色は白、ボタンや縁取り、マント留めは金と、昼食会にふさわしい明るく爽やかな衣裳だ。

髪は上の方で一つにまとめ、琥珀の飾り玉のついた髪紐で結ってある。凛々しい美青年といった仕上がりで、見た目だけならあのレーマン侯爵家のハロルド様にも引けを取らない。

わたしとリオンの服装は、同じ仕立ての色違いだ。刺繍のほどこされた丈の長いビロードのフロックコート、同じ生地のベストに、ぴったりしたキュロットと革のブーツ。リオンは秋の終わりに咲くルルシアの花のような薄い紫色で、わたしは瞳に合わせて濃い緑にした。リオンは武器の類いは身に着けていないが、わたしは念のため、いつもの短い湾刀をコート裏に隠した。公爵家の昼食会で何かあるとは思えないけど、一応、わたしは二人の護衛だしね。

ちなみにヘルムート様も丸腰だと落ち着かないというので、見栄えのいい細剣を腰に佩いている。

わたしはヘルムート様に言った。

「昼食会とは言っても、これは庭園にテーブルを置いて軽食を楽しむタイプの、茶会に近い気楽なものです。特に席も決まっていませんし、そんなに緊張される必要はありませんよ。サムエリ公爵家のヴィオラ様は、リオンのファンでいらっしゃいますから、その幼なじみであるヘルムート様にも親切にしてくださるでしょう。あの夜会での一件もあって、ヘルムート様に好意的だとリオンも言っていましたし」

「うん、ヴィオラ嬢はヘルムートに同情的だったし、お美しい方ですねっておっしゃってたよ」

「そ、そうか?」

前回の夜会での一幕は、社交界でも話題となっている。まあそりゃそうだ。

レーマン侯爵家の美貌の嫡子と、娼婦の息子と蔑まれながらも宮廷魔術師団長にまで上り詰めた若き天才の確執なんて、噂にならないほうがおかしい。その効果もあって、ヘルムート様の驚きの変貌ぶりや、リオンとの繋がりなどに注目が集まっている。これを利用しない手はない。

「ヘルムート様、この昼食会では、どなたかご令嬢とお話をしてみましょう」

「無理！」

「大丈夫です、リオンが橋渡しをしますから」

ヘルムート様は無理無理と青くなっているが、この好機を逃すわけにはいかない。わたしは重ねて言った。

「お話をすると言っても、基本的にヘルムート様は聞き役に徹してください。リオンがヘルムート様をどなたか良さげなご令嬢に紹介いたしますから、ただ挨拶だけをして、あとはご令嬢のお話に耳を傾けてください」

「だ……、黙っててもいいのか？」

「ええ、基本的には頷くだけ、相槌だけで結構です」

「ぜ、善処する」

緊張のせいか、ヘルムート様がぷるぷる震えはじめた。

「ヘルムート様、大丈夫です、安心してください。わたしもリオンもいますから。ね、リオン」

「うん、誰か優しそうなお嬢さんをヘルムートに紹介するね！　楽しみだなあ」

リオンがにこにこして言った。ヘルムート様の醸し出す余計な緊迫感に、みじんも影響を受けていない。さすがリオン。

昼食会の席は、満開のルルシアを楽しめる一角に用意されていた。わたしたちの姿を認めたヴィオラ様が、にこやかに微笑んで声をかけてくださった。

「お待ちしておりましたのよ、リオン様、ヘルムート様、それにライラ様も。さあ、こちらにいらして」

わたしたちは中央に置かれたテーブルへと案内された。わたしは護衛なのでテーブルから少し離れ、その後ろに立つ。リオンはヴィオラ様の隣の席、ヘルムート様はさらにその隣、リオンを挟んでヴィオラ様と向き合う席に腰を下ろした。

他の令嬢たちやそのエスコートをつとめる紳士諸氏も、それぞれ席についている。向こうの端に、アルトゥールの姿が見えた。サムエリ公爵家から招待状をもらうとは、なかなかやりおる。わたしの視線に気づいたアルトゥールがこちらを見て、いたずらっぽい笑みを浮かべた。後で挨拶に行くとしよう。

招待客はそれぞれ、暗黙の序列に従った席に座っている。……そう考えると、リオンとヘルムート様の席は特等席と言えるだろう。リオン効果、絶大なり。ありがとう弟よ。

その時、わたしはやけにキラキラしたご令嬢がこちらに近づいてくるのに気がついた。ゆるやかにウェーブのかかった美しい金髪に深い青い瞳をした……。

「少し遅れてしまったかしら？　ご機嫌よう、ヴィオラ様」

「あら、イザベラ様。今日はたしかご欠席とのお返事をいただいたかと」

「ええ、でも、気が変わりましたの。……本日、こちらにヘルムート・マクシリティ様がいらっしゃると聞き及んだものですから」

ちらりとイザベラ様がヘルムート様を見やった。ヘルムート様はまったく表情を変えていないが、わたしにはわかる。あれは動揺のあまり、表情筋が仕事をしていないだけだ。内心は阿鼻叫喚の地獄だろう。

……ど、どうしよう。まだ社交界初心者のヘルムート様に、ラスボス並みの強敵が現れてしまった。前回は台本があったし、早めの撤退も準備してたから何とかなったけど、今回はそうもいかない。

リオンという大砲一つに頼っても大丈夫だろうか。それとも、強引にでもこの場から連れ出し、撤退すべき？　そもそも、イザベラ様は何を目的としてこの場に現れたんだ。それがわからないことには動きようがない。

わたしはヘルムート様とイザベラ様を見つめ、いそがしく考えを巡らせた。

ただ、一つだけ、はっきりしていることがある。

ヘルムート様の社交界での印象を良くし、ステキなお嬢様とヘルムート様を結婚させる。この目的を邪魔することは、絶対に許さない。たとえレーマン侯爵家が相手であっても。

わたしは腹に力をこめ、ぐっと拳を握った。

「……わたくし、こちらに座ってもよろしいかしら、ヘルムート様？」

隣の椅子を扇で示され、ヘルムート様の顔色が白くなった。しかしヘルムート様は立ち上がると隣の椅子を引き、イザベラ様に頷きかけた。

「どうぞ、イザベラ嬢」

「ありがとうございます」

にっこり笑ってイザベラ様が腰を下ろす。ぱちりと扇をとじる音に、ヘルムート様が一瞬、顔をしかめた。

「先日は失礼いたしましたわ、ヘルムート様」

「……いえ、そのようなことは」

「わたくし、ヘルムート様に謝らなければならないと、そう思いましたのよ」

イザベラ様の言葉に、ヘルムート様が動きを止めた。

「謝る……？」

「ええ、あの夜会では、兄が大変失礼なことを申しましたでしょう？」

「……失礼というなら、ハロルド卿よりあなたのほうが」

とんでもない事を言いかけたヘルムート様に、わたしは慌てて足元の小石を拾い、投げつけた。

「っ！」

脛に当たった小石に、ヘルムート様が一瞬、息を詰める。

「何を……」

ヘルムート様が驚いたようにわたしを振り返った。

「ああ、ヘルムート様！　傷が痛むのですね、大丈夫ですか！」

わたしは大声を上げ、素早くヘルムート様に近寄った。

「……あら？　あなたはベルチェリ家の……」

イザベラ様がわたしの姿を目にとめ、ぱちりと扇を開いた。

「ライラ・ベルチェリと申します。本日はリオンとヘルムート様の護衛として、こちらにお邪魔いたしました。お目汚し失礼いたします」

わたしはイザベラ様に頭を下げ、同時に、見えないようにヘルムート様の足を力いっぱい踏みつけた。

「いっつ！」

痛みに悶絶するヘルムート様を振り返り、わたしは大げさな身振りで言った。

「ああ、ヘルムート様、大丈夫ですか？　この痛み止めをどうぞお飲みください！」

わたしは、常に持ち歩いている栄養ドリンクの小瓶の蓋を開け、有無を言わさずヘルムート様の口元に押し付けた。

「さあどうぞヘルムート様！」

ヘルムート様の顎をつかみ、一気に小瓶の中身をヘルムート様の口に注ぎ込む。

「……っ、う……、ぐ……っ」

栄養ドリンクを飲んだヘルムート様が、口元を押さえてテーブルに突っ伏した。うん、お気持ちよくわかります。徹夜しなきゃならない時、いつもこれのお世話になるんだけど、毎回あまりのマズさに泣くんだよね。

「まあ、ヘルムート様？　どうなさったの？」

驚いたようにイザベラ様が言った。

わたしは悲しそうな表情を作り、イザベラ様に答えた。

「実は……、ヘルムート様は、先の魔獣討伐で怪我をされたのです。まだ完治されていないため、傷が痛むことがあるようで」

「そんな……、でもこの間の夜会では」

「ええ、ヨナス様にお祝いをお伝えするため、無理をされたようで」

真っ赤な嘘をつらつらと述べながら、わたしはヘルムート様を振り返った。テーブルから助け起こすふりをしながら、小声で話しかける。

「ヘルムート様、この先は相槌以外の返事はされませんよう。『そうですか』と『なるほど』以外の言葉を口にしたら、さっきの薬をもう一瓶、飲ませますからね！」

わたしが睨みつけると、ヘルムート様はますます顔色を悪くして「わ、わかった……」と震える声で答えた。

「ヘルムート様、傷が痛みますの？　……それほど大変な討伐でしたのね。兄もひどく苦労したと申しておりましたけど」

イザベラ様の言葉に、反射的にヘルムート様が何か言いかけたが、咳払いするわたしに気づき、言葉を飲み込んだ。

「兄が申すところによれば、魔獣の襲撃から魔術師を守るため、兄とその部下である騎士たちが命がけで戦ったそうですけど」

「……なるほど」

「それはそれは大変な戦いであったと伺いましたわ」

「そうですか」

ヘルムート様、目が死んでいる……。後で好きなだけ炎の魔法を打ちまくっていいから、もう少しだけ耐えてください。

「戦いの話は恐ろしいですわ……」

ヴィオラ様が目を伏せ、小さく言った。あー、たしかヴィオラ様のお兄様は、大規模な国境紛争で重傷を負われたんだっけ。

「まあ、騎士や魔術師たちの活躍を恐ろしいだなんて」

イザベラ様が小馬鹿にしたように笑った。

「魔術師様の活躍は、戦に限った話ではありませんよ」

リオンが柔らかい笑みを浮かべて言った。

「ヘルムート様は幼い頃から、独自の魔術式を編み上げるほどの才能をお持ちで、正式に魔術を習う以前から、それは素晴らしい魔法を披露してくれたものです」

リオンの言葉に、ヘルムート様がぴくっと反応した。

「ね、ヘルムート様、子どもの頃、とても綺麗な魔法を見せてくれましたよね。キラキラ輝く黄金の……」

「む、まあ……、子ども騙しの簡単な魔法だが」

「そんなことはありません。とても素敵な魔法でした」

微笑むリオンをうっとりと見つめながら、ヴィオラ様が言った。

「まあ、どんな魔法ですの？　わたくしも是非、拝見したいわ」

「ヘルムート様、お願いしても？」

「ああ、むろん……」

言いかけ、ヘルムート様はちらりとわたしを見た。わたしが頷くと、ヘルムート様がほっとしたように言った。

「では失礼して。他愛もない魔法ですが……」

ヘルムート様は席を立つと、自信に満ちあふれた態度で右手を上げた。

おお、堂々としててカッコいい。ヘルムート様、社交スキルを無理に伸ばすより、得意分野をアピールするほうが正解だろうか？

ヘルムート様は、空気を撫でるようにさっと右手を振った。

すると、

「まああ……」

ヴィオラ様が驚いたような声を上げた。周囲の人たちもざわめいている。特に令嬢方から、嬉しそうな声が上がった。

「なんて綺麗なの！」

「まあ、素敵」

ヘルムート様の指先から、黄金の蝶が次々と生まれ、ひらひら羽ばたく。咲き乱れるルルシアの花にとまり、令嬢方の指にとまり、キラキラ輝きながら舞うように庭園を飛ぶ気まぐれな蝶の動きに、皆の目が釘付けだ。

「……簡単な幻影術ですが、お気に召しましたでしょうか」

ヘルムート様は指をくるりと回すと、黄金に輝くルルシアの花を一輪、生み出した。幻影だってわかってても、精度が高くてまるで本物みたいに見える。さすがヘルムート様。

「どうぞ」

ルルシアの花の幻影を差し出され、ヴィオラ様はにっこり笑ってそれを受け取った。

「さすが宮廷魔術師団長様ですわね。素晴らしい魔法をありがとうございます。楽しませていただきましたわ」

このルルシアも素敵じゃありませんこと？　とヴィオラ様がリオンに幻影の花を見せると、リオンはそれを受け取り、「失礼」とヴィオラ様の髪にそっと挿した。

「とてもよくお似合いです」

リオンに褒められ、ヴィオラ様はさらに嬉しそうな笑顔になった。たしかにヴィオラ様の暗褐色の髪に黄金のルルシアの花はよく映え、その高貴な美しさを一層引き立てている。

「ヘルムート様、幻影術とおっしゃいましたけど、この蝶は本当に生きているようですわね。わたくし以前、幻影術を拝見したことがございますけど、すぐ消えてしまいましたわ。こんなに長く動く幻影術は初めてです」

イザベラ様も驚いたように蝶を見ている。

フッとヘルムート様が勝ち誇った笑みを浮かべた。

「……それは魔術師の魔力が低いか、術式が粗雑に組まれていたせいでしょう。幻影の術式は基本的に……」

ヘルムート様は滔々と話しだしたが、わたしが再度、あの栄養ドリンクの瓶を取り出したのを見て、もごもごと口ごもりながら椅子に腰を下ろした。

「ん、まあ……、簡単な魔法です、なるほど」

ヘルムート様……、なんでも『なるほど』を付ければいいってもんじゃないんですよ……。

しかし、この魔法は本当に綺麗だ。令嬢受けもいいみたいだし、これからはこういった魔法も、売りとしてヘルムート様に使ってもらおうかな。

周囲を見回すと、令嬢方は席を立って、ルルシアの花にとまる蝶々を鑑賞しながら楽しげに笑いさざめいている。ちらちらとヘルムート様に向けられる視線も、好意的なものがほとんどだ。

イザベラ様まで、感心したようにヘルムート様を見ている。

「……わたくし、ヘルムート様を誤解していたようです」

「そうですか」

イザベラ様が熱を帯びた瞳をヘルムート様に向けた。

「きっと、わたくしたちにはこうして、お互いをよく知るための時間が必要だったのですわ」

「なるほど……?」

ヘルムート様が困ったような表情でわたしを見た。あー、『この人なに言ってんの？　わかんない、助けて！』ですね。

いやいや、しかし、これはもしかしすると……。

ふと気づくと、わたしの隣にアルトゥールが立っていた。

「やあ、ライラ」

彼はにこにこ笑いながら、宙を舞う黄金の蝶に目を向けた。

「……素晴らしい幻影術だ。ヘルムート・マクシリティ様はたしか、君の父上と相識の間柄でいらしたのだったか」

「ええ。父も母も、ヘルムート様のことは昔から存じ上げております。ヘルムート様がまだ学院に上がる前の、お小さい頃から」

わたしはヘルムート様を見た。戸惑ったような表情でイザベラ様と見つめ合うヘルムート様は、とても美しかった。少し不安げな眼差しが、少年のヘルムート様のそれと重なる。

結婚して幸せな家庭を築くんだ、と言っていたヘルムート様。あの時の、少し寂しそうな瞳も強気な口調も、何もかもすべて、よく覚えている。

「ここ最近、君が妙に忙しそうにしていると思ったら、そういうことだったのか」

アルトゥールがおかしそうに笑って言った。

「あの死神のような宮廷魔術師団長を、よくぞここまで磨き上げたものだ。君は本当に、大した手腕の持ち主だよ、ライラ」

「お褒めいただき、光栄ですわ」

目の前をひらりと黄金の蝶が横切る。本当に、なんて美しい幻だろう。

「まったく。あのヘルムート卿とレーマン侯爵家の妹姫の縁組など、君以外、考えつく者はいないだろうね」

アルトゥールの言葉に、わたしは耳を疑った。

「……なんですって？」

「とぼけるのはやめてくれ、ライラ。見ればわかるじゃないか。レーマン侯爵家の妹姫、イザベラ嬢は、すっかり宮廷魔術師団長殿にのぼせ上っているようだけど？」

アルトゥールの視線の先をたどると、そこにはたしかにお似合いの美男美女が座って談笑していた。伏し目がちに相槌を打つヘルムート様と、うっとりした表情でヘルムート様に話しかけるイザベラ様。

誰の目にも明らかだ。アルトゥールに指摘されるまでもない。

イザベラ様は、ヘルムート様に心を奪われていた。

……これは、どう対処すべき問題だろう。

冷静に考えれば、イザベラ様は独身の貴族男性にとって、これ以上ない優良物件だ。けれど、相手はヘルムート様だからなあ……。

サムエリ公爵家の昼食会の帰り、わたしは馬車の中でヘルムート様を見ながら考えた。ヘルムート様はなぜか恨めしそうな目つきでわたしを見ている。

「なんで助けてくれなかったんだ？　だいたい、なんで最初に私に石をぶつけたりしたんだ？」

ああ、その件か。リオンはにこにこしているが、助けてくれなそうなので、しかたなくわたしはヘルムート様に謝った。

「すみません、痛い思いをさせてしまって」

「いや、どちらかというと、その後の飲み物のほうがひどかった。あれは何なんだ？　毒か？」

「いくらなんでもヘルムート様に毒なんか飲ませませんよ！　ただの栄養ドリンクです！」

「あんなひどい味の栄養ドリンクがあるのか？」

疑わしそうな表情のヘルムート様を、わたしはじっと見た。

イザベラ様の気持ちについて、言うべきか言わざるべきか。……でもヘルムート様は他人の気持ちにはニブそうだし、言わなきゃ気づかないだろうなあ。

「石をぶつけたことも、マズい飲み物を飲ませたことも謝ります。……でもあの時そうしなかったら、ヘルムート様は何ておっしゃるつもりだったんですか？」

「あの時？　ああ……、失礼なのはハロルド卿ではなくイザベラ嬢だと、そう言うつもりだった。……当然だろ？　私を変人だの死神だのと罵ってたんだから」

思った通りの返事に、わたしはため息をついた。

「ヘルムート様……。マナーの教師から何も習わなかったのですか？　紳士たるもの、淑女を傷つけるような振る舞いはすべからず、です。衆目の面前で、イザベラ様に恥をかかせるべきではありません」

「悪いのはあっちだろ⁉」

「たとえそうでも、いけません。大勢の前で面と向かってイザベラ様を非難なさっては、どちらが悪かろうと、評判を落とすのはヘルムート様です。……イザベラ様の言動に腹が立ったのなら、報復は別の方法ですべきです」

「……いや、報復って……。そこまでの話ではないのだが……」

ヘルムート様は若干、引いた表情になった。

「私はただ、……ちょっとイヤな気分になっただけだ。悪口を言われたら、誰だってそうだろ？　だから、失礼なのはそっちだ、とわかってもらって、相手に謝ってもらえばそれで……」

「謝る？　イザベラ様が？」

わたしはため息をついた。

こういうところ、ヘルムート様はある意味、深窓の令嬢より無垢というか、純真というか。

「たとえそれが道理に反するものであっても、自分自身の言動を謝罪する貴族は、稀ですわ。今回だってイザベラ様は、兄君の発言をこそ、謝るとおっしゃいましたけど、ご自身の発言については、何ら問題があるとはお考えではないようですし。ましてイザベラ様は、天より高いプライドの持ち主でいらっしゃいますもの。王に命じられでもしない限り、ご自身の発言を謝罪されたり撤回されたりするのは無理でしょうね」

「塔の魔術師は、間違いを指摘されれば謝るし、すぐ受け入れて改善しようとするぞ？」

「だから魔術師は変わり者と言われるんですよ」

変わり者と言われて腹が立ったのか、ヘルムート様はふいっと窓の外に顔を向けた。

「ヘルムート様、すねないでください」

「うるさい。そ、それにそれに……、イザベラ嬢があれこれとわけわからんことを言い続けるから、もうどうしてよいやらわからなくて困ってたんだぞ。ライラおまえ、自分とリオンがついてるから安心しろとか言っておきながら、私を放ってどっかの男といちゃいちゃしてただろ！」

「ああ、そう言えばアルが来てたみたいだね」

リオンは楽しそうにふふっと笑った。

「ヘルムート、姉さんと話していた男性はね、アルトゥール・クベールと言って、クベール子爵家の次男なんだ。姉さんの婚約者候補だよ」

「はァ⁉」

「ちょっとリオン！」

とんでもない事を暴露したリオンを、わたしは睨んだ。

「何を言い出すのよ！」

「本当のことじゃない。正式に申し込まれてはいないけど、父さんも承知している話だ。アルトゥールは、姉さんの婚約者候補の筆頭でしょ？」

「こんやく……」

ヘルムート様が真っ青な顔でわたしを見た。

「ラ、ライラ、結婚するのか……？」

「いや、大丈夫です、大丈夫。ヘルムート様がご結婚なさるまで、わたしは誰とも結婚しませんから」

わたしはヘルムート様を安心させるように、にっこり笑って言った。

「わたしはベルチェリ家の人間ですよ。一度お引き受けした仕事を、中途半端に投げ出すような真似はいたしません。安心なさってください！」

「う、うむ……」

「まったく、リオンも余計なことを言って！」

「そう？　余計なことかなあ」

ふふっと笑うリオンを睨んでから、わたしはヘルムート様に向き直った。

「わたしのことはいいんです。それより、問題はヘルムート様ですよ」

「……何だ。このうえ私に、何の問題があると」

ヘルムート様、まだ少し顔色が悪い。昼食会での緊張が残っているんだろうか。

わたしはヘルムート様を刺激しないよう、優しく言った。

「ヘルムート様。今日の昼食会で、イザベラ様とお話をされて、どう思われました？」

「……え？　イザベラ嬢？　どう思うって……、ん、そうだな、何を話しているのかわからなくて困る、と思った」

「そうではなくてですね……」

わたしはこめかみを押さえた。

これは、ハッキリ言わないとわからないかも。無粋の極みだが、仕方ない。

「……ヘルムート様、野暮なことを申し上げますが、どうぞお許しください」

「ん？　なんだ？」

わたしは息を吸い、一気に言った。

「レーマン侯爵令嬢イザベラ様は、ヘルムート様に恋をしておいでです」

「……は？」

ヘルムート様がぽかんと口を開けた。

「何を馬鹿な……」

「本当のことですわ」

わたしはため息をついた。

「お気づきでないのは、ヘルムート様くらいのものでしょう。あの昼食会に出席された方は、全員お分かりになったはずですわ」

ヘルムート様が慌ててリオンを見た。リオンは苦笑し、両手を挙げた。

「うん、そうだね。たしかにイザベラ嬢は、ヘルムートを気に入ったみたいだ」

「ウソだろ⁉」

ヘルムート様が叫ぶように言った。

「なんでイザベラ嬢が⁉　この前の夜会では私のこと、さんざん罵っていたではないか！」

「あの時はあの時です。今のヘルムート様をご覧になって、そのお姿、魔法の腕前に心動かされたとしても、なんの不思議もございません」

「それにしたって変わり身早すぎだろ！」

「貴族なんてそんなものですわ。己の利に聡いことは、悪いことではございません」

ヘルムート様はむっとしたように唇を引き結んだ。

「私は……、そういうのは嫌いだ」

あー、やっぱりそうかー。条件だけ見れば、イザベラ様なんて顔良し資産よし血筋よしと最高の物件だけど、ヘルムート様は結婚にロマンチックな憧れを抱いているからなあ。

「見た目が変わったからって、今までさんざん悪口言われてた相手に、いきなり好意を持たれても、ぜんぜん嬉しくない」

「……わかりました。それではイザベラ様は、ヘルムート様の婚約者候補から外してもよろしいですね？」

「当たり前だ！」

ぷんぷん怒るヘルムート様に、わたしは苦笑した。

「リオン、次の夜会でヘルムート様に他のご令嬢を紹介してくれる？」

「うん、いいよ」

「え、次⁉」

驚くヘルムート様に、わたしは重々しく告げた。

「この昼食会でのヘルムート様の振る舞いは、イザベラ様への対応はアレでしたが、それ以外はおおむね合格点といってよいでしょう。令嬢方のヘルムート様への意識も、だいぶ変わったものと思われます。そこで、次こそは！　ヘルムート様の婚約者候補となるご令嬢を見つけなければなりません！」

「こ、婚約……」

「ええ、そうです！」

わたしは拳を握り、熱弁をふるった。

「ヘルムート様は頑張っていらっしゃいます！　元々、ヘルムート様は素晴らしいお方でしたが、それを令嬢方にお伝えする手段を間違えていたため、お辛い思いをされていたこと、大変口惜しく思っておりました。……ですが、今は違います！　今ならばどんなご令嬢であっても、ヘルムート様に微笑みかけられただけで、瞬く間に恋に落ちてしまわれるでしょう！」

「……いや、それは言いすぎじゃないか？　リオンじゃあるまいし、微笑みかけただけで恋に落ちるとか、ないだろう」

「ちっとも言いすぎではございません！　もっと自信をお持ちください、ヘルムート様！」

わたしはヘルムート様を見つめ、心から言った。

「ヘルムート様は魔法の天才でいらっしゃいますけど、ヘルムート様が本当に優れていらっしゃるのは、その才能ではなく、努力を厭わぬところだと思っております。どんなに才能がおありでも、それだけで宮廷魔術師団長におなりになれるでしょうか？　何の努力もせずただ才能だけで魔法を使う人間に、あの変人ぞろいの魔術師たちが唯々諾々と従うと、本当にそう思われますか？」

「おまえ、変人って言い切ったな……」

そう言いつつも、ヘルムート様はちょっと嬉しそうだ。

わたしはさらに言った。

「ヘルムート様は、努力を惜しまぬ方でいらっしゃいます。何事にも真剣に粘り強く、執念深く取り組まれるその姿勢を、今こそ活かすべきです。……今回の昼食会では、ヘルムート様の幻影術にみなさま釘付けとなっていらっしゃいました。ヘルムート様には、ご令嬢を惹きつける魅力がたくさんあります。それらをアピールし、婚約者にふさわしいご令嬢を見つけるのです！　ヘルムート様なら、きっとおできになれますわ！」

「執念深くって、それ褒めてるのか？」

ヘルムート様は微妙な表情だが、満更でもなさそうだ。わたしが本心から言っているのだと、伝わっているんだろう。

実際、本人に自覚がないのが問題だが、ヘルムート様は十分に魅力的なのだ。あのレーマン侯爵家嫡男、ハロルド様よりもよっぽど素敵な貴公子である。……魔術理論をノンストップで語ったりしなければ。まあ、そういうところがあってこそヘルムート様、という気もするけれど。

「頑張りましょうねヘルムート様！」

「う、……うう、ん……」

どこか歯切れの悪いヘルムート様、黙って微笑むリオン、盛り上がるわたし、と温度差はあるが、目指すゴールは一つのはず。

ヘルムート様の幸せな結婚を目指し、頑張るぞ！　おー！

「姉さん、今夜も騎士服なの？」

「だってわたしは護衛だもの」

あれから何度か、イザベラ様が出席しない催しを選び、ヘルムート様、リオン、わたしのセットで、夜会や茶会に精力的に参加してきた。

ヘルムート様の評判は上々で、そろそろどなたか本命のご令嬢を決めてほしいところなのだが。

リオンが何か言いたそうな表情でわたしを見ている。

「なに？　どうかした、リオン？」

「うーん、もうそろそろ騎士服はやめてもいいんじゃないかって思うんだけど」

「まさかドレスを着ろって言うの？　護衛がドレスなんか着て、どうやってリオンやヘルムート様を守るのよ」

「僕を攻撃する人物がいるとは思えないし、ヘルムートは宮廷魔術師団長だよ？　姉さんより、よっぽど強いと思うけど」

それは確かにそうだ。今回はリオンのファンが主催する夜会だから、常よりもリオンの安全は保障されているし、ヘルムート様にいたっては、害意を持って襲われてもよほどのことがない限り、返り討ちにしてしまうだろう。しかし、

「たとえ名目だけとはいえ、わたしは護衛なんだから、そういうわけにはいかないの。……それに、ドレスなんか着てヘルムート様の側にいたら、いらぬ邪推をされるかもしれないでしょ？」

これまではヘルムート様の側にドレスを着て立っていても何の問題もなかったが、貴族令嬢にヘルムート様が結婚相手として見られるようになった現在、万が一にもわたしが邪魔をするわけにはいかないのだ。

「……何もそんなまどろっこしい事しなくても、姉さんがヘルムートの婚約者になればいいじゃない」

リオンがふざけたことを言った。

「嫌ね、なに言ってるの、リオンったら」

「僕は本気だよ。姉さんならヘルムートもイヤとは言わないだろうし、姉さんだってヘルムートを」

「リオン！」

わたしは鋭く言った。

「それ以上言ったら、ただじゃおかないわよ」

「でも姉さん」

「令嬢たちに、あなたの恥ずかしい過去をバラされたいの？　何歳までおねしょをしていたとか、女装したらうっかり隣国の王子様の初恋を奪ってしまったとか」

「ごめんなさいもう言いません」

素直に謝るリオンに、わたしも肩の力を抜いた。

「姉さんにはかなわないよ……」

「わかってるなら、バカなこと言わないの」

額をつつくと、リオンは困ったように笑った。

「……姉さんが、僕のためにベルチェリ商会を継がないと決めたのは知っている。僕はそうしてほしくはないけど、僕が何を言ったって、姉さんは一度決めたことを決して覆さないよね」

「よくわかってるじゃないの。……そもそもリオンは、商会に入りたくないわけじゃないんでしょう？」

「それはそうだけど。……でも、僕より姉さんのほうが、ずっと商才もあるし賢いのに」

「リオンはいい子だけど、謙虚すぎるわね」

わたしは少し笑った。自分のことを理解していないのは、何もヘルムート様だけに限った問題ではないようだ。

「リオン、わたしは子どもの頃から、誰よりもあなたの近くにいたわ。だからこそわかるのよ。あなたにはベルチェリ商会のトップに立つ資質が十分にある。お願いだから、わたしに遠慮なんてしないでちょうだい。父上だって、あなたの才能を認めているわ。だから、どうかベルチェリ商会の後継者になって。そしてわたしに、あなたの手助けをさせてちょうだい」

わたしの言葉に、リオンはため息をついた。

伏し目がちのリオンは、憂愁にとざされる麗人、という感じでとんでもなく美しい。わたしの弟、神々の仲間入りしちゃったらどうしよう？　と心配になるレベルだ。

「……僕は、姉さんにもヘルムートにも幸せになってほしいんだ」

「リオンは優しいわね」

わたしは微笑んだ。

「心配しないで。ヘルムート様には、魔術理論を延々と聞かされてもキレたりしない、優しく辛抱づよいお嬢さんを、ちゃんと見つけてみせるわ」

「……それも中々の難問だけど、僕はどちらかというと姉さんのほうが心配だよ」

「あら、言ってくれるわね！　これでもわたしは、引く手あまたなのよ！」

胸をそらして自慢すると、リオンは眉を下げた。

「それはわかってるよ、そういうことじゃなくて……」

「いいから早く支度をして。あなたは何を着ていても誰も文句なんて言わないだろうけど、せっかく一緒に夜会に出席できるんですもの、美しく装った姿を見せてちょうだい」

わたしはリオンをせかし、ヘルムート様を迎えに、馬車で魔術師の塔へ向かった。

リオンを馬車に残してヘルムート様の執務室に行くと、ヘルムート様はまだ部下たちと残業の真っ最中だった。

「すまない、あと少し待ってくれ。あと二枚、転移用の魔法陣を描かねばならんのだ」

切羽詰まった顔で、ヘルムート様がわたしに言う。

ヘルムート様の執務室には、顔見知りの魔術師が数人と、なぜか騎士が一人いた。

「あ、ライラ様」

騎士が驚いたようにわたしの名を呼んだ。人の好さそうな茶色のたれ目に、そばかすの……。

「まあ、アーサー様」

わたしのお見合い相手であり、今は商売相手でもあるフランケル男爵家次男、アーサー様がそこにいた。

「魔術師の塔でお会いするとは思いませんでしたわ。今日はどういったご用向きでこちらに？」

「ああ、騎士団の次の遠征で、詳しくは申し上げられないのですが、急ぎ転移陣が必要な事態となってしまって」

アーサー様が困ったように頭をかいた。

「そうなんですの。こう申してはなんですが、塔の転移陣は民間の粗悪品とは違って、座標通り、正確無比に転移できますわ。安心してお使いになって」

「それはもちろん」

アーサー様は小さく微笑んだ。しかし、その顔には緊張の色が濃く、笑顔も硬かった。

「アーサー様も、その遠征には参加されますの？」

「僕は補給部隊ですが、ええ、第二騎士団員として出征することになるかと思います」

「そうなんですのね……」

わたしは残念な気持ちでアーサー様を見上げた。

補給部隊なら、そう危険な目にも遭わないだろうが、絶対はない。何が起こるかわからないのが戦争だ。

いま時分の遠征というと、北部の山岳地帯、もしくは国境付近の小競り合いだろうか。現地が雪で閉ざされる前にケリをつけようと、急いでいるのかもしれない。

「アーサー様、どうかお気をつけて。ご無事のお帰りを、一日千秋の思いでお待ちしておりますわ」

「ありがとうございます。……せっかくライラ様にご尽力いただいたのですから、ここで終わりとならぬよう、無事戻ってまいりたいと思います」

うん、わたしも本当にそう願う。あの香水の売れ行きも順調だし、これからアーサー様の伝手で他の商品も掘り起こそうと思っているところなのだから。戦争なんかに邪魔されてたまるか。

「終わったぞ！」

いきなり後ろでヘルムート様が大声を上げたかと思うと、わたしとアーサー様の間にぐいっと体を割り込ませてきた。

「これを持ってとっとと失せろ！　また今回のような無茶な依頼を持ってきたら、次はただでは済まさん！　そう上の者に伝えろ！」

そう言ってアーサー様に転移陣の束を押しつけると、ヘルムート様はわたしを睨みつけた。琥珀色の瞳がメラメラ燃えている。

な、なんで怒ってるんですか、ヘルムート様。


「ライラおまえ、ひどくないか？」

馬車に乗ってから、ヘルムート様の恨み節がずっと続いている。

「サムエリ公爵家の昼食会では、婚約者候補とかいう男とずーっとしゃべってるし、今夜は残業してる私の前で、別の男といちゃいちゃいちゃいちゃいちゃ……」

「勝手に事実を歪曲しないでください。誰ともいちゃいちゃなんてしてません」

「してた！」

ふんっとヘルムート様は馬車の窓に顔を背けた。子どもですか。

「へえ、姉さん、アル以外にもそんな男性がいるんだ。さすが、引く手あまただって自慢するだけあるね」

ふふっと笑ってリオンが余計なことを言う。ヘルムート様が、バッとリオンを振り返った。

「なんだそれは！　引く手あまただと⁉　他にも男がいるのか⁉」

「僕は知らないけど、そう言えば最近、よくいろんな男性が姉さんに会いに屋敷を訪れてるみたいだよ」

「いろんな男性⁉」

ヘルムート様がわなわなと震えだした。

「ちょっと、その言い方……」

わたしは呆れて言った。

「まるでわたしが男をとっかえひっかえしているような、誤解を招く言い方はやめてちょうだい。……屋敷にいらした方々は、わたしのお見合いのお相手ですわ」

「見合いぃ⁉」

ヘルムート様がくわっと目を剥いた。

「どういうことだ、見合いって！　私は何も聞いてないぞ！」

「そりゃ言ってませんから。……だいたい、わたしが見合いをしようがしまいが、ヘルムート様に何の関係があるんです？　仕事はちゃんとしてますよ。文句を言われる筋合いはありません」

わたしの反論に、ヘルムート様は絶句した。

「……だっ……、で、でも……」

「でも？　何です？」

ほらほら言えよ言ってみろよ、と顎を上げて続きをうながすと、ヘルムート様はしゅんとうなだれてしまった。

「…………」

うつむき、黙り込んでしまったヘルムート様を、リオンが気づかわしげに見た。

「ヘルムート、大丈夫？　……姉さん、ひどいよ。何もそんな言い方しなくたって」

「え、わたしが悪いの？」

「だって可哀そうだよ」

ヘルムート様は叱られた犬のようにしょんぼりと下を向いている。……ちょっと！　なに理不尽に叱られた大型犬のフリしてるんですかあなたは！

わたしは咳払いし、コートから例の香水を取り出した。

「……ヘルムート様、急いでいたから香水をつける暇もなかったでしょう？　お使いください」

「……いい」

かたくなに目を合わせようとしないヘルムート様に、わたしはため息をついた。

「わたしが悪かったです。何も言わなくてすみませんでした。……機嫌直して、これ、使ってください。最近、ヘルムート様がお使いになっている香水を欲しいと、よくお問い合わせをいただくんですよ」

「…………」

「素敵な貴公子がお使いになっている香水ですから、みんな気になってしかたないんでしょうね。ヘルムート様にぴったりの、エキゾチックで神秘的な香りだと、評判になっているんですよ」

「…………」

ヘルムート様は黙って香水瓶を受け取ると、手首とうなじに香水を軽くつけた。馬車がたてる音にまぎれて消えてしまいそうな小さな声で、「ありがとう」と言うと、ヘルムート様は香水瓶をわたしに返した。

「その香水、ほんとに素敵だよね。王都で流行りはじめてるみたいだけど、ベルチェリ商会で最近、取り扱いを始めたんだっけ?」

「ええ、そうよ。元はフランケル家のアーサー様が取り扱っていらしたんだけど、ベルチェリ商会でその販売を引き継ぐことになったの」

「……アーサー?」

ヘルムート様がぴくりと反応してわたしを見た。

ここでちゃんと説明しないと、後でまた、聞いてない！　とヘソ曲げるんだろうな、と思い、わたしは端的に答えた。

「アーサー・フランケル様。わたしのお見合いのお相手ですわ」

「はァ!?」

ヘルムート様は馬車の中で勢いよく立ち上がり、ドゴッ！　と天井に頭をぶつけた。

「……いっつ……」

頭を抱えてうずくまるヘルムート様に、わたしは一応、声をかけた。

「大丈夫ですか?　ヘルムート様」

「へ、平気だ。それより、見合い相手って……、アーサーとは誰だ。どこのどんなやつだ」

頭を押さえながら、ヘルムート様が必死な様子で言った。

「どこの、って……、フランケル男爵家のご次男ですよ。先ほどヘルムート様の執務室にいらした、あの騎士様です」

わたしの返事に、ヘルムート様はカッと目を見開いた。

「あああ、あの騎士⁉　あの無茶な依頼を持ってきやがった騎士か！」

いや、アーサー様はたぶん、上司に命じられただけで……と言いかけたが、荒ぶるヘルムート様には聞こえていないようだった。

「あやつめ、無事に返さず、消し炭にしてやればよかった！」

ヒートアップするヘルムート様を、リオンが慈愛の眼差しで見ている。いや、弟よ……、そこは見守るんじゃなく、諫めるべきところなのでは。


「姉さん、どうしよう？」

「いや、どうしようと言われても……」

本日はコール伯爵家主催の夜会に来ている。

学院のアイドル、リオン様が来てくれたー！　とコール伯爵家の皆さまは大喜びで、リオンやヘルムート様のみならず、護衛のわたしまで下にも置かぬもてなしを受けているのだが、一つ誤算があった。

この夜会に、イザベラ・レーマン侯爵令嬢もいらしていたのだ。

「……コール伯爵家って、どちらかというと武官の家柄だから、あまりレーマン侯爵家との仲は良くなかったと思うんだけど」

コール伯爵家は勇猛な騎士を何人も輩出しており、王宮直属騎士団との関係も深い。それもあってか、あの魔獣討伐の件以降、コール伯爵家はレーマン侯爵家と距離を置いていると聞く。

だから、イザベラ様の出席もないと思って安心していたのだが。

「そうだね。どう考えてもヘルムート目当てだと思うよ」

リオンはさらりと言い、わたしを見た。

「ヘルムートは、イザベラ嬢とこれ以上の交流を望んでいなかったよね。姉さん、助けてあげたら？」

わたしはため息をついた。仕方ない、撤退するか。

「リオン、コール伯爵様にお詫びを伝えておいてもらえる？　従僕に言って馬車を用意させておくわ」

「うん、ご子息には僕から茶会に招待するとお伝えするよ。それで大丈夫だと思う」

夜会から急に退出することは場合によっては失礼にあたるが、リオン直々の謝罪と後日のお誘いをセットにすれば、コール伯爵家のご子息も怒るまい。ていうか、ご子息はリオンのファンだから、たぶん喜ぶだろう。

わたしはすすっとヘルムート様の背後に近づいた。

イザベラ嬢の他、何人かの令嬢方に取り囲まれ、引きつった表情のヘルムート様が必死に交流を頑張っている。

「……皆さま、ご歓談中のところ、失礼いたします。ヘルムート魔術師団長様、塔より急ぎの使いが参りました。誠に申し訳ないのですが今夜はこれで……」

わたしが声をかけると、ヘルムート様はぱあっと顔を輝かせた。

「お、おおそうか！　そういうことなら仕方ない、うん、うん！　……では申し訳ないが私はこれで！　失礼！」

まあそんな、と令嬢方は残念そうな声をあげたが、塔からの呼び出しとあれば、そこを押してまで残ってくれとは言えない。

ヘルムート様はあからさまにほっとした様子で、そそくさと踵を返した。

わたしもその後に続いたが、その時、「商人ふぜいが」と小さな呟きが耳に入った。

もちろん振り返って声の主を確かめたりはしないが、恐らくあれは……。

「ライラ、助かった、ありがとう」

ヘルムート様がにこにこしながら言った。これは夜会を失礼するための単なる口実で、本当に緊急の呼び出しではないとわかっているため、リラックスした様子である。

夜会等から早めに撤退する場合、その方法を何種類かヘルムート様と取り決めてあるのだが、その一つが『塔からの呼び出し』だ。

通常、塔からの緊急の呼び出しならば、ヘルムート様が常に携帯している魔道具に直接、連絡が来る。わざわざ使いの者を寄こすような、時間の無駄を魔術師は嫌うのだ。が、そんなことは魔術師以外の方はご存じない。塔からの呼び出しですよーお仕事ですよーと言えば、そういうものなのね、と納得してもらえるのだ。

「イザベラ嬢がこの夜会に来ると知っていたら、絶対に欠席したのに。……今夜もまた、わけのわからん話を延々とされて困っていたのだ。あの令嬢の話は、本当に意味がわからん。家格の釣り合いがどうの、資産の有無がどうのという自説の後は、イザベラ嬢の好みの宝石やドレスの話をずっと聞かされていた……、地獄だった。ライラが来なければ、我慢できずに走って逃げていたかもしれん」

「それは止めてください」

わたしはため息をついた。

「ヘルムート様、少し作戦を変更しましょう。今まではイザベラ様が出席されないであろう催しを選んできましたが、それだけではイザベラ様を回避できなくなるかもしれません」

「む……」

ヘルムート様が眉根を寄せた。

馬車回しに着くと、ベルチェリ家の馬車が用意されていた。

「あ」

ヘルムート様は何かに気づいたようにわたしを見ると、すっと手を差し出した。

「どうぞ、ライラ嬢」

わたしは思わず微笑んだ。

「マナーを十分に習得されたようですね、ヘルムート様。でも、わたしにそうした気遣いは不要ですわ。わたしはヘルムート様の護衛ですから」

「ん、まあ、そうだが……。マナーの講師は、大切な女性にどう振る舞うべきかを教えてくれた。ライラは私にとって、大切な人だ。……ん、その、幼なじみだし、いろいろと助けてもらっているし……、気遣うのは当然のことだ」

「ヘルムート様」

頬を染めてもじもじするヘルムート様に、わたしは何だか感動してしまった。息子の成長を見守る母親って、こんな気持ちだろうか。いや、ヘルムート様はわたしより年上なんだけど。

ヘルムート様の手を借り、馬車に乗り込むと、中でリオンが待っていた。

「ヘルムート、姉さんも。無事に脱出できたようで良かった」

「脱出って、迷宮じゃないんだから」

わたしは思わず突っ込んだが、ヘルムート様は真面目な顔で言った。

「いや、リオンの言う通りだ。ここより迷宮のほうがよほど安全だぞ。魔獣との戦いなら、私の得意分野だからな。しかし社交となると、そうはいかん。……今夜はひどい目にあった」

聞いてくれ！　とヘルムート様が勢いよく愚痴をこぼし始める。うんうん、そうなんだ大変だったねえ、とリオンは相槌を打ちながらわたしを見やった。

「どうする？　姉さん。たぶんイザベラ嬢は今後もヘルムートに付きまとうと思うよ。毎回、こんな風に逃げていたら、ヘルムートに誰も紹介できないけど」

「そうね……」

考え込むわたしに、ヘルムート様がおずおずと言った。

「その事なんだが、あの……、思うんだが、無理してどこぞの令嬢をリオンに紹介してもらわなくともいいんじゃないか？」

「え、ヘルムート様、婚約を諦めたのですか？」

「いやそうではない！　そうではないが」

慌てるヘルムート様に、わたしは重々しく告げた。

「では引き続き、ヘルムート様には夜会に出席していただきます。……ただ、イザベラ様対策として、わたしも同行いたしますが」

「今までと何が違うんだ？」

不思議そうなヘルムート様に、わたしは簡単に説明した。

「今後は護衛ではなく、ベルチェリ伯爵令嬢として同行いたします。護衛ではイザベラ様の盾となれませんが、伯爵令嬢としてなら、何とかなるでしょう」

「そういうものなのか？」

ヘルムート様はよくわかっていないようだが、リオンはピンときたらしい。優しく微笑んだまま、意味ありげな視線をわたしに向けた。

「……何よ、リオン」

「別に？　姉さんのドレス姿、楽しみだなあと思って」

ふふっと笑うリオンを、わたしは睨んだ。

まったく、笑いごとじゃないんですからね！


なんか最近、調子がいい。

ライラの言う通り、食事に気をつけて睡眠を八時間とるようにしたら、目に見えて健康になった。たまに鏡に映る自分を見て、びっくりすることもある。えっ、これ誰、と思ってよくよく見ると自分だった、みたいな。鏡の中の自分は、自分のはずなのに、まるで他人のようだ。髪も肌もよく手入れされているから、以前のようにボサボサの髪で顔が見えないということもない。

自分の顔をこんなにじっくり見たことがなかったからわからなかったが、なんとなく酷薄そうな、性格歪んでるっぽい顔立ちをしている。……整った部類には入るのだろうが、こういう顔、あんまり好きじゃない……。残念だ。もっとこう、優しそうな、人好きのする顔がよかった。ていうか、こういう面したやつ、見たことがある。令嬢たちに人気なのに、興味ないフリして塩対応してる嫌味なやつ。そういうやつを見るたび、呪われろ！　と思っていたのだが、まさか自分がその呪われ枠に入るとは……。人生とはわからぬものだ。

しかし、今のこの状況は、間違いなくライラのおかげだ。

勢いあまって、レーマン侯爵家のイザベラ嬢から変な興味を持たれたのだけは問題だが、それにしたって、どこかの令嬢から好意を向けられるなんて、以前の私なら考えられないことだしな。

でもやっぱり、令嬢たちと会話するのは苦手だ。緊張するし疲れる。マナーや話術の教師に習った通りに振る舞うよう、常に気を張っていなければならないし、会話の八割は興味のない話題だし。世の紳士諸兄は、みなこのような苦行に耐え、結婚まで頑張ったのか。私には無理だ。とてもやりきる自信がない。

でも、私以上に頑張ってくれているライラには、とてもそんなことは言えない。そもそも、私が言い出したことなのだ。いよいよ無理だとなるまでは、なんとか頑張ってみよう。

ていうか、ライラと話すのは楽しいのに、他の令嬢とはどうしてダメなのだろうか。

「ヘルムート様、そろそろお時間ですが、大丈夫ですか」

今夜も、夜会に出席するために、ライラがわざわざ迎えに来てくれた。

ライラはドレス姿ではなく、いつも騎士のような格好をしているが、なぜか着飾った令嬢より目立つというか、引きつけられる。あの美しい緑の瞳のせいだろうか。ライラはこぼれそうなほど大きな緑の瞳をしていて、見つめているとなんか呼吸が苦しくなってくる。

ライラはドレスを着ていなくても人気があって、夜会でも茶会でも毎回、ニヤけた男が近寄ってきては、ライラにまとわりついている。……腹立つ。あの野郎、なにライラにべたべたしているのか。死ね！

アルトゥールという名前なのか。クベール子爵家の次男、と。ほう。こやつ、何の権利があってライラの側にいるのか！　あああ、こいつ、私の一番嫌いなタイプ！　話がうまく、物腰柔らかで女性からの好感度高そうなやつ！　大っ嫌い！　ていうか、あんなニヤけた男がライラの婚約者候補って。胸がムカムカする。あんな、あんなやつ。ちょっと小奇麗で話がうまくて、女性を楽しませるのが上手そうなだけではないか。……ああああ、ぜんぶ負けてるぅう！　おのれぇぇ呪ってやるぅううう！

ライラとアルトゥールとかいう野郎のことを考えると、詠唱なしで自動発火してしまいそうなほど、腹が立つ。こんなんではダメだ。剣の鍛錬でもして怒りを発散させよう。

そう思って王宮にある騎士団の訓練場に向かうと、

「おお、わたしの女神。どうかそのようなつれない態度をとらないでくれ」

……騎士とその恋人らしきメイドが、中庭でいちゃついていた。おのれ、仕事をしろ、仕事を！　燃やしてやろうか！

だが、続くセリフに、私はぴたりと足を止めた。

「あなたが他の男と話している姿を見るだけで、胸が刺されたように痛み、何も考えられなくなってしまう」

私は、ん？　と首を傾げた。

なんだろう。その気持ち、わかる。すごくよくわかるぞ。辛いよな、うん。

「わたし以外をその瞳に映し、笑いかけているあなたを見ると、心がずたずたに引き裂かれるようだ。ああ、わたしの女神。どうかわたしに冷たくしないでくれ。あなたに嫌われては、わたしは生きてゆけない」

「確かに！」

私は思わず、騎士の言葉に同意した。

うん、そう、そうだよな。私もライラに嫌われたらどうしよう、と昔から怖かったし。うん、そうだ、ライラに嫌われたら、私はきっと生きていけない。

気づくと、騎士とメイドが、驚いたように私を見ていた。

「あ、邪魔したな。すまない、続けてくれ」

私は謝罪し、執務室へと取って返した。

……そうか。そういうことだったのか。

私とあの騎士は、同じなのだ。

私は、ライラに恋をしているのだ。

だから、ライラに近寄る男全員、消し炭にしてやりたいと思ってしまうのだ。

「どうしよう……」

私は立ち止まり、考えた。

ライラは、私を結婚させようと頑張ってくれている。私はライラの顧客のようなものだ。いきなり顧客から恋心を打ち明けられても、迷惑なだけだろう。こういう場合、どういう手順でどのように想いを伝えれば……。

「これをよく、お読みください。愛するご婦人に求愛する際の、必須マナーが網羅されております」

マナーの教師に相談すると、彼はうやうやしく私に一冊の分厚い本を差し出した。『紳士の求愛作法』か……。まさに私の悩みに役立ちそうなタイトルだ。

「ありがとう、暗記する」

「……その、ヘルムート様。一番重要なのは、ご婦人のお気持ちです。その本にも記されておりますが、もしご婦人にお付き合いをお断りされても、紳士らしく、ご婦人に配慮した行動をとらねばなりません。まず、第六章からお読みください」

第六章を開くと、「辛いでしょうが、お相手に拒絶されたという事実を、しっかりと受けとめましょう」という文言から始まっていた。

…………。あのマナー教師、私がフラれる前提でこの本を渡したのか。ちょっと酷くないか？

うむ……、だが、そうだな。ライラは人気者だ。わざわざ私を選ばなくとも、それこそ相手などよりどりみどり。フラれることを覚悟で、告白せねばならぬだろう。

その本には、「告白は二人きりになれる場所で行いましょう」と書いてあった。その通りだと思う。思うが……、ライラと二人、二人きり……、考えるだけで頭が沸騰しそうだ！　こんなんで私は告白できるのか⁉

いや、だが、やらねばならん。ライラは私の知らぬところで、見合いまでしているのだ。もはや一刻の猶予もない。

たとえフラれるにしても、とにかくこの気持ちだけは伝えておかねば。でないと、死んでも死にきれない。それに、それに……、もしかしたら、百万が一の確率かもしれないが、うまくいく……かも、しれないではないか。我ながら、都合の良すぎる妄想だとは思うが！

五　『紳士の求愛作法』第五章百十二ページ目

わたしは仕事を終えると、急いで魔術師の塔にある、女性用の控室に駆け込んだ。

メイドの手を借りずとも一人で着られるドレスを用意したが、髪を結わねばならないし、お化粧も必要だ。ヘルムート様の隣に立つのだから、完璧に仕上げなければ。

さいわい今の時刻、控室には誰もいない。わたしは実家に頼んで届けてもらった箱からドレスを引っ張り出し、急いで着替えた。

ビスチェタイプのドレスだから胸元が大きく開いて肩が出るが、エンパイアラインですとんとしたデザインのため、派手には見えない。色も大人しめの淡いグリーンで、全体に散らされた小さい花飾りも同じ色で作られている。

露出は多いが控えめ。今回の役割にぴったりの衣裳だ。

わたしは控室の鏡をのぞき込み、慎重に化粧をほどこした。

ヘルムート様の隣に立っても恥ずかしくはない、しかし目立ってもいけない。本命ができるまでの一時の遊び相手として、人々に印象づける必要があるのだ。

全体的に薄化粧だが、頬紅で上気したような顔色を作り、唇は艶やかに、濡れたように仕上げる。

髪はゆるく結び、しどけなくサイドに流して出来上がり。

わたしは鏡から一歩下がり、全体をたしかめた。

うむ、派手ではないが肉感的で、分をわきまえた愛人、という感じ。

これならヘルムート様の隣にいても、お気に入りの遊び相手と見なしてもらえるだろう。

わたしは控室を出て、ヘルムート様を迎えに執務室へ足を運んだ。

「ヘルムート様、失礼いたします」

「ああ、ライラか。もう準備は……」

できた、と言いかけたのだろうか。ヘルムート様はわたしを見て言葉を切り、ぽかんと口を開けた。

ドレスを着たのは久しぶりだし、このいかにもな愛人仕様の格好に驚いたのかもしれない。

わたしは気にせず、さっとヘルムート様の全身に目を走らせた。

詰襟タイプの黒い上着に同色のズボン、革のロングブーツ。片側に寄せて留めたマントの色はダークレッドで、金色の肩章や飾緒がよく映える。髪は簡単に上のほうで一つに結ってあった。軍服っぽい格好だから、あまり凝った髪型は似合わないし、このままでいいだろう。……でも、リボンは付けたほうがいいかもしれない。

ヘルムート様用の小物類は執務室に置いたままにしてあるので、わたしはリボンを探そうと、執務机の脇に置かれたサイドチェストに手を伸ばした。

「ヘルムート様、髪にリボンを付けてもよろしいですか？　あと、手袋も……、ヘルムート様？」

固まったように動かないヘルムート様を不審に思い、わたしは顔を上げた。

「ヘルム……」

わたしは思わず息を呑んだ。

ヘルムート様は、食い入るようにわたしを見つめていた。

頬は上気し、琥珀色の瞳がきらきらと輝いてわたしを映し出している。蜂蜜のように甘く蕩けたその視線から、わたしはとっさに顔を背けた。

「ヘルムート様、座ってください」

わたしは極力、動揺を表に出さないよう、そっけない口調で言った。がたがたと乱暴にサイドチェストの引き出しを開け、マントと同色のリボンを取り出す。

「……ヘルムート様」

ヘルムート様は立ったまま、何も言わない。わたしはヘルムート様の肩を押し、強引に椅子に座らせた。

「え、……あ」

「リボンをお付けしますね。手袋はご自分ではめてください」

「あ、うん……」

ぼんやりとヘルムート様が返事をした。

渡された手袋をろくに見もせずに、左手用の手袋を右手にはめようとするヘルムート様に、わたしはため息をついた。

「何をしていらっしゃるんですか、ヘルムート様」

ヘルムート様から手袋を取り上げ、その右手をつかむと、

「ぴゃあ！」

奇声を上げて、ヘルムート様が椅子に座ったまま飛び上がった。

「…………」

わたしは無言でヘルムート様を見下ろした。

ぴゃあ、って何だ、ぴゃあって。

「ちょっとヘルムート様、ふざけないでください。時間がないんですから、大人しくしてくださいよ」

「だっ……、ラ、ライラがいきなり手なんか触るから……っ！」

「手袋をはめようとしただけです！　ほら、早く手を出してください！」

「い、いいいいいい！　じっ、自分でできるそれくらい！」

ヘルムート様はわたしから手袋を奪い返すと、急いで手袋をはめた。

「で、できたぞ！　どうだ！」

「そんなんで威張らないでくださいよ」

言いながら、リボンをつけようとヘルムート様の髪に触れると、

「ぴゃああ！」

再びヘルムート様が叫び、バッと執務机に突っ伏した。

「ちょっとヘルムート様……」

「ちがっ……、だ、だっておまえが！　髪に触ったから！」

「リボンを付けますね、って言ったでしょう！」

ヘルムート様は机から顔を上げ、わたしを見たが、すぐ目を逸らした。

「な、ななんで今日は……、そっ、そんな格好で、私にべたべた触るのだ！　び、びっくりするだろう！」

「仕方ないでしょう、今日のわたしは、ヘルムート様の愛人という設定なんですから」

「だからって……、え？　あい？　あいじ……、え？」

わたしは肩をすくめて言った。

「お伝えしたでしょう、イザベラ様対策のため、護衛ではなく伯爵令嬢として同行すると。今夜のわたしは護衛ではなく、ヘルムート様お気に入りの愛人という設定です」

「あいじん⁉」

ヘルムート様は真っ赤な顔でわたしを見上げた。

うーむ、やはりわかっていなかったか。

「ヘルムート様の虫よけのためです。愛人なら、ヘルムート様のお気に召さぬご令嬢を近寄らせないようにできますから。今のところはイザベラ様のみを対象としていますが、これからそうしたご令嬢が増えた場合も、有効な手段でしょう？」

「有効……」

相変わらずぼんやりした反応に、わたしは焦れて言った。

「しっかりしてください、ヘルムート様！　わたしがヘルムート様からいただいた期間は三か月ですが、残り時間はあとわずか、もう一か月を切っているんです！」

「一か月」

「そうです、わたしがお側にいてヘルムート様をお手伝いできるのも、あと一か月。それまでに、何としてもヘルムート様のご婚約を成立させなければなりません！」

わたしは高らかに宣言した。

いっかげつ……、と呆然とくり返すヘルムート様に、わたしは歯がゆい思いでもう一度言った。

「そうです、一か月です！　さあ気合を入れて、ヘルムート様！　今夜こそイザベラ様に邪魔されず、意中の姫君を見つけてください！」

なんだかヘルムート様の反応がおかしいが、時間も迫っている。わたしはヘルムート様を馬車に押し込めた後、ベルチェリ家でリオンを拾ってヴァイダ男爵家に向かった。

「今夜はヴァイダ男爵家での舞踏会です。ソフィア・ヴァイダ様とは、この前の夜会でお話しされましたよね？　ヨナス様の婚約者で……、ちょっとヘルムート様？」

馬車の中で、ぼうっと宙を見つめたまま反応のないヘルムート様に、わたしは顔をしかめた。

「ヘルムート様、どこか具合でも悪いんですか？」

「熱でもあるの、ヘルムート？」

リオンも心配そうにヘルムート様に声をかけた。

「うーん、熱はないみたいだけど……」

ヘルムート様の額に手を当て、リオンは首を傾げた。リオンに触れられても、ヘルムート様はぼうっとしたままだ。

「……なんでリオンだと平気なのかしら？」

わたしの言葉に、リオンはぱちぱちと瞬きした。

「何のこと？　平気って、なにが？」

相変わらずぼんやりしたヘルムート様を見ながら、わたしは先ほど執務室であったことを簡単にリオンに説明した。

「わたしが手や髪に触るたびに、奇声をあげて飛び上がるんだもの。おちおち身支度の手伝いもできなかったわ」

「うーん。姉さんがドレス着てるからじゃない？」

「この程度の露出で？　これくらい、夜会でいくらでも見かけるでしょ」

ていうか、この程度で動揺されては困るのだが。

「ヘルムート様は清純派がお好みなのかしら？　それならリオン、清楚な感じのお嬢さんをヘルムート様に紹介してもらえる？」

「僕はかまわないけど……」

リオンはヘルムート様をちらりと見て、肩をすくめた。

「この状態じゃ、紹介しても上手くいくかなあ」

「不吉なこと言わないでよリオン！」

ぼんやりしたままのヘルムート様やリオンの言葉に、若干の不安が頭をもたげたが、今さら引き返すわけにはいかない。

「さあ行きますよ、ヘルムート様！　しっかりなさって！」

わたしは言いながら、自分自身をも鼓舞した。

もうあまり時間がないのだ。ここで立ち止まるわけにはいかない。

頑張らねば！

ヴァイダ男爵家の舞踏会は、盛況だった。

ランベール伯爵家の姻戚となることが決まった今、ヴァイダ男爵家の株は急上昇している。今のうちに関係を深めておこうという貴族が大勢いるのだろう。

「まあ、ライラ様！」

前回同様、ソフィア様とヨナス様が連れ立ってわたしたちを出迎えてくれた。ソフィア様はにこにこして、

「久しぶりにあなたのドレス姿を目にしたような気がしますわ！　なんて美しいこと！」

「お褒めいただき光栄ですわ」

わたしはにっこり笑い、隣で突っ立っているヘルムート様を肘でつついた。

「ああ……、お久しぶりです、ソフィア嬢」

心ここにあらず、といった様子で挨拶するヘルムート様に、ソフィア様は首を傾げたが何も言わなかった。

ただ、ヨナス様は率直に疑問をぶつけていた。

「なんだ、ヘルムート、どうした？　腹でも下しているのか？」

「いや、体調に問題はない」

ヨナス様相手だと、ヘルムート様も普通なんだけど。

その時、視界の隅をきらきらした金髪がかすめた。

イザベラ様だ、とわたしは唇を引き結んだ。

「ヘルムート様」

声をかけ、ヘルムート様の腕にそっと自分の腕を絡める。すると、ぴゃっ、と小さな声を上げて

ヘルムート様の体が跳ねた。こんなんで大丈夫か、と心配になったが、ヘルムート様の奇行の原因を考えている余裕はない。

「しっかりしてください、ヘルムート様！　イザベラ様がいらしてます！」

「う」

イザベラ様、と聞いて、ヘルムート様は鉛を飲んだような表情になった。そこへわたしは、口早に続けた。

「舞踏会の終わりまで、ずっとイザベラ様に張りつかれて、ドレスや宝石の話を聞かされたいのですか？　そうでないなら打ち合わせ通りに」

わたしが言い終わらぬ内に、満面の笑みでイザベラ様が現れ、「まあ、ヘルムート様――」と話しかけてきた。

だが、それをさえぎるように、

「ライラ・ベルチェリ嬢」

すっとヘルムート様が膝を折り、わたしの手を取った。

「どうぞ一曲、お相手を」

イザベラ様の笑顔が凍りつき、固まった。

曲が途切れ、しん、と広間に一瞬の静寂が落ちる。

わたしは深呼吸し、ヘルムート様へ微笑みかけた。

「喜んで、ヘルムート様」

イザベラ様が射殺すような目でわたしを見ている中、ヘルムート様にエスコートされ、広間の中央へと進み出る。ソフィア様が楽団に合図すると、再び音楽が流れてきた。

流れてきた曲は、踊りやすいスローワルツだった。ヘルムート様のダンスの腕前は知らないが（なにせ踊っているのを見たことがない）、最近ダンスの教師もつけたし、これなら大丈夫だろう。

「ヘルムート様、落ち着いて、ゆっくり。もしステップを間違えても慌てないで……」

言いかけ、顔を上げたわたしは息を呑んだ。

ヘルムート様が、どこか痛むような熱のこもった眼差しで、わたしを見つめていた。

何も言わずにわたしを抱き寄せると、ヘルムート様は音楽にあわせて踊り始めた。

じっと見つめられ、わたしもヘルムート様から目を離せない。

ヘルムート様の瞳は、黄金色に輝いていた。執務室でも思ったが、シャンデリアのきらめきを受けて輝くその瞳は、初春に採れるシカラの花の蜂蜜のようだった。その甘く蕩けた瞳の中に、激情を宿す炎が揺らめいている。

ヘルムート様の腕にぐいと引き寄せられ、わたしはくるりとターンした。

ちょっと強引なリードだが、なかなか上手だ。これならどの令嬢と踊っても問題ないだろう。

そう冷静に分析する一方で、わたしは混乱する気持ちを持て余していた。

どうして黙っていらっしゃるんですか。

どうして――、どうしてそんなふうに、わたしをご覧になるのですか。

聞きたいことは山ほどあるのに、一言も口に出せない。

言葉にして、この魔法のような時間を終わらせたくなかった。

ずっとこのままでいたい。ヘルムート様を見つめ、見つめられて、誰よりも近くにいたい。

ヘルムート様の吐息が額をかすめ、その体温を感じ、わたしは突然、バカみたいに泣きたくなった。

しっかりしなくちゃ、とわたしは必死に自分に言い聞かせた。

こんなふうに感傷的になっている時間はない。

あと一月、それだけしか時間はない。あと一月だけ。

踊り終わっても、ヘルムート様は手を握ったまま、じっとわたしを見つめていた。

「ライラ。……その、話したい、ことが」

「後にしてください。今はリオンのところへ行きましょう」

おずおずとヘルムート様が言いかけたが、わたしはヘルムート様の腕を引っ張り、イザベラ様とは逆方向にいるリオンのほうへ、素早く移動した。

「さあ、リオン、今の内にご令嬢をヘルムート様に紹介して！」

「いいけど……」

リオンは何か言いたげにわたしを見たが、わたしが圧をかけるように微笑むと、ため息をついた。

「ヘルムート様、こちらはミリア・ガーランド嬢、兄君が第一騎士団に所属されています。何度かヘルムート様とご一緒したこともあるとか。こちらはマリーナ・ディーラン嬢、領地がマクシリティ侯爵領の隣で……」

リオンの流れるような説明を聞きながら、わたしはそっと後ずさり、ヘルムート様から離れた。

まだヘルムート様の感触の残る手を、きつく握りしめる。

壁際に沿って、目立たないようにリオンとヘルムート様から離れながら、わたしはそっと二人の様子を窺った。

ヘルムート様は、どこかぼんやりした表情をしていた。令嬢方は楽しそうに笑いさざめき、リオンと会話を交わしながら、ちらちらとヘルムート様に視線を向けている。

今度こそ、うまくいくといい。ヘルムート様の婚約者候補が、この舞踏会で決まりますように。

そう願いながらも、わたしはそれ以上、ヘルムート様を見ていられなかった。

踵を返し、衝動的に広間から出ようとしたその時、いきなり背後から肩をつかまれた。

「――これはまた、見違えたな」

振り返ると、イザベラ様と同じ美しい金髪に青い瞳の、王子様のように整った容貌の男性が立っていた。

「ハロルド・レーマン様」

じろじろと不躾な視線を向けられ、わたしは顔をしかめそうになるのを危うくこらえた。

「あの騎士のような格好は、もう止めたのか？」

肩をつかんだまま、ハロルド様が酒くさい息を吹きかけてきた。

「まあ、ハロルド様。だいぶお酒を過ごされたようですわね、大丈夫ですの？」

「大丈夫ではないと言ったら？」

わざと体重をかけるように抱きしめてくる腕を、わたしはさりげなくかわして言った。

「ハロルド様、ご気分が優れないようですわね。従僕を呼んでまいりますわ」

「いらぬ。そなたが介抱してくれ」

なんでわたしが。という言葉を飲み込み、わたしはハロルド様と距離を取ろうとした。

「まあ、わたくし、魔術師の塔に所属してはおりますけど、治癒魔法はさほどの腕前ではございませんの。次期侯爵様にもしものことがあれば、申し開きがたちませんわ。どうか……」

「ごちゃごちゃうるさい」

ハロルド様は壁に両手をつき、わたしを囲い込むようにして言った。

「そのドレスはなかなかいいな。そそられる。……あの魔術師より、わたしのほうがそなたを喜ばせてやれるぞ、どうだ？」

「まあ、ハロルド様、足元がふらついておいでですわ。すぐ人を呼んでまいりますね」

「いらぬと言っているだろう、わからん女だ」

ハロルド様は苛立ったようにわたしの腕をつかんだ。

「このわたしが相手をしてやると言っているのだぞ。それとも何か、金でも払えと言うのか？」

この酔っ払い、どうしてくれよう。

そう思った時、

「――その薄汚い手を放せ」

低い声が聞こえ、後ろから伸びてきた手が、乱暴にハロルド様の手をひねり上げた。

暴れるハロルド様をいなし、床に押さえつけた人物を見て、わたしは唖然とした。

「何をする、きさま！」

「ちょっ、ヘルムート様!?」

ヘルムート様は立ち上がると、床に転がるハロルド様を蔑むように見下ろして言った。

「下衆め。ライラ・ベルチェリ嬢に貴様の非礼を謝罪しろ。断ると言うなら――」

落ち着き払った様子でヘルムート様は手袋を外すと、それをハロルド様の顔に叩きつけた。

「貴様に決闘を申し込む」

なんてバカなことを！


その後のことは、思い出したくもない。

ヘルムート様をつかまえてリオンとともに控室に移動した後、わたしは様子を見にきてくださったソフィア様とヨナス様に騒動を詫び、二人とも酒に酔っていたから、と言いくるめて何とか穏便に事を収めようとした。しかし、

「ハロルドの阿呆は酔っぱらっていたが、私は一滴も酒は飲んでおらん」

「そうだな。俺も見ていたが、ヘルムートは酒を飲んでないぞ」

当のヘルムート様とヨナス様に否定され、逃げ道を塞がれた。

「……言いにくいんだけど、ヘルムート様は正式な作法にのっとって決闘を申し込まれたから……」

「ソフィア様！」

困ったような表情を作っているが、ソフィア様の瞳はいたずらっぽい光を浮かべ、輝いている。

面白がってますね、あなた。

「ハロルド様も酔ってはいらしたけど『いいだろう、受けてやる！』っておっしゃってたし」

「そうは言っても、ヘルムート様は宮廷魔術師団長でいらっしゃいますし、剣ではヨナス様に次ぐ実力と聞き及んでおります！　対してハロルド様は、魔力もさほどおありではないうえ、剣の腕前

もリオンといい勝負だとか。決闘だなんて、お話にもなりませんわ！」

わたしの言葉に、ハハ、とヨナス様が笑い声をあげた。

「このお嬢さんは、可愛い顔してなかなか言うなあ。……たしかにハロルドとヘルムートでは話にならんが、ハロルドは代理人を立てるだろう。レーマン侯爵家は金持ちだからな、心配いらん！」

そういう心配はしていない！

「しかし確かに、ヘルムートが相手となれば、よほどの手練れでないとまともにやり合えんだろうな。いっそ、俺が相手になりたいくらいだ。ヘルムートと全力で戦えるなど、滅多とない機会だろうしなあ」

「ふざけないでくださいヨナス様！」

いきり立つわたしの肩を、リオンがなだめるようにぽんぽんと叩いた。

「まあまあ、姉さん。……とりあえず帰ろうよ。ヘルムートも。ね？」

「……そうね」

これ以上ここに留まり、噂を大きくするのは避けたい。わたしは不承不承、頷いた。

「その、ライラ、話が……」

「ええ、わたしもヘルムート様にお話があります。しっかりじっくり話し合おうではありませんか！　さあ帰りますよ！」

わたしは、なぜかもじもじするヘルムート様の首根っこをつかまえ、馬車に放り込んだ。

「ああ、今夜は少し、疲れたなあ」

馬車の中で、うーん、と伸びをするリオンに、わたしは申し訳ない気持ちになった。

「……ごめんね、リオン。最近、振り回してばかりだったわね。せっかくの社交シーズンなのに、ぜんぜん楽しめていないでしょう？　本当にごめんなさい」

頭を下げるわたしに、リオンはきょとんとして言った。

「なに言ってるの、姉さん。逆だよ」

「……逆？」

「うん、こんなにわくわくする社交シーズンは久しぶりだよ。近年まれに見る楽しさだ。さっきも、ヴィオラ嬢とそう話してたんだよ。話が盛り上がって、ダンスもたくさん踊って、それで疲れちゃったんだ」

ふふっと笑うリオンに、わたしは脱力してしまった。

我が弟ながら、この胆力は大したものだ。

「でも、こんな事になって、明日からきっといろいろ言われるわよ……」

わたしはリオンの姉だし、ヘルムート様もリオンの幼なじみとして注目されている最中での、この決闘騒ぎだ。リオンも噂に巻き込まれるのは確実だろう。

しかし、リオンはおっとりと言った。

「まあ、僕にあれこれ言う人は、そんなにいないから。ヴィオラ嬢やソフィア嬢の側にいれば、さらに安全だし、気にしないで」

「それは……、そうなんだけど」

わたしは言いながら、キッとヘルムート様を睨んだ。

「それもこれも、ぜんぶヘルムート様のせいです！　いったいどういう了見で、あんな馬鹿げたことを言い出したんですか！」

「……別に馬鹿げてなどいない」

「またそんなことを！」

目を吊り上げたわたしに、リオンがにこにこしながら言った。

「あ、屋敷に着いたみたい。僕は疲れたから、先に休むね。後は二人でごゆっくり、どうぞ」

「……ああ、すまなかったな、リオン」

「リオン、ゆっくり休んでね」

馬車から降りたリオンが、ひらひらと手を振り、鼻歌を歌いながら屋敷に入っていく。それを見送った後、わたしはヘルムート様に向き直った。

「さあ、話し合おうではありませんかヘルムート様！　どうぞ屋敷へお入りください！」

「いや、ん……、その、あの、少し庭を歩かないか？」

ヘルムート様がどこかそわそわした様子で言った。

「別にいいですけど。……何なんですかヘルムート様。今日はほんとに変ですよ」

「ん……、そうか？」

しかも何だか上の空。ほんとにどうしたんだ。

わたしは本気で心配になってきてしまった。

ヘルムート様、見たところ健康そうだけど、もしかして病気か何か？　……いや、ヘルムート様の奇行は以前から有名だし、これくらいは特に騒ぎ立てるほどのものでも……、いや、しかし。

「……ここを歩くのは、久しぶりだ」

ヘルムート様のつぶやくような声に、わたしははっと意識を引き戻された。

気がつけば、奥庭の中央にある、噴水の前まで来ていた。

月光を弾き、噴水から流れ落ちる水が銀色に輝いている。晩秋の夜空に、無数の星が瞬いていた。

「そうですね、ヘルムート様がこの庭にいらしたのは、子どもの頃以来でしょうか」

マクシリティ侯爵家に引き取られて間もなくの頃、ヘルムート様は時たま我が家を訪れては、この庭を歩き回っていた。どこか思いつめたような、張りつめた雰囲気のヘルムート様を覚えている。

「あの頃は侯爵家に馴染めず、毎日が苦痛の連続だった。……ここにいる時だけ、息ができるような気がしたものだ」

「苦労なさいましたね、ヘルムート様」

「いや。……侯爵家に引き取られることを承知した時から、わかっていたことだ。我慢できなかったのは、私の未熟さゆえにすぎん。だが、ここに来る事を許してもらえたおかげで、私は今、ここにこうして立っていられる。……ベルチェリ家には迷惑をかけた。いや、現在進行形で迷惑をかけているな」

苦笑するヘルムート様に、わたしは急いで首を横に振った。

「いえいえ、なにも迷惑なことなんてありません！　ちょっと現在、迷走してますけど、ちゃんと明日から軌道修正して、ヘルムート様の婚約者を……」

「それなのだが」

ヘルムート様が咳払いした。

「……いろいろ尽力してもらい、ありがたいと思っている。それなのに、こんな事を言うのは気が引けるのだが……、その、婚約者探しは、もう、やめようと思う」

「え」

わたしは驚いてヘルムート様を見上げた。

「やめるって……」

「よく考えたのだが、私は別に、結婚したいわけではなかった」

「ちょっと、ヘルムート様」

わたしは思わず突っ込んだ。

ここにきて、今までの努力を全否定って。

「すまない、本当に申し訳ないと思っている」

ヘルムート様はわたしに頭を下げた。

その姿に、わたしは何だか力が抜けるような、どこか安堵したような気持ちになった。

どうしてヘルムート様が、ここにきて急に婚活をやめようと思ったのかはわからない。

でもわたしは、心のどこかで、良かった、と思ってしまった。

良かった。

それなら、目の前で他の誰かと結ばれるヘルムート様を、祝福しなくてすむ。

「いや……、そういうことなら……、仕方ないというか、まあ、こういうことはご本人の意思が重要ですから……」

わたしは歯切れ悪く言った。

理由については釈然としないが、とにかく、本人がもういいと言うなら、外野がとやかく言うことではない。

しかしどちらにせよ、もうヘルムート様とこんなふうに一緒にいることもなくなるんだなあ、とわたしはため息をついた。

するとヘルムート様が、もじもじしながらわたしを見た。なんかヘルムート様、顔が赤い。

「その……、私は、誰でもいいから結婚したいとか、そういうわけではないのだ。そうではなく……」

「はあ」

「私は、その……、つまり、あれだ、その……」

ヘルムート様は、月明かりでもわかる真っ赤な顔で、一息に言った。

「ライラが好きだ」

「え」

「私と、けこっ……、け、結婚してくださぃ……」

頼りない声で、つっかえながら言ったヘルムート様は、がばっと土下座するような勢いでその場にひざまずいた。

正気か！

「いや、結婚ってヘルムート様……」

「待ってくれライラ、少しくらいは考えてくれ！」

ヘルムート様が必死な様子で言った。

「私と結婚すれば、いろいろとお得だぞ！　財産はすべてライラのものだ！　好きに使ってくれ！

魔道具の特許権もぜんぶ譲渡する！」

「いや、あのですね……」

「気に入らぬところがあれば直す！　魔術理論を延々としゃべらないと約束する！　えと……、後は」

「……気に入らないところなんて、ありませんよ」

わたしは小さく笑って言った。

「ヘルムート様は、素晴らしいお方です。……わたしにはもったいない「ぅあああああ！」

話している途中で、突然ヘルムート様が絶叫した。

「どうされました、ヘルムート様」

「それ！　プロポーズお断り文句上位二位のやつ！　『わたしにはもったいないお方です』って来たら、もれなく後ろに『申し訳ありませんがお断りいたします』がついてくるのだ！　やっぱり断るんだなそうなんだな、ああああああ！」

「お断り文句二位って……、ちなみに一位は何なんです？」

「一位は『あなたのお気持ちは大変ありがたいのですが』だ！　『紳士の求愛作法』第五章百十二ページ目に載っている！　ああああああ！」

記憶力を無駄に使ってるな、と思いながら、わたしは、芝生に突っ伏すヘルムート様を見下ろした。

「やっぱりあれか、私が死神みたいだからか!?　執念深くて根暗だから!?　そ、それにそれに……」

「ヘルムート様、とりあえずお立ちになって」

わたしはヘルムート様の髪についた芝生を払いながら、小さく笑ってしまった。

なんてことだ。

ヘルムート様が、何をとち狂ったのか、わたしに求婚するなんて。

うれしい、と思ってしまう心を、握りつぶしてしまわねば。

「……結論から言えば、わたしはヘルムート様と結婚できません」

「やっぱり！」

ああああ！　と再び絶叫するヘルムート様。わたしはヘルムート様を立たせるのをあきらめ、自分も芝生に座り込んだ。

「でもそれは、ヘルムート様が根暗でひがみっぽくて死神みたいで執念深くて陰険だからではありません」

「なんか文句が増えてないか⁉」

「わたしもお慕いしております、ヘルムート様」

「だいたい……、え？」

ヘルムート様はきょとんとし、ついで、わたしの言葉を理解したのか、じわじわと顔を赤くした。

「えっ……、え？　お慕い？　って、それ……、えっ、え……」

「子どもの頃から、ずっとヘルムート様を好きでした」

「えええっ⁉」

ぴょんっとヘルムート様が跳ね、わたしから飛びすさった。

「うそ……」

両手で口を押さえ、まるで乙女のように恥じらいながら、ヘルムート様がわたしを見た。

「す、……すすす……き、って……。そんな、そんな……」

「お気づきではありませんでしたか？　わりと態度に出ていたかと思いますけど」

「ぜんっぜん気づかなかった！　いや、態度になんて、まったく出てなかったぞ！」

「そうですか？　リオンには、とっくの昔にバレてますけど」

「はァ⁉」

ヘルムート様は驚いたような声を上げた。

「そ、それならそうと言ってくれれば……、いや待て、ちょっと待て。……私はプロポーズを断られたんだよな？」

「そうですね」

「なんで⁉」

ヘルムート様が、わたしの隣にさっと滑り込むように正座した。

「なんで、りょっ……、りょ両想い……、なのに」

「わたしは、リオンがベルチェリ商会に入ったら、その補佐を務めなければなりませんので」

「補佐しながらでも、結婚はできるだろ⁉」

「相手によります」

わたしはため息をついた。

「リオンにはあまり商才がありません。……けれど、やりようによっては、ベルチェリ商会を更なる発展へと導く、素晴らしい当主となれます。ただそのためには、リオンを補佐し、実質的に商会を切り盛りする人物が必要なのです」

わたしはヘルムート様をちらりと見た。真剣な表情でわたしの言葉を聞いている。

「リオンを補佐するのは、決して彼の権益を侵害しないと言い切れる人間でなければなりません。万が一にも、ベルチェリ商会の当主をめぐる争いが生じてはならないのです」

「……私が結婚相手では、その争いが発生する可能性があるということか？」

ヘルムート様の言葉に、わたしは頷いた。

「そうです。ヘルムート様は、マクシリティ侯爵家のご次男で、そのうえ宮廷魔術師団長という、魔術師の頂点に立つお方です。もしわたしがヘルムート様と婚姻を結ぶなら、リオンはさらに高位のご令嬢と結婚する必要があるのです」

「……たしかに数は少ないが、そうした条件にあてはまる貴族もいるんじゃないか？」

ヘルムート様が考え込みながら言った。

確かにいることはいる。レーマン侯爵令嬢イザベラ様やサムエリ公爵令嬢ヴィオラ様などが、その条件にあてはまるだろう。しかし、

「リオンは伯爵家の……、それも三代ほど前に商人から成りあがった新興貴族の息子です。侯爵家以上の高位貴族のご令嬢に縁付いていただくには、それなりの対価を差し出さなければなりません。が、我が家にあるのは人脈と資産だけです。レーマン侯爵家もサムエリ公爵家も由緒ある家柄ですし、それだけでは我が家と姻戚になることを承諾してはくださらないでしょう」

ヘルムート様は頷いた。

「なるほど、よくわかった」

「そうですか……」

少し寂しい気持ちでわたしも頷いた。

もうちょっとごねてくれても……と、我ながら理不尽な気持ちが頭をもたげたが、それを振り払うように、わたしはヘルムート様に微笑みかけた。

「そういうわけですので、ヘルムート様とは」

「それなら、その条件にあてはまるご令嬢と、リオンを婚約させれば良いのだな！」

ヘルムート様は、ぱっと立ち上がった。

「よし、それならば問題ない！」

「え」

「待っていてくれ、ライラ！　私は必ず、その条件を満たしてみせるぞ！」

月明かりに照らされ、自信満々にそう宣言するヘルムート様は、言いたくないが格好よかった。

とても凛々しく美しく、素敵な貴公子に見えてしまった。

……ヘルムート様もおかしいが、わたしもどうかしている。

六　決闘

「結局、ヘルムートは決闘をやめないの？」

リオンに不思議そうに聞かれ、わたしはうつむいた。

「いや、説得したんだけど……」

あの後わたしは、プロポーズの件はともかく、決闘はやめてくれ、と何度かヘルムート様にお願いしたのだが、ヘルムート様は聞く耳を持たなかった。

「なぜ決闘をやめねばならんのだ？　ソフィア嬢も言っていたが、あれはちゃんと正式な作法にのっとって申し込んだものだ。なにも問題はない」

「いや、レーマン侯爵家嫡男と宮廷魔術師団長の決闘ですよ……。なんの問題もないとなぜ思えるのか、そっちのほうが不思議なんですけど」

だが、いくら言ってもヘルムート様は決闘をやめようとはしなかった。

「あの男は、ライラに向かってひどく無礼な言葉を吐いていたではないか。……か、金を払えばいいのか、とか……」

真っ赤になるヘルムート様に、わたしは少し呆れて言った。

「あれくらい、よく言われる事ですわ。気にしてません」

わたしはベルチェリ商会の者として、様々な国、立場の者と商談を結んできた。その過程で、女であるがゆえに侮られたり、性的な嫌がらせを受けたりしたことは数え切れない。ベルチェリ商会の中で確固たる地位を築きつつある現在は、さすがに少なくなってきたが、ハロルド様の言動なんて、まだマシなほうだ。

「よく言われるだと⁉」

だがそれは、ヘルムート様にとって衝撃の事実だったらしい。

「だ、だだ誰がそのような破廉恥なことを……！」

「いや、破廉恥って……、金を払うから抱かせろ、くらいは別に」

「待て、なんだそれは！」

ヘルムート様が真っ赤な顔で叫んだ。

「かっ……、金を払うから、……せろ、って、ななんだそれ……っ！　かか金なら私だって、私だって持ってるのに……っ！」

「論点がズレてませんかヘルムート様」

わたしの冷たい視線に、ヘルムート様ははっと我に返ったような表情になった。

「いや……、うん、とにかく、とにかくだ。……ライラが良くても、私がイヤなのだ。だから決闘はする」

「ヘルムート様」

「マナーの教師も言っていたぞ。愛する女性を侮辱されたら、男はその不名誉を晴らすために行動すべし、と。……ライラが、ハロルドごときの言葉に傷つけられるとは思わん。ただ、私がイヤなのだ。これは私の勝手な気持ちだから、ライラが気にする必要はない」

「気にしますよ！」

そう言いながらも、わたしはちょっと嬉しくなってしまった。

今はもう平気になってしまったが、昔はそうした嫌がらせをされるたび、落ち込んだり傷ついたりしていた。そのたびに、必死で気持ちを立て直し、歯を食いしばって頑張ってきたのだ。

あの頃のわたしに、言ってあげたい。

いつか、あなたの傷を思いやってくれる、優しい人が現れるよ、と。結ばれないかもしれないけれど、とてもとても優しい人が、あなたを守ろうとしてくれるよ、と。

まあ、決闘はたしかにいろいろな噂をよぶし、しばらくはどこに行ってもこの話題で持ち切りだろうが、それ自体はそう珍しいことではない。社交シーズン中なら尚のことだ。

それに、ヘルムート様は大層お強い。

別に惚れた欲目でそう言っているわけではなく、単なる事実だ。

魔術、剣技ともに王国トップクラスの実力を誇るヘルムート様を相手に、いかにレーマン侯爵家が財力にものを言わせても、対等に戦える剣士を探し出し、決闘の代理人に据えることは難しいだろう。

決闘の是非はともかく、ヘルムート様に何かあるのでは、という心配はしなくても良さそうだ。

……と思っていたのだが。

「どういうことです、ヨナス様が決闘の相手って！」

わたしは真っ青になってソフィア様に詰め寄った。

「落ち着いて、ライラ様。……わたしもヨナス様に言ったのよ。ヘルムート様と決闘なんて、そんなバカなことは止めて、って」

ソフィア様は、ふう、と疲れたようなため息をついた。

「でもあの人ったら、『ヘルムートと戦えるなど、考えてみれば二度とない機会だ！　大丈夫、死ぬまではやらんから心配するな！』って……」

「それのどこが大丈夫なんですか！」

言いながら、わたしは心の中で舌打ちした。

しまった。

これはある意味、わたしの不手際だ。

ヨナス様とヘルムート様の仲は良好だが、それ以前にヨナス様は、超がつくほどの戦闘狂だったのを忘れていた。

通常、ヘルムート様は魔術師として戦争に赴くが、実際の戦場では、魔法騎士として剣をふるう機会もある。

それを間近に見ていたヨナス様は、以前からずっと『ヘルムートと戦えたらなあ』と思っていたそうだ。

……そういえば、ヘルムート様がハロルド様に決闘を申し込んだ時も、『いっそ俺が相手になりたいくらいだ』っておっしゃってたっけ……。まさかあれ、本気だったとは。

そしてレーマン侯爵家も、なりふり構っていられないご様子だ。ランベール伯爵家とレーマン侯爵家は、あの魔獣討伐の件で、いま現在、最悪に冷え切った関係なのに。あの高慢なレーマン侯爵家が、仲違いしている格下の伯爵家に頭を下げてまで、決闘の代理人を頼んだというわけか。

まあ実際、ヨナス様くらいしかヘルムート様とまともにやり合える方はいないだろうけど。

しかし、ヨナス様がお相手とは……。これはちょっと、いやかなり、マズい状況ではないだろうか。

「ヘルムート様……、どうなさるおつもりですか。ヨナス様が決闘のお相手とお伺いしましたが……」

わたしは適当な理由をつけ、ヘルムート様の執務室を訪れた。公私混同は避けるべきだが、そんな事を言っていては数日後、戦闘狂のヨナス様にヘルムート様がバッサリやられてしまうかもしれないのだ。

「うむ、ヨナスは、ちと厄介だな」

ヘルムート様は書類にサインしながら、何でもないことのように言った。

「いや、厄介って……、そんなんで大丈夫ですか。ヨナス様、たしかに魔力はあまりおありではありませんが、たぶん魔法防御をゴリゴリに上げるアイテムを使ってきますよ」

決闘では、マジックアイテムと呼ばれるアクセサリーを、それぞれが一つだけ、付けることを許されている。

魔力が低い者は魔法防御を、力のないものは身体能力を上げるようなアクセサリーを。しかし、魔法を防がれてしまっては、いかにヘルムート様が物理防御を上げても、結局はスタミナに勝るヨナス様に負けてしまうのでは……。

ウロウロと執務室を歩き回るわたしを、ヘルムート様がおかしそうに見て言った。

「そんなふうに落ち着かぬライラを、初めて見るな。私がヨナスに負けると思っているのか？」

「勝負はどうでもいいんです！　わたしはただ……！」

言いかけて、わたしは一瞬、考えた。

これ以上、ヘルムート様に深入りすべきではないのかもしれない。

今よりもっとヘルムート様に心を傾けては、もう引き返せなくなってしまう。

そう思っても、わたしは言葉を止められなかった。

「もしヘルムート様が、お怪我でもされたらと思うと、わたしは……」

「え」

ヘルムート様は驚いたようにわたしを見た。

「えっ、え……、ライラ、その、もしかして、心配している……、のか？　私を？」

「当たり前でしょう！」

怒鳴るように言うと、ヘルムート様は真っ赤になって感動したように両手を組んだ。

「ええ……、ちょっ、それ……、すごく恋人っぽい……！」

「ふざけないでください！」

「ふざけてない私はすごく真面目だ！」

ヘルムート様は勢いよく椅子から立ち上がり、わたしの側に来た。

「だってだって、ずっと憧れだったのだ……！　戦争が始まるたび、騎士のやつらがあちこちで恋人たちと別れを惜しむだろ？　恋人たちはみな、騎士のやつらが怪我をしないかと心配していた。そんであいつら、ところ構わずいちゃいちゃと……。爆発しろ！　呪われてしまえ！　といつも思っていたのだが、まさか私にも、怪我を心配してくれる恋人ができるなんて！　しかもそれがライラ……、ライラが私の恋人……！」

生きててよかった、とヘルムート様が感動したように震えている。

「いえわたし、恋人じゃありませんから」

そっけなく言い捨てるわたしに、ヘルムート様がめげずに言った。

「わかっている、私はまだライラの条件を満たしておらぬ。だがライラ、その……」

「なんですか。決闘をやめてくださるんですか？」

「いや、それはできないが」

「じゃ近寄らないでください」

「そんな！」

ヘルムート様はもどかしそうに、わたしの周囲をぐるぐる回った。

「えと、じゃあ……、こういうのはどうだ？」

ヘルムート様がおずおずと言った。

「決闘で、ぜったいに怪我をしないと誓う。……怪我をせず、ヨナスを倒すと誓うから」

「……それは無理なんじゃ」

「いや待て、ここは、あなたの勝利をお祈りします、って言うべきところじゃないか？」

「だって客観的に見て、ヨナス様相手に怪我の一つもなしに勝利するなんて、無理ですよ」

こういうところが可愛くないと言われるんだろうな、と思いつつ、わたしはつい言ってしまった。

「ヨナス様は王国一と呼ばれる剣の使い手です。ヘルムート様の剣筋もよくご存じでしょうし、まともに打ち合って勝ち目があるとは思えません。魔法防御さえ突破できれば、勝機もあるでしょうが」

「ふむ……」

だがヘルムート様は不機嫌になることもなく、真剣な表情で考え込んだ。

「魔法防御か。……たしかレーマン侯爵家は、国宝級のマジックアイテムを保有していたはずだ。ほとんどの魔法攻撃を防ぐというブローチだが、恐らく侯爵家はそれをヨナスに貸与するだろう」

ヘルムート様はわたしを見た。

「ライラ、護衛の時に使っていた剣を見せてくれないか？」

「剣？」

あの短い湾刀のことだろうか。わたしは一旦、控室に行き、しまっていた湾刀を持って執務室に戻った。

「こちらです、どうぞ。……これは東方の刀で、女性の護身用としてよく使われているものです。軽いのでそれほど力を必要としませんが、その分、威力も低いですよ」

「ああ。……ふむ、軽いな。魔力の乗りも良さそうだ」

シュッと湾刀を振り下ろし、ヘルムート様が満足そうに頷いた。

「ライラ、頼みがある。……これと同じタイプの刀を、何種類か見繕ってくれぬか。決闘で、この武器を使用したい」

武器の手配をしつつも、わたしはなんとか決闘をやめてもらうよう、再三にわたってヘルムート様の説得を試みた。しかしヘルムート様は頑として意思を変えず、とうとう決闘の日がやってきてしまった。

　ヘルムート様とヨナス様の決闘の場所は、公平を期して、中立派のサムエリ公爵家が所有する騎士団の、鍛錬場が提供された。

「ライラ様、ソフィア様も。どうぞこちらにお座りになって」

　ヴィオラ様がにこやかに言う。

　決闘がよく見えるよう、鍛錬場の横にある騎士たちの休憩所に、急ごしらえの観覧席を用意していただいたのだ。

　休憩所には、ヘルムート様側としてわたし、ヨナス様側としてソフィア様、そして審判をつとめるサムエリ公爵家令嬢ヴィオラ様の席があった。

「ああ、待ちきれないわ！　ヨナス様が剣をふるう姿はよく目にしておりますけど、ヘルムート様は初めて！　ライラ様はご覧になったことがおありですの？」

　ソフィア様がうきうきした様子で声をかけてきた。

　……婚約者が決闘（代理だけど）するというのに、このはしゃぎっぷり。

　ヨナス様もアレだが、ソフィア様も大概だ。

　ヴィオラ様がおっとりと首を傾げて言った。

「……ソフィア様は、婚約者のヨナス様が心配ではありませんの？」

「心配しても仕方ありませんわ」

　ソフィア様は肩をすくめて言った。

「ヨナス様は、戦いが生きがいなのですもの。最近、実力の拮抗する相手と戦えず、鬱々とした様子を見ておりましたから、逆に今回の機会をいただいて、ありがたいと思ったくらいです。……その、ライラ様には申し訳ないのですけど」

困ったようにこちらを見るソフィア様に、わたしは引きつった笑みを返した。

「い、いいえ、ソフィア様のせいではありませんわ。これはヘルムート様……じゃなくて、ハロルド様がお悪いのですもの」

「結局、レーマン侯爵家からの謝罪はなかったのですか？」

ヴィオラ様の気づかわしげな視線に、わたしは小さく笑った。

「ええ。……わたしは伯爵家の、それも跡継ぎではない、ただの娘ですから。ハロルド様が公的にわたしに謝罪するなど、それこそ決闘で負けでもしない限り、あり得ないでしょう」

「そう聞いてしまうと、ヘルムート様の応援をしたくなってしまいますわ……」

ソフィア様が悩ましい様子で言った。

「ハロルド様のなさりようには、わたしも腹に据えかねるものがありますもの。……そもそも、宮廷でのレーマン侯爵家の専横ぶりをどうにかせねば、今後もこうした騒ぎが続くことでしょう」

ソフィア様の言葉に、わたしはちらりと隣に座るヴィオラ様を見た。

レーマン侯爵家を押さえ、今の混乱する宮廷を統括するには、血筋、人脈、資金、人望がそろった貴族でなければ無理だろう。さらにそこに、騎士団と魔術師団の後押しが必要だ。

サムエリ公爵家ならば、その資格は十分にある。

しかし、現当主は高齢だ。次期当主、ヴィオラ様の兄上は国境紛争で大怪我を負って以来、あまり宮廷に姿を現さないと聞く。サムエリ公爵家の力をもってすれば、ヴィオラ様の兄上を宰相とすることも十分可能だと思うが……。

「ヨナス様！」

ソフィア様の声に、わたしの物思いは打ち切られた。

わたしは慌てて顔を上げ、ヘルムート様の姿を探した。

「ヘルムート様」

いつもの魔術師用のローブではなく、騎士団の制服を着用したヘルムート様と、ヨナス様が鍛錬場に立っていた。

ただ、ヘルムート様は腰に剣を下げていなかった。片手に二本、まとめて短い湾刀を持っている。

「あら、ヘルムート様は変わった武器をお持ちね」

目ざとく気づき、ソフィア様が言った。

「……ええ。今回の決闘のため、用意された武器ですわ」

わたしはハラハラしながらヘルムート様を見つめた。

あの武器で、本当に大丈夫なのだろうか。

ベルチェリ商会の所有する武器すべての中から、ヘルムート様に選んでもらった湾刀だが、この短期間でどれだけ使いこなせるようになっているのか。そもそも、剣の達人であるヨナス様に、それは有効な手段なのか。

考えれば考えるほど胃が痛くなってくる。

どうしよう。

もし、ヘルムート様が怪我でもしたら。

わたしも治癒魔法を使えるが、それほどの力はない。むしろヘルムート様が、自力で治してしまうほうが早いだろう。

わたしは何の役にも立たない。どうしよう。

キリキリと胃が痛む。何もできないことがこんなに歯がゆく恐ろしいだなんて、知らなかった。

ヘルムート様とヨナス様が、審判者であるサムエリ公爵家所属の騎士たちに、武器とマジックアイテムの確認をされる。所持品に問題ないことを宣言され、ヘルムート様とヨナス様は、鍛錬場の中央で向き合った。

サムエリ公爵家の騎士は、ヘルムート様とヨナス様の間に立ち、簡単に告げた。

「それではこれより、マクシリティィ侯爵家ヘルムート卿と、レーマン侯爵家代理、ランベール伯爵家ヨナス卿の決闘を行うことを宣言する！」

わたしは思わず目をつぶった。

「始め！」

開始の声とともに、剣が空を斬る風圧を感じた。

目を開けると、ヨナス様が目にも止まらぬ動きで剣をくり出しているのが見えた。

速い！　かなり重さのある長剣を使っているのに、ヨナス様は軽々と剣を振り回している。

対するヘルムート様は、防戦一方だ。魔術で自分の周囲にいくつもの炎の盾を展開させ、それを片っ端からヨナス様に粉砕されている。

ただ、壊されるそばから次々に炎の盾を再出させているから、ヨナス様もヘルムート様に近づくことができないでいる。

ど、どうなるの、これ。ヘルムート様の魔力かヨナス様のスタミナ、どちらかが尽きるのを待つつもりか。

「あらあら。これは、長くなるかしら」

ソフィア様がつぶやいた。

「や、やっぱりそう思われますか？」

「ご覧になって、ヨナス様の嬉しそうなこと。……あれは長引きますわ。ヘルムート様には、迷惑な話でしょうけど」

たしかにヨナス様、生き生きとしている。すごく楽しそう。……ああ、やめてください、もう吐きそう。

わたしはやきもきしながら戦いを見守った。

今のところ、ヘルムート様は例の湾刀を使っていない。使う隙がない、と言ったほうが正しいだろうか。ヨナス様の勢いはすさまじく、ヘルムート様は防戦一方のように思われた。次々と繰り出された炎の盾は、円を描くようにヘルムート様を囲い、ヨナス様の攻撃を防いでいたが、それも一つ消え、二つ消え、どんどん小さく挟まっていく。

炎の盾が一つ崩れ、次の盾が現れるわずかな間に、ヨナス様の剣が突き入れられた。その瞬間、不自然な軌道を描きながら、あの湾刀がヨナス様の剣を弾いた。

「……ほう」

ヨナス様がにやりと笑った。

「珍しい使い方をするな。面白い！」

笑いながらヨナス様が再度、踏み込んでくる。ヘルムート様は後ろに飛びすさり、ヨナス様と距離を取った。

「あの変わった剣に、魔法を乗せて使っていらっしゃるのね。炎……、ではないわね、風の魔法かしら。炎の盾を展開しながら同時に風の魔法を剣に乗せるなんて、ヘルムート様しかおできにならないでしょうね。さすがは宮廷魔術師団長様ですわ」

ソフィア様が感心したように言った。

「……そうですね……」

わたしはキリキリ痛む胃を押さえ、それだけをやっと口にした。

もう無理、無理だ。これ以上見ていたら、心臓が壊れてしまう。

ていうか、わたしが戦うほうがマシだ。もう耐えられない。

その時、ヨナス様の剣が、炎の盾を二つまとめて叩き飛ばした。壊れた盾の炎はヨナス様に襲いかかったが、やはりヨナス様には魔法防御がかかっているらしく、すべて弾かれてしまう。

わたしは、ヨナス様のマントに目を止めた。大きな青い宝石のマント留め。あれだ。あれがレーマン侯爵家のマジックアイテムだ。

炎の盾を突破したヨナス様の剣が、ヘルムート様の首を狙う。その時、ヘルムート様の姿がぶれ、一瞬、目の前から消えた。

「ヘルムート様⁉」

次の瞬間、ヨナス様のマントが地面に落ちた。ヘルムート様の右手に握られた湾刀が、ヨナス様の左胸、心臓の辺りに押し当てられている。そしてもう一本の湾刀も、風の魔法を受けて、ヨナス

様の喉元に突きつけられていた。

「……えっ？」

何が起こったのかわからず、わたしは思わず声を上げた。

ソフィア様もヴィオラ様も、不思議そうな表情をしている。

「……は」

ヨナス様は、驚いたように喉と胸に突きつけられた湾刀を見、それからヘルムート様を見た。

はあはあと荒い呼吸に肩を上下させながら、ヘルムート様が鋭くヨナス様を見返している。

「……参った」

ぽつりとヨナス様が言い、ついで、大声で笑い出した。

「参った、俺の負けだ！　やられたぞ、大したものだ、ヘルムート！」

鍛錬場に、ヨナス様の笑い声が響きわたる。わたしは半ば呆気にとられてその様を眺めた。「まあ」と気の抜けたような声が隣で聞こえ、視線を向けると、ソフィア様やヴィオラ様も、驚いたような表情を浮かべている。

「ヨナス卿が敗北を認められたため、ヘルムート卿の勝利とする！」

審判者が宣言したが、宣言などそっちのけで、ヨナス様がヘルムート様に絡んでいた。

「なああ、後でもう一回、戦わないか？　今度はマジックアイテムなしで」

「断る」

ヘルムート様は即座に拒否した。しかし、ヨナス様はなおも食い下がっている。

「じゃ、おまえはマジックアイテム使っていいから！　さっきのあれ、あれは面白かった！　おまえ、物理防御じゃなく、素早さを上げるアイテムを使ったんだな！」

「……ああ、そうだ」

「大した度胸だ！　もし俺の一撃をくらってたら、冗談でなく即死してたぞ！」

聞き捨てならないセリフに、わたしは思わずヘルムート様を見た。

なんだと。

ヘルムート様、そんな危険を冒してたのか⁉

わたしの視線に気づいたのか、ヘルムート様は慌てたようにぐいぐいとヨナス様の肩を押した。

「もういい、おまえはしゃべるな！　とにかく、おまえの負けだ、それでいいな⁉」

「ああ、俺の負けだ！　……楽しかったなあ……。なあヘルムート、頼むからもう一回」

揉めながら鍛錬場を出てゆく二人を見送り、わたしは唇を噛みしめた。

物理防御を捨てて、素早さを上げていただなんて。それでもし、ヨナス様の剣を防げなかったら、どうするつもりだったんだ。

ヘルムート様……、許せん。

後でとっちめてやる！

怒りに燃えるわたしをよそに、ヴィオラ様がおっとりと言った。

「お二人ともお怪我がなかったようで、本当に安心いたしました。……ライラ様、よろしければレーマン侯爵家からの謝罪の場を、我が家で設けますわ。いかがでしょう？」

「……え」

わたしはぽかんとヴィオラ様を見た。

ヴィオラ様は首を傾げた。

「あの……、今回の決闘は、ハロルド様にライラ様への謝罪を要求するためのものでしょう？　ヘルムート様が勝利されたのですから、ライラ様はハロルド様に、公式の場での謝罪を要求する権利がありますわ」

そ、そうだった。すっかり忘れていた……。

わたしは、ヘルムート様が出ていった鍛錬場の出口に視線を向けた。

ヘルムート様、わたしが怪我をしてほしくないって言ったから、あのトリッキーな戦術を用いたのだろうか。たしかに、ヨナス様相手に怪我一つなく勝利するためには、正攻法では無理だろうけど。

しかし、物理防御を捨てるっていうのは、さすがにやりすぎだ。即死となれば、治癒魔法は効かないのに。

ヘルムート様は、わたしのために、命まで懸けてくださったのだろうか。ハロルド様に決闘を申し込んだうえ、ヨナス様と命がけで戦うなんて。

わたしはうつむいた。

どうしよう。もうこれ以上、ヘルムート様を好きになりたくなんてないのに。今でさえ苦しくてたまらないのに、これ以上ヘルムート様を好きになってしまったら、わたしはどうなってしまうんだろう。

これまで通り、わたしは自分を騙しつづけられるんだろうか。平静を装い、何でもないふりをして、好きでもない誰かと結婚して……。

「ライラ様？」

ヴィオラ様の不思議そうな声に、わたしはハッと我に返った。

「あ、あの、それでは申し訳ないのですが、お言葉に甘えてもよろしいでしょうか」

わたしの返事に、それでは後日、詳細についてお知らせいたしますわね、とヴィオラ様がにこやかに言った。

わたしはヴィオラ様にお礼を伝えると、精神的に疲弊しきって屋敷に戻った。

今日はもう早めに休もうと思ったのだが、執事のファーガスンが慌てたようにわたしの部屋にやって来た。

「お嬢様、お疲れのところ失礼いたします。……レーマン侯爵家のイザベラ様がお越しです」

「え？」

わたしは驚いてファーガスンを見た。ファーガスンは苦虫を噛み潰したような表情をしている。

「申し訳ございません、お嬢様は既にお休みになられているとお伝えしたのですが……」

「いいのよ、すぐ支度するわ」

先触れもなくいきなり押しかけてくる相手に、道理を説いても仕方がない。わたしはため息をこらえ、簡単に身支度を整えると階下に降りた。

客間に、侍女を従えたイザベラ様がソファに座っていた。

ファーガスンが「何かありましたら、すぐお呼びください。扉の外に控えておりますので」とイザベラ様を一瞥して言った。

うむ、イザベラ様を面倒なクレーマーと即座に見抜いたその眼力、さすが我が家の執事です。

「お待たせいたしました」

わたしが挨拶すると、イザベラ様は扇を鳴らし、ソファを顎で示した。

「いいわ、お座りなさい」

いやここ、わたしの家なんですけど……と言うのをこらえ、わたしは黙ってソファに腰を下ろした。

「何かご用でしょうか、イザベラ様」

「わかっているのでしょう」

イザベラ様は苛立たしげにわたしを睨んだ。

「まったく、あなたの恥知らずな言動には驚かされるわ。……お兄様を誘惑しておきながら、ヘルムート様をそそのかして、お兄様に謝罪を要求するなんて」

「……お互いの立場が違うと、物事もまた、まるで違って見えるようですわね。お言葉ですが、わたくしはハロルド様を誘惑したことなど一度もありませんし、ヘルムート様に決闘をするよう、そそのかしたこともありませんわ」

「白々しい！」

イザベラ様は扇を閉じ、テーブルに打ち付けた。イザベラ様の後ろに立つ侍女が、その音にびくりとしていた。……普段からイザベラ様のこうした言動にびくついているんだろうか、気の毒に。

「今までは大目に見てあげたけど、そろそろいい加減、身の程をわきまえなさい。レーマン侯爵家を本気で怒らせたいのかしら？」

「……イザベラ様は、わたくしに何をせよと仰せなのでしょうか？」

首を傾げて不思議そうに問いかけると、イザベラ様の顔が真っ赤に染まった。

「あなた、わたくしを馬鹿にしているの？　そういう態度で殿方を惑わしたの？　ええ、いいわ、教えてあげる。……決闘の権利をふりかざして、お兄様に謝罪を要求するのはやめなさい。代わりに、あなたがお兄様に謝罪するのよ」

「謝罪、ですか？　何に対して？」

「お兄様を侮辱したことを、よ！」

「まあ」

わたしは頬に手をあて、考えるそぶりで言った。

「わたくし、何かハロルド様を侮辱するような振る舞いをしたのでしょうか？　いきなり後ろから肩をつかまれ、金を払えば相手をするのかと言われ、困っていたところをヘルムート様に助けていただいたのですけど」

「嘘おっしゃい！」

イザベラ様が顔を真っ赤にして怒鳴った。

怒り狂うイザベラ様に、わたしはにっこり笑ってみせた。

ふん。これしきの恫喝で、わたしが怯むとでも思っているのか。甘く見られたものだ。

わたしは息を吸い、背筋を伸ばして言った。

「嘘ではございませんわ。その場にいた方々、全員が証言してくださるでしょう。イザベラ様がどうおっしゃろうと、事実は変わりません。わたくしが申し上げたことを偽りだとおっしゃるなら、それを裏付ける証拠をお出しください。訴えられてもかまいません。受けてたちますわ」

「ライラ・ベルチェリ！」

イザベラ様が怒鳴り、扇をわたしに投げつけた。

眼前に飛んできたそれを、わたしは即座に叩き落とし、足で踏みつけた。

「あら、イザベラ様、手が滑ってしまわれましたの？　扇が落ちましたわ。……ああ、これはもう、使い物にはなりませんわね。要が壊れてしまっていますわ」

わたしはにっこり笑い、侍女に壊れた扇を渡した。

「よければ、これと同じ扇を後で侯爵家に届けさせますわ」

「何よふざけないで！　商人ふぜいが！　それで恩を売ったつもり!?」

商人ふぜい。その言葉に、あの夜会でヘルムート様を連れ出したわたしを罵ったのは、やはりイザベラ様だったんだな、と確信した。

「イザベラ様、その扇も、ドレスも靴も、すべて我が商会がお取り扱いした品です。……商人を見下すのはイザベラ様のご勝手ですが、商人なくして人々の生活は立ち行きませんのよ」

「偉そうに！　わたくしに説教をするつもり!?　たかが伯爵家の、卑しい商人ふぜいが！」

頭から湯気が出そうなほど、真っ赤になって怒り狂うイザベラ様に、わたしは一つ、息をついた。

「卑しい商人ふぜい、たかが伯爵家の娘であっても、心はあるのです。イザベラ様にはお分かりではないようですけど。……わたくしの心を守ろうと、ヘルムート様は命を懸けて戦ってくださいました。わたくしは、ヘルムート様が勝ち取ってくださった権利を行使します。ハロルド様に、公式な謝罪を要求いたしますわ」

嵐のようなイザベラ様の訪問があってから三日後、サムエリ公爵家から正式な書面が届いた。

一週間後にサムエリ公爵家にて舞踏会を開催すること、そこでサムエリ公爵立ち合いの下、わたしがハロルド様から謝罪を受けること等が記されていた。

サムエリ公爵家主催の舞踏会ともなれば、さぞや華々しいものとなるだろう。

そこに集まった大勢の貴族たちに、レーマン侯爵家の嫡子が、新興貴族であるベルチェリ伯爵家の娘に頭を下げたと知れ渡るのだ。

これは、レーマン侯爵家の権威失墜になりうる汚点である。これほど早く舞台を整えたということは、サムエリ公爵家もレーマン侯爵家を疎ましく思っていたということだろうか。

舞踏会へは、わたしとともに両親も出席することになった。

ただでさえ忙しい両親に迷惑をかけてしまうことを謝ると、

「まあ、ライラ。こうしたことは女の勲章と誇っていいのよ。あなたを巡っての決闘騒ぎなんて、ロマンチックじゃない」

母は完全にズレた感想を口にし、うきうきしていたが、父の様子は少し違っていた。

「……ベルチェリ家は、これを機に少し方針を変えようと思ってな。今までは中立を保っていたが、レーマン侯爵家を旗頭とする貴族たちとは、今後、距離を置くこととする」

つまりはベルチェリ家、ひいては商会の未来まで、今回の件で変わってしまったということか。

わたしは父に頭を下げた。

「申し訳ございません。……わたしのせいで、ベルチェリ商会に損害を与える結果となってしまいました」

「そう思うのか？」

父は少し笑った。

「今までベルチェリ家が中立を貫いていたのは、それが商会にとって都合がよかったからだ。宮廷は混乱のただ中にあり、誰が失脚し、誰が権力を握るのか、わかったものではなかったからな。……が、今回のことで、大きく潮目が変わった。我らはその波に乗るだけだ。きっかけを作ったのがおまえというのは、実に愉快だ。レーマン侯爵家の横暴ぶりには、何度も煮え湯を飲まされたからな。よくやった、ライラ」

わたしは父を見た。

「ではやはり、サムエリ公爵家が権力を握ると？　ヴィオラ様の兄君が、次期宰相となられるのですか？」

「さ、まだ確とは言えぬ。ヘルムート様やヨナス様のご意向もあることだしな。……おまえのほうが、ヘルムート様のお考えには詳しいのではないか？」

父のからかうような物言いに、わたしは顔をしかめた。

まったく、父上も母上も、人の気も知らないで、好き勝手言うんだから。

わたしはため息をついた。

実は、決闘のあった日以降、ヘルムート様とは一度も会えていない。

あの仕事中毒のヘルムート様が、十日間の休暇を申請し、魔術師の塔に一度も姿を見せないのだ。

まあ、怪我をしなかったとは言っても、決闘で魔力も体力も消耗しただろうし、このところ慣れない社交でお疲れだっただろうから、少し休みたいという気持ちはわかる。それはいいのだ。

……でも、それならそうと、わたしに一言くらい、言ってくれてもいいじゃないか。

疲れたから休む、しばらく会えない、と。一言でいいのに。

プロポーズまでしておいて、何も言わずにいきなり姿を隠されたら、心配するし、落ち着かない。

いま何をしているのだろう、とか、ちゃんと食べてるのかな、とか、ふと気づくとヘルムート様のことばかり考えてしまう。

「さあライラ、そんな辛気くさい顔をするのはおよしなさい。舞踏会までもう日がないわ、急がなくっちゃ」

「……なんですか母上。何を急ぐことがあると」

なんとはなしにイヤな予感を覚え、わたしは母から少し距離をとった。

母は、すすっとわたしに近寄り、目をキラキラさせて私の手を握った。

「もちろん、舞踏会のための用意よ。ドレスに靴に宝石に……」

「いや、今からドレスを仕立てていたのでは、とても間に合いませんが」

「それはそうだけど、手直しはできるわ」

母は目をキラキラ……いや、ギラギラさせて言った。

「あなたはいつも、リオンばかりを気にかけて、自分の身なりは後回しにしていたでしょう。たまにドレスを選んでいるかと思えば、いつも仕事がらみだし」

「いや、まあ、それは……」

「まったく、あなたはゲオルグ様に似て、自分を飾ることにぜんぜん興味がないんだもの！　こんなに可愛らしい見た目なのに、もったいないわ！」

たしかに父もわたしも、仕事上、必要な身繕い以外は、あまりお洒落に興味を持たないタイプだが。

「母上、誰かを飾り立てたいなら、ほら、リオンがいますよリオンが。リオンの服も見繕わねば」

「大丈夫よ、ライラ」

母は、ホホ、と勝ち誇ったように笑った。

「リオンの服、靴、カフスボタン、ラベルピンにいたるまで、すべて選定済みよ。……さ、観念していらっしゃい。わたしの部屋に、使えそうなドレスを侍女に運ばせておいたわ。お針子も呼んであるのよ」

なんという手回しの良さ。負けた……、とわたしはうなだれた。

そこから先は、母の独壇場だった。

「サムエリ公爵家の舞踏会や夜会には、何度か招待していただいたことがあるけれど、通常のシャンデリアだけではなく、壁にも魔石を使用したランプが取り付けられてあるのよね。まるで昼間のような明るさだから、肌が暗く見える心配はないわ。……そうねえ、ライラはいつも、瞳の色に合わせた緑のドレスが多いけど、たまには違う色も見たいわね。このピンクのドレスはどうかしら？」

母が手にしたのは、花飾りのついたベビーピンクのドレスだった。袖はふわりと膨らんで、スカート部分はレースで縁取りした薄い生地をバラの花びらのように重ねてある。今のわたしには、少々可愛らしすぎるデザインだ。

「いや、それはちょっと子どもっぽすぎるのでは……」

「もちろんこのままというわけではないわ。上半身の余計な飾りを落として、大人っぽく上品に直しましょう。そうね、袖はなくして、代わりに花の飾りを胸元から片方の腕に流して……」

母がどんどんお針子に指示を出し、ドレスを魔改造してゆく。

「ライラ、ちょっと試着してちょうだい。……いいわね！　ライラは胸があるから、肩を出すととても映えるわ！　上品で可愛らしいけど色気があって、きっとヘルムート様も目が釘付けよ！」

母の言葉に、わたしは思わずむせそうになった。

「母上、あの、ヘルムート様はあまりそういった服装はお好きではないようですが」

「……あら？　そうなの？」

意外そうな表情で母がわたしを見た。

「ええ。……あまり、露出の多い服装はお好みではないようでした」

わたしは以前、ヘルムート様が、愛人仕様のわたしを見た時の様子を思い出していた。

あの時のヘルムート様の眼差しは、熱をはらんで欲を感じさせたが、好意的だったかと言われれば、ちょっと違うような気がする。

ヘルムート様はただ、露出の多さに目を引かれただけで、そうした服装を好きかどうかは、また別の話だ。

このドレスを着ても、ヘルムート様に褒めてもらえるとは思えない。なんか思春期男子みたいに、真っ赤になってちらちらこっちを見て、目が合うと顔を背ける、の流れになりそうだ。

だがそれなら、どういうドレスを着れば、ヘルムート様に普通に褒めてもらえるのかと言うと……。

難しい問題だ。たとえ修道女ばりに清楚なドレスを着たところで、ヘルムート様に「綺麗だ」とか「似合ってる」とか言ってもらえる気がしない。

そこまで考えて、わたしははっと我に返った。

「……いえ、やっぱりいいです。このドレスにしましょう」

「そお？　じゃあ靴はおそろいでピンクがいいかしら、それとも銀か白、いっそ金……」

楽しそうにあれこれ選ぶ母を見ながら、わたしは面倒な感情を振り払うように軽く首を振った。

ヘルムート様の気に入るドレスはどれだろう、とか、そんなことを気にするなんて。

本当にわたしはどうかしている。

何を着ようとわたしの勝手だ。ヘルムート様が気に入ろうが気に入るまいが、知ったことか。

わたしに何も言わず、何日も姿をくらませるような人のことなんて、これ以上考えたりしない！


舞踏会の当日、少し早めの時刻に、両親とリオンとともに、わたしはサムエリ公爵家を訪れた。

ハロルド様から謝罪を受けるためだ。

さすがに、侯爵家の嫡子が謝罪のために頭を下げる姿を衆目にさらすわけにはいかないので、ベルチェリ伯爵家、レーマン侯爵家、それと決闘を取り仕切ったサムエリ公爵家の人間のみが一室に集まり、謝罪が行われる手筈になっている。

案内された部屋には、既にサムエリ公爵家次期当主、ヴィオラ様の兄君であるクラウス様がいらしていた。

サムエリ公爵の代理ということだったが、クラウス様のお姿を拝見するのは久しぶりだ。

「……そなたがライラ・ベルチェリ嬢か」

クラウス様は、穏やかな声で話しかけてきた。鷹揚な雰囲気が、ヴィオラ様によく似ていらっしゃる。

膝を折り、頭を下げると、

「ヴィオラが世話になっていると聞いた」

思わぬ言葉に、わたしははっと頭を上げた。

「これからも妹と仲良くしてやってもらえると嬉しい。妹には心配をかけたゆえ……」

「もったいないお言葉です。こちらこそ、本日はご面倒をおかけすることになりました。申し訳ございません」

「いや、世話になるのはこちらのほうだ。よろしく頼む」

「は……」

わたしは内心の困惑を表情に出さぬよう、目線を下げた。

世話になる？　どういうことだろう。やはり父は、公爵家と何がしかの取引をしたのだろうか。

ベルチェリ家が、レーマン侯爵家を中心とした派閥と距離を置くということは父から聞かされている。しかし、それ以上のことは何も知らないのだが。

その時、部屋にレーマン侯爵家子息ハロルド様が入ってきた。

従者を一人連れただけで、他に侯爵家の人間はいない。……これは、ハロルド様がレーマン侯爵家当主のご勘気をこうむったということだろうか。

ハロルド様は常と変わらぬ華美な装いをされているが、その表情は硬く、顔色も悪い。

「ハロルド・レーマン殿」

クラウス様に名を呼ばれ、ハロルド様がむっつりと押し黙ったまま頭を下げた。

「宮廷魔術師団長ヘルムート殿とレーマン侯爵家代理ヨナス殿との決闘にて、ヘルムート殿が勝利された。……よって、ライラ・ベルチェリ嬢は決闘の権利を行使し、ハロルド・レーマン殿に謝罪を要求する。異議のある者はここに申し立てよ」

部屋に沈黙が落ち、クラウス様が頷いた。

「ではハロルド殿、ライラ嬢に謝罪を」

わたしがハロルド様の前に進み出ると、ハロルド様はじろりとわたしを睨みつけた。それへにっこりと笑いかけると、ハロルド様が気圧されたように視線を逸らした。

「……ライラ・ベルチェリ嬢」

ハロルド様が膝を折り、わたしに頭を下げた。

「先だっての非礼を、ここに謝罪する。……申し訳なかった」

わたしは形式通り、ハロルド様に片手を差し出した。

「謝罪を受け入れますわ、ハロルド様」

ハロルド様はわたしの手をとり、顔を近づけるふりだけをして、さっと手を放した。

「謝罪の儀が滞りなく行われた由、サムエリ公爵家当主代理、クラウス・サムエリがここに宣言する。……それでは皆様、この後はどうぞ当家の舞踏会をお楽しみください」

「ありがとうございます」

わたしはクラウス様に頭を下げたが、ハロルド様は冷ややかな表情で言った。

「お言葉はありがたいが、少々気分が優れぬので私はこれで失礼させていただく。それでは」

ハロルド様は踵を返し、従者を連れて逃げるようにその場を後にした。

ふふ、とリオンのかすかな笑い声が聞こえ、わたしは横目でリオンを睨んだ。

確かにわたしだって「ざまみろ」とは思うけど、クラウス様がいらっしゃる場で、声に出して笑うなんて、咎められでもしたらどうするつもりだ。

しかし、笑い声を聞いたクラウス様は、咎めるどころかリオンに近寄り、親しげに何事か話しかけた。

……リオン、いつの間にクラウス様とまで仲良くなってたんだろう。リオンのアイドル力は知ってたつもりだけど、まさか、ヘルムート様以上の引きこもり、クラウス様をまで魅了してしまうとは。我が弟ながら、ちょっと怖い。


その夜のサムエリ公爵家の舞踏会は、公爵家本館の大ホールで行われた。

かなりの規模で招待客も多かったが、そのほとんどは高位貴族のほか、文官、武官の要職に就いている方々やその家族だった。

とすると、これはやはり、クラウス様の政界デビューと見ていいのだろうか。しかし、騎士団か魔術師団の後押しがなければ、いかなサムエリ公爵家といえど今の混乱した政局をまとめ上げるのは難しいのでは……、と思っていると、

「やあ、ライラ。今夜はひと際、美しいね」

ふいにアルトゥールに声をかけられた。

「アルトゥール・クベール様。あなたもいらしてましたのね」

「なんとかお声をかけていただいたよ。末端貴族の次男坊が、よくやったと思わない？」

いたずらっぽく笑うアルトゥールに、わたしも小さく笑い返した。

アルトゥールの、人の懐に入り込む能力は大したものだ。また、めまぐるしく変化する権力闘争の流れを読み、ちゃっかりサムエリ公爵家という勝ち馬に乗るあたりもさすがである。

「あなたの能力に疑いを持つ者はおりませんわ。わたくしもいつも、感心しておりますもの」

「そう？」

アルトゥールはまんざらでもなさそうな表情でわたしを見下ろした。

「君こそ、あのレーマン侯爵家の高慢ちきなご子息に、頭を下げさせたじゃないか」

「……それは、ヘルムート様のおかげですわ。わたくしは何も」

「あの宮廷魔術師団長殿か。今回の決闘騒ぎは、君が考えたのかい？　まったく、君には負けるね。社交界はいま、ヘルムート卿の話題で持ち切りだ。……僕も、ヘルムート卿がヨナス卿に勝利されたと聞いた時は、正直驚いたよ。いったい、どんな魔法をお使いになったのやら」

アルトゥールは半ば、つぶやくように言った。

「とにかく、君はあのレーマン侯爵家に土をつけた。……これからはあの侯爵家も、今までのように大きな顔はできなくなるだろう。何せ、サムエリ公爵家が本腰を入れて宮廷に次期当主を送り込んできたんだから。しかもその後ろには、宮廷魔術師団がついている」

「……それは確実なことですの？　ヘルムート様は政治を毛嫌いされていますわ。いかにレーマン侯爵家との仲が険悪であっても……」

アルトゥールが首を振り、あれを見ろ、と言いたげに手にしたグラスを掲げ、広間の一角を指し示した。

振り返ると、そこにヘルムート様がいた。

ヘルムート様と、彼にエスコートされたヴィオラ様が。

「以前は、ヘルムート卿とレーマン侯爵令嬢の縁組を君が画策していると思っていたが、いやはや、驚いたよ。もっと大物を君は狙ってたんだな。……サムエリ公爵令嬢とはね。まあ、こうして見ると、たしかになかなかお似合いの二人ではあるが」

アルトゥールの言葉を、うまく理解できなかった。

ヘルムート様とヴィオラ様。……まさか。そんな、あり得ない。

だってヘルムート様は……。

混乱するわたしの目の前で、ヘルムート様とヴィオラ様は華やかな円舞曲にのって、軽快にステップを踏み始めた。その姿はアルトゥールの言う通り、たしかに腹立たしいほどお似合いに見えた。

七　ヘルムート様のダンス

「ライラ嬢、どうぞ一曲、お相手を」

「……ええ」

差し出されたアルトゥールの手に、わたしは機械的に手を重ねた。

「今夜の君は輝くようだ。美しいけれど、どこか儚く消えてしまいそうで、いつもとはまるで違う」

アルトゥールは如才なく褒め言葉を口にしながら、ぐいっとわたしを引き寄せた。

「……ありがとうございます」

アルトゥールと踊りながら、どうしても視線はヘルムート様とヴィオラ様を追ってしまう。

どうして、という気持ちと、何か理由があるはずだ、という頭の声がせめぎ合い、胸が騒いだ。

たとえ言い交わした仲であっても、違う相手とダンスを踊ることくらいある。

でも、ヘルムート様は今回、最初からヴィオラ様をエスコートされていた。わたしなら単なる遊びという可能性があるが、ヴィオラ様相手にそれはない。軽々しい理由でのエスコートなど、そもそもサムエリ公爵家が許さないだろう。

そう考える一方で、わたしは、違う、そんなはずはない、と思いたがっていた。

だってヘルムート様は、わたしに求婚してくれた。好きだ、と言ってくれた。待っていてくれ、とも。

それなのに、この数日でいきなり心変わりをされるなんて、そんなことはあり得ない。貴族ではよくある話だけど、ヘルムート様はそんなお方ではない。

でも、とわたしは思った。

もし、わたしに求婚したその気持ち自体が、勘違いだったとしたら？

ヘルムート様は呆れるほど他人の心の機微に疎いけど、それは自分自身の心にもあてはまるのではないだろうか。ずっと婚活していながら、結局は「結婚したいわけではなかった」なんて言い出すくらいだし。

婚約者を探す間、ずっと一緒にいたから、わたしに対する信頼や親しみを、もしかしたら恋と思い違いされたのかもしれない。

愛人仕様のドレス姿のわたしを見た時、ヘルムート様は恐らく、男性なら誰でも抱く欲望を覚えたのだろう。それは単なる一時の欲望で、恋愛感情ではなかったのに、そうした経験に乏しいヘルムート様は、自分自身の心を誤解してしまったのではないだろうか。

わたしは、ヘルムート様と踊るヴィオラ様を見た。

ヴィオラ様は、完璧な淑女だ。わたしとは何から何まで違う。

わたしは伯爵令嬢とは名ばかりの、商人の娘だ。叩き込まれた知識、礼儀作法は、商売のためのものでしかない。学院でも経営にかかわる学科以外は、魔術、それも実務専門の知識を中心に選択した。

ヴィオラ様のように、高貴な身分にふさわしい人格を形成するため、綿密に計算されたうえで与えられた教育ではない。わたしとヴィオラ様は、立ち位置からして違っているのだ。

それを恥じたことはないが、ただ、自分がどういう人間なのかは承知している。

わたしはヴィオラ様のようにはなれない。生まれた時から人にかしずかれ、大事に守り育てられたヴィオラ様のようには、決して。

清楚で高貴なヴィオラ様と言葉を交わし、ヘルムート様が自分でも知らない内に恋心を抱いたのだとしたら？

もしそうなら、わたしはどうすればいいんだろう。

いや、考えるまでもない話だ。ヴィオラ様とわたしなんて、比べるのもおこがましい。

血筋、容貌、財力に優れ、そして何よりヴィオラ様は、お優しい心をお持ちでいらっしゃる。一点の非の打ちどころもない、ヘルムート様にふさわしいご令嬢だ。

「おっと」

「まあ、ごめんなさい。アルトゥール様」

上の空で踊っていたせいか、わたしはアルトゥールの足を踏んでしまった。

「どうしたの？　君らしくないね」

「ちょっと疲れてしまったようですわ。休んでもよろしくて？」

「もちろん」

アルトゥールはダンスをやめ、壁際へとわたしをエスコートした。

その時、視界の端をヘルムート様とヴィオラ様が横切った。

ヘルムート様は――、微笑んでいた。

それは嬉しそうな、花がほころぶような笑顔でヴィオラ様を見つめていた。

「ライラ?」

いぶかしそうなアルトゥールの声が、どこか遠くに聞こえた。

「どうしたんだい? 顔色が真っ青だ」

「……大丈夫ですわ。ただちょっと……、ちょっと人に酔っただけ」

わたしは広間に背を向け、急ぎ足でバルコニーに向かった。

頭の中がぐちゃぐちゃで、感情が整理できない。

どこか、誰もいない場所へ逃げたかった。

「ライラ、本当に大丈夫かい?」

「ええ。……ちょっと外の空気が吸いたかっただけですわ」

わたしはバルコニーの手すりを掴み、大きく息を吐いた。

ヘルムート様。

あんなに嬉しそうな、幸せそうな笑顔を初めて見た。

ずっとヘルムート様を見ていたからわかる。あれは作り物ではない、心からの笑顔だ。

じゃあ、やっぱりヘルムート様は。

いや違う、そんなはずはない。

どうしよう。どうしよう……。

「ライラ、いい機会だから言わせてくれ」

「……ええ、どうぞ」

ぼんやりアルトゥールを見ると、彼はわたしの手をとり、ひざまずいた。

「ライラ・ベルチェリ嬢。僕の妻になってほしい」

「……妻」

わたしは、アルトゥールの言葉をおうむ返しに呟いた。

妻……。そうだ、わたしも結婚しなければならない。

もうすぐリオンが学院を卒業する。そろそろ、わたしの商会での立場をはっきりさせ、リオンをベルチェリ家の後継者として内外に知らしめなければ。

「そうだよ。僕の妻として、僕を支えてほしい。……僕も君のために力を貸すことを約束するよ。君は否定したけど、君ならきっと、ベルチェリ商会をもっと大きく発展させることができる」

アルトゥールはわたしの手を握り、言いつのった。

「君は生粋の商売人だ。僕と君なら、きっとうまくやっていける。ね、そう思うだろう？ うんと言ってくれ、ライラ」

人懐っこい笑みに懇願の色をのせて、アルトゥールがわたしを見た。

わたしはアルトゥールを見つめ、考えた。

アルトゥールの申し出は、ベルチェリ家にとっても喜ばしいものだ。野心的にすぎるのが問題だが、わたしが間近で見張っていれば、どうとでもできる。

なにより、アルトゥールの手を取れば、この苦しみから解放されるのではないか。

この、胸をずたずたに切り裂かれるような痛みから。

ためらったその一瞬、わたしの頭に、ふとヘルムート様の顔が浮かんだ。

結婚して、幸せな家庭を築くんだ、と言っていたヘルムート様。あの時と今と、ヘルムート様は少しも変わっていない。東方風の衣裳を着て、目をキラキラさせて喜んだり、せっかくの良縁を「私はそういうのは嫌いだ」とにべにもなく断ったり、ヘルムート様は自分の心に正直で、偽ることを知らない。

対してわたしは、自分の心を他人に知られぬように、いつも他人を警戒し、用心してきた。「鉄壁」と幼なじみにすら評されるほど心を隠し、時に自分をさえ欺き、気持ちをうやむやにして逃げてきた。

そうだ。結局わたしは、自分と向き合うことを恐れ、自分自身から逃げていたのだ。

だからわたしは、ヘルムート様にこんなにも惹かれるのだろう。心のままに、素直に生きるヘルムート様を、愛さずにはいられない。

「……お気持ちは大変ありがたいのですが」

言いかけて、『紳士の求愛作法』第五章百十二ページ目に載っている！　と叫んだヘルムート様の声が耳によみがえり、わたしはこんな時だというのに、つい笑ってしまいそうになった。

「お断りいたしますわ、アルトゥール様」

「……理由を聞いても？」

不満げなアルトゥールに、わたしは微笑みかけた。

「わたくし、お慕いする方がいらっしゃるのです」

「それは初耳だな。……もう婚約の約束は交わしたの？」

「いいえ。……わたくしの片思いなんですの」

言いながら、自分でもおかしくてクスクス笑ってしまった。

こんなふうに思う日が来るなんて、夢にも思わなかった。

わたしはいずれ、商会に役立つ結婚をするだろうと思っていた。自分の結婚は、愛だの恋だのと遠く隔たった場所にある。そう信じていたし、それでいいと思っていた。

でも、今この瞬間、それは無理だとわかった。

たとえヘルムート様が、わたしではなくヴィオラ様を選んだとしても、関係ない。

報われなくてもかまわないと、そう思ってしまうほど、わたしはヘルムート様を愛してしまった。

「それはそれは」

アルトゥールは肩をすくめ、立ち上がった。

「あのライラ・ベルチェリにこんな顔をさせるとはね。なんとも羨ましい男だ。……どうぞ、お使いください、ライラ嬢」

アルトゥールが胸ポケットからハンカチを取り出し、優雅にわたしに差し出した。それで初めて、わたしは自分が泣いていることに気がついた。


サムエリ公爵家の舞踏会が終わってしばらく、わたしは己の来し方行く末について思いを馳せていた、……つまり、反省していた。

「ねえリオン、わたし、うるさい小姑にならないように気をつけるわ」

「突然どうしたの、姉さん」

リオンが不思議そうな表情でわたしを見た。

わたしはアルトゥールの結婚の申し出を断った。いま現在、わたしに他の求婚者はいない。となると、リオンが商会に入っても、わたしの扱いはしばらく、宙ぶらりんのままになる。

アルトゥールの申し出を断ったことは、既に両親も知っているはずなのに、何の文句も言ってこない。

ということは、わたしの決断を尊重してくれたということなのだろうか。

しかし、レーマン侯爵家との決闘騒ぎといい、アルトゥールとの婚姻を白紙に戻したことといい、最近のわたしの行動は、あまり褒められたものではない。

今後のことも考え、せめて次期当主であるリオンとの関係は、良好に保っておこう。そう思って言ったのだが、

「……姉さんなら、僕の妻ともきっと上手くやっていけるよ」

ちょっと恥ずかしそうに微笑むリオンに、わたしはハッとした。

「ちょっと待ってリオン！　なになになに、その言い方⁉　……あなた、そういうお相手がいるのね⁉」

「姉さん、ちょっと落ち着いて」

リオンは苦笑して言った。

「……まだ、正式に決まったわけじゃないんだ。家同士での話は進んでいるけど、でも……、彼女の気持ちをはっきりと確かめたわけじゃないから」

「あら」

わたしは意外に思ってリオンを見た。

「確かめるも何も、リオンに言い寄られて断るご令嬢なんて、この世に存在しないわよ」

家同士で話が進んでいるというのなら、ベルチェリ家と家格の釣り合いがとれたお相手なのだろう。

それなら何の問題が？　と思ったのだが、

「姉さんは僕を過大評価しすぎだよ」

リオンはため息をついた。

「僕は子どもの頃から周囲からちやほやされてきたし、家族……、特に姉さんは僕に甘かったからね。まるで僕が王子様であるかのように、大事に大事に守ってくれた」

「あなたは王子様以上の存在よ、リオン」

わたしは心から言った。

「あなたはわたしの自慢の弟だわ。物事の本質を見極める目を持っていて、真面目で謙虚で、何よりり、とても優しい子に育ってくれた。リオン、もっと自信を持って。あなたはどんな大国の王子様より、ずっとずっと魅力的だわ」

「……姉さんは口がうまくて困るよ」

リオンは本当に困った様子で言った。

「……実は、学院の卒業祝賀会で、彼女から返事をもらえることになってるんだ」

「え!?」

「卒業祝賀会の最初のダンス、あれを一緒に踊ってもらえたら……」

「リオンの結婚が決まるのね！」

「踊ってもらえれば、の話だよ」

少し赤くなるリオンに、わたしは勢い込んで言った。

「なら、決まりだわ！」

わたしは忙しく考え始めた。

卒業祝賀会か。

たしか国立魔術学院は、祝賀会での演出等を、毎年、魔術師の塔へ依頼していたはずだ。

祝賀会の主体は、まだ権力を持たぬ（建前上は）学生なので、これは魔術師の塔へ入りたての新人が担当する仕事になっている。わたしも塔に入ったばかりの頃、祝賀会に必要な物品の調達に携わったことがあった。

今年は誰が担当しているんだろう。早速調べて、上司経由で手伝いを申し出てみよう。塔の新人はいつも、死にかけ同然くらいに仕事を抱えているから、手伝いを喜ばれこそすれ、断られることはないだろう。

「任せてちょうだい、リオン！　学生時代を締めくくる、最高の思い出になるよう、わたしが手を尽くすわ！　楽しみにしていて！」

「ありがとう。……ところで姉さん、ヘルムートは元気？」

いきなりの質問に、一瞬、答えるのが遅れた。

「……ヘルムート様？　そうね、最近はお忙しそうで、あまりお会いすることもないわ」

「婚約者探しもやめちゃったんだよね、ヘルムートは」

「……その件では、リオンには迷惑をかけたわね。ごめんなさい」

「そんなことはいいんだ。迷惑だなんて思ってないよ」

リオンはわたしの顔をのぞき込んだ。

「……姉さん、大丈夫？」

「何が？」

意識して微笑んでみせると、リオンはため息をついた。

「姉さんは頑固だから、いくら言っても無駄かもしれないけど。……姉さんが僕を大切に思ってくれるように、僕も姉さんを大切に思っているんだ。僕は、姉さんにも幸せになってほしいんだよ」

リオンの言葉に、わたしは微笑んだ。

「リオン。もう知っていると思うけど、わたしはアルトゥール様からの求婚をお断りしたわ。そのせいで、いろいろな問題が起こるかもしれない。商会でのわたしの立場も変わるかもしれない。……でも、何があってもわたしは、あの時の決断を後悔しないわ。わたしは自分のために、ただ自分の心のためだけに、そう決めたのよ。半年前なら、なんてバカなことをしたんだって、そう思ったでしょうね。今だって、客観的に見れば間違った決断だと思うわ。……でも、これでいいのよ。うまく言えないけど、わたしは、わたしの幸せのためにそうしたの。生まれて初めて、ただ自分のためだけに行動したのよ」

リオンは少し驚いたようにわたしを見て、そしてふわりと、それは美しい笑みを浮かべた。

「そっか……、それならいいんだ。でも、僕にも何かできることがあったら、いつでも言ってほしい。僕では頼りないかもしれないけど……」

「そんなことはないわよ！」

わたしは慌てて言った。

「あなたを頼りにしていないわけじゃないわ。……ただ、本当に、何もないの。わたしは大丈夫よ、リオン」

強がりでもなんでもなく、これはわたしの本音だ。

わたしは大丈夫。

どちらかと言うと、大丈夫でないのはヘルムート様のほうではなかろうか。

サムエリ公爵家で舞踏会が開かれてから、数日が経過しているが、やはりヘルムート様からの連絡はない。

というか、以前にも増してヘルムート様はお忙しそうで、たまに魔術師の塔に戻ってくることがあっても、いつもお疲れのご様子だ。一度など、明らかに怪我をしたまま、足を引きずっているところを見かけたことがある。その時も、わたしが声をかける前に、ヘルムート様は第一騎士団所属の騎士たちに囲まれ、また慌ただしく塔を出ていってしまった。

きっと落ち着いたら、ヘルムート様から正式にお話を聞くことができるだろう。

あれでヘルムート様は律儀だから、求婚をなかったことにしてほしい、という言いづらい話でも、きちんと説明してくださるに違いない。

わたしにはわたしの仕事がある。感傷にひたっている暇はない。

つい先日、フランケル男爵家のアーサー様が、無事、遠征から戻ってきたのだが、やはり騎士団は性に合わないということで、内々にベルチェリ商会へ入りたいとの打診を受けた。実家であるフランケル商会はいいのかと思ったが、「商会は兄たちが牛耳っていて、わたしが入ることに難色を示されまして」と苦笑された。そういうことならと、わたしからも口添えしたところ、見事アーサー様はベルチェリ商会入りを決め、主に東方との交易を任されることになった。

「これもみな、お嬢様のおかげです」

アーサー様が嬉しそうな笑顔で言った。

早くも口調が、ベルチェリ商会で働く人間のそれに変わっている。わたしのことを「ライラ様」ではなく「お嬢様」と素早く呼び変えていることに、わたしは微笑んだ。

この天性のカンの良さ、やはりわたしの目に狂いはなかった。きっとアーサー様は、ベルチェリ商会にとってなくてはならない人材になってくれるだろう。フランケル商会でくすぶらせておくような、もったいないことにならなくてよかった！

「いいえ、アーサー様……、アーサーの実力ですわ。これからはリオンともども、よろしくお願いしますわね」


この時期、商会は目の回る忙しさだ。各教育機関の卒業時期はだいたい同じなので、その準備のため様々な注文が商会に入ってくる。王都での冬祭りの支度もあるし、人手はいくらあっても足りない。

しかも今年はそれに加え、リオンがベルチェリ商会に入った後、父からリオンへの業務の引継ぎなど、細かい取り決めが残っている。魔術師の塔での通常業務もあるし、リオンの卒業祝賀会の演出の手伝いもしなければ。

思った通り、魔術師の塔へは国立魔術学院を筆頭に、国内の様々な教育機関から卒業式関連の依頼が舞い込んできていた。おかげで、これらの仕事を振り分けられてヒイヒイ言っていた新人魔術師は、わたしの手伝いの申し出をとても喜んで受けてくれた。

彼女は光魔法を得意としているが、風や水の魔法が苦手ということで、そこをわたしが補う形となった。

簡単な風と水の魔法陣をいくつか作製し、その組み合わせを提案しただけだが、その魔術師は瞳を輝かせて言った。

「なるほど、こうすれば会場の明かりを利用して、より効果的に魔法を見せられますね！　勉強になります！」

わたしにもこんな時があったなあ、と懐かしく思いながら、わたしは新人の魔術師と一緒に準備を進めていった。


目まぐるしく日々は過ぎ、あっという間に卒業祝賀会の日を迎えた。

前夜の降雪で、目覚めると王都は一面の銀世界となっていた。薄く積もった雪が陽光を弾き、まばゆいくらい輝いている。

わたしは、いつもの魔術師用ローブの上に毛皮のケープを着こみ、魔術師の塔から学院へ向かった。

一緒に準備を進めてきた新人の魔術師は、仕事が終わらず遅れるかもしれないとのことなので、わたし一人で最終準備をすることになった。

とはいっても魔法陣はすでに設置済みなので、あとは頃合いを見計らって起動させるだけだ。途中、術式の入れ替えなどもあるが、それも用意してあるし、今はただ待つだけだ。

わたしは、学院の大広間を上から見下ろせる控えの間に、一人で立っていた。

学院に来るのは久しぶりだ。もうすぐ、今年の卒業生とその家族、婚約者などでこの広間は埋め尽くされるだろう。

彼らの門出を祝うべく、わたしも力を尽くさなければ。

その時、慌ただしく廊下を駆けてくる足音が聞こえた。いささか乱暴に扉を開けられ、

「すまない、遅くなった！」

控室に入ってきたその人に、わたしは目を見張った。

「ヘルムート様⁉」

え？　なんでヘルムート様が？

新人魔術師さんはどこに？

「ぎりぎり間に合ったようだな。……ヨナスとの試合が長引いてしまって……、あやつめ、もう本当に殺してやろうかと思った……」

はあ、とため息をつくヘルムート様を、わたしは呆然と見つめた。

ヘルムート様は、お馴染みの全身黒ずくめの魔術師用ローブを身にまとっていた。最新流行の服やアクセサリーで、全身を隙なく固めたお洒落な貴公子から、いつもの死神風の見た目に戻っている。ただ以前とは違い、髪はサラサラ、お肌はツヤツヤ、目の下のクマもない。不吉な死神からハンサムな死神へ、バージョンアップしている。

「あの……、ヘルムート様？」

「何だ？」

当然のように魔法陣を確認しているヘルムート様に、わたしは混乱する気持ちをおさえて言った。

「なんでここにいらっしゃるんですか？」

「な……なんでって……、んん、その、仕事だ仕事。……えと、ちゃんと担当の魔術師をつかまえて説明を受けたから、問題なく魔法陣を起動させられるぞ。べべべ別に公私混同では……」

真っ赤になってどもるヘルムート様を、わたしはつくづくと見た。本当にこの人、わかりやすすぎる。

「……わたしに、何かお話があるのですね？」

単刀直入に切り出すと、ヘルムート様がビクッと飛び上がった。

「えっ⁉　なんで⁉」

「ないんですか？」

ヘルムート様は上を見て下を見て、無意味にくるりと回ってから、ようやく言った。

「は、はなし……話が、ある」

「わかりました、どうぞ。……あ、ヘルムート様、卒業生たちが入場してきたので、一番目の魔法陣を起動させてください」

「ん」

ヘルムート様は魔法陣を見もせず、軽く手を振った。

すると次の瞬間、広間に幻影の花火がポンポンと打ち上げられた。色とりどりの光が弾け、火花が散る。火花はキラキラと星のように瞬きながら、入場者たちの上に降り注いだ。

わあっと歓声があがり、控室にまでその興奮が伝わってきた。

「え、ヘルムート様……、なんか術が派手になってません？」

「マズかったか？」

「いいえ、皆さん喜んでいらっしゃるようですから、別にいいんですけど」

しかし、来年もこれをやってくれと言われたら、新人魔術師が泣くだろうなあ。

わたしが来年の新人魔術師の苦労に思いを馳せていると、

「ライラ。……その、私はやったぞ！」

ヘルムート様が胸を張り、褒められるのを待つ子どものようにわたしを見た。

「え。……ああ、素晴らしい幻影魔術ですわ。さすがヘルムート様です」

花火がそれぞれ、色や形が違っていいですね、と褒めると、

「そ、そうか？　……あ、いや、それではなくて……、ほら、あの、あれだ。約束しただろう、あの、つまり……」

「あ！　リオン！」

もごもごと何か言ってるヘルムート様から、わたしは広間に視線を戻した。

リオンがどこかのご令嬢をエスコートしているではないか！　どこの誰だ、うちのリオンの心を射止めた果報者は！

リオンと一緒に広間の中央に進み出たご令嬢は、暗褐色の髪に、リオンの瞳と同じ、鮮やかな緑の髪飾りを付けていた。あれは……。

「ヴィオラ様⁉」

わたしは思わず叫んだ。

「あ、リオンとヴィオラ嬢が来たか。よし！」

ヘルムート様は満足そうに頷くと、ささっと宙に何かを描いた。

何かの術式らしいそれは、青く輝く帯となって、ヘルムート様の周りを囲むように浮かび上がった。

『行け』

魔力を乗せたヘルムート様の声に、術式はくるりと丸まった。術式は、青く輝く小さな流れ星のように、そのまま広間目がけて飛んでいった。

術式は広間の天井の真ん中で、パッと開いた。とたん、無数の青い鳥の幻影が現れ、羽ばたいた。

「ええ⁉」

わたしは驚いて控室の窓に手をついた。広間でも大きな歓声が上がっている。

青い鳥の幻影は、不思議な歌を歌いながら、人々の間を縫うように飛び交った。卒業生たちの肩に止まる青い鳥もいて、大喜びされている。

すごい。なんて魔術だ。動くだけならまだしも、幻影に歌を歌わせるなんて。

いや、それはともかく。

わたしはヘルムート様を振り返った。

「あの、ヘルムート様、なんでヴィオラ様とリオンが一緒にいるんですか？」

ヘルムート様は、リオンがヴィオラ様をエスコートしているのを、当然のように受け止めている。

なぜヘルムート様が知っていたんだ。ていうか、ヘルムート様とヴィオラ様は……。

わたしの質問に、ヘルムート様は不思議そうな表情になった。

「なんで、って……、言っただろう、私がリオンと高位貴族のご令嬢を婚約させる、と」

「え……」

わたしの驚きをどう取ったのか、ヘルムート様は慌てたように言った。

「いや、だからといって無理強いしたわけではないぞ？　ちゃんとリオンの意思を確認した！　リオンは言っていた、『ヴィオラ嬢に好意を抱いていたが、無理だと思って諦めていた。もしこの想いが叶うなら嬉しい』と！」

「……ヴィオラ様は……」

「ヴィオラ嬢にも確認した！　公爵家で舞踏会があった夜、令嬢をエスコートさせてもらって、その場で直接、聞いたのだ！　ヴィオラ嬢は、初めて会った時からリオンに心を奪われていたとおっしゃっていたぞ！　二人は両想いだったのだから、私利私欲で無理に婚約させたわけでは……、ん、まあ、私利私欲もあるのだが……」

ヘルムート様はもごもごと口ごもった。

わたしは呆然とヘルムート様を見た。

公爵家の舞踏会。あの時のヘルムート様の笑顔を、わたしは思い出した。花がほころぶような、幸せそうな笑顔。

あれは、ヴィオラ様からリオンを想っていると、そう聞かされてのものだったのか。……わたしと結婚できると思って、それであんな表情を。

「いや……、でも、二人の気持ちはともかく、どうやってサムエリ公爵家に婚約を承知させたんです？　いったいどんな対価を差し出されたのですか？」

「ああ、サムエリ公爵家は、ご子息の後ろ盾を欲しがっていてな。クラウス卿を宰相とするため、魔術師団と騎士団の協力を望んでいたのだ。だから、私はサムエリ公爵家と契約を交わした。宮廷魔術師団と王宮直属騎士団は、サムエリ公爵家次期当主、クラウス卿の後見に立つ、と」

ヘルムート様は、ふう、とため息をついた。

「魔術師団はともかく、騎士団のほうがな。ヨナスを説得するのに骨が折れた。……うん、比喩ではなく実際に折れたからな。あやつめ、騎士団を動かすかわりに、私との試合を要求しやがった。……しかもマジックアイテム有り無しで、それぞれ三試合も……。ヨナスめ……、殺してやればよかった……」

死神そのままの容姿で、死神そのもののセリフをぶつぶつとつぶやくヘルムート様を、わたしはあっけにとられて見つめた。

それじゃあ、あの舞踏会の夜の、わたしの涙はなんだったんだ。人前で泣くなんて、物心ついて以来の醜態だというのに。ただの勘違い、相手のいない嫉妬だったのか。

恥ずかしい！　居たたまれない！

うつむいて黙り込むわたしをどう思ったのか、ヘルムート様はおずおずと言った。

「その……、ライラ、なんか怒ってるのか？」

「いえ……」

ただ恥ずかしいだけです！　とは言えず、わたしは咳払いし、話を逸らした。

「宮廷魔術師団は、サムエリ公爵家の後ろ盾となるのですね。……よろしいのですか？　ヘルムート様は、政治はお嫌いでしょう。廷臣どもの思惑に振り回されるのはまっぴらだ、と以前おっしゃっていたではありませんか」

「ん、まあ……、そうだが。しかし、これ以上の政局の混乱は望ましくない。すでに魔術師団に被害も出ているし、何らかの手は打たねばならんと思っていたのだ。それに、その……、それ以外、手段を思いつかなかった。……どうしても私は、ライラと、その……、けけけけっ……こん……、したかったから……」

「ヘルムート様」

真っ赤な顔で、ヘルムート様はわたしを見た。

「それでだな、つまり……、私は条件を満たした。リオンはサムエリ公爵令嬢と婚約する。つまり、つまり……」

「ええ」

「あの、その、だから……」

もじもじするヘルムート様を見ながら、わたしは考えた。

これは、ヘルムート様が言い出すのを待っていたら、夜が明けるのではないだろうか。

それはそれで楽しそうだが、明日も朝早くから仕事がある。寝不足で仕事に支障をきたすのは避けたい。

「ヘルムート様」

わたしはヘルムート様を見つめ、一息に言った。

「わたしと結婚してください」

「……え?」

ヘルムート様はきょとんとした顔でわたしを見た。気にせず続ける。

「わたしの伴侶になって、一生、添い遂げてください。側にいてください。愛しています」

「はんっ……、あい⁉」

ぴょんっと飛び跳ね、ヘルムート様はわたしを見た。

「は、はわわわ……」

慌てたようにわたわたと両腕を動かすヘルムート様に、わたしは詰め寄った。

「返事は？　ヘルムート様」

「え、あ」

「三秒以内に答えなければ、この申し込みは無効となります。ハイ、いち「すっ、するする、結婚するぅ！」

ヘルムート様は必死な顔で叫んだ。

「け、けこっ……、結婚、する……」

真っ赤になりながら、一生懸命伝えようとする姿に、わたしは思わず胸を押さえた。

なんか今、胸が、きゅんとしたような気がする。

一瞬、自分の正気を疑ったが、まあ恋は盲目と言うし、この際だから、もっとバカげたことをしてみようか。

わたしはヘルムート様のローブの襟首をつかみ、ぐいっと自分に引き寄せた。

「嬉しいです。ありがとうございます、ヘルムート様」

ヘルムート様の口元に、軽く、ちゅっと口づけて囁く。

「愛しいひと」

ぱちっ、とヘルムート様は目を見開き、固まった。

次の瞬間、ぉわあああ！　と奇声を上げ、ヘルムート様が飛び上がった。そのまま、くるくると回りながら、謎の踊りを踊り始める。

「……あの、ヘルムート様……」

声をかけても、ヘルムート様の踊りが止む気配はない。

これは長くなりそうだな、と判断し、わたしは控室の隅に置いてあった椅子へ移動して、そこに腰を下ろした。座ったまま、窓から広間の様子を伺うと、ヴィオラ様と幸せそうに見つめ合い、ワルツを踊るリオンが目に入った。

良かった……。リオンは、ヴィオラ様を密かに想っていたのか。いつもにこにこと楽しそうにしているから、リオンがそんな苦しい恋をしていたなんて、まったく気づかなかった。姉失格だ。

しかし結果的には、ヘルムート様のおかげで、丸く収まった……、と言っていいのだろうか。

わたしはちらりと、謎の踊りを踊り続けるヘルムート様を見た。

どこかでこんな感じの人、見たことあるなあと考えて、気がついた。

状態異常の魔法にかかった人だ。

まあ恋なんて状態異常の一種だし、元々ヘルムート様は、常に状態異常のようなものだし。もっと言えば、そこがヘルムート様の魅力なんだから、気にしない。

ウホホホウ！　と山賊のような雄叫びを上げ、ぴょんぴょん飛び跳ねるヘルムート様を見ながら、わたしは、自分はなんて幸せ者なのだろうと微笑んだ。

八　夢と憧れの集大成

「ヘルムート様、お暇ですか？」

ライラの言葉に、私はため息をついて書類から顔を上げた。

「……この惨状を見ろ。暇だと思うか？」

「ああ、そうですよねえ……」

ライラは少しバツが悪そうな顔で笑った。可愛い。今日もライラは輝いている。しかし、ライラが可愛いからって書類が減るわけではない。可愛いけど。

「まあ、これが一段落したら、ヘルムート様への無茶な要請もなくなるでしょう。それまでのご辛抱です」

ライラの言葉に、私はもう一度ため息をついた。

卒業祝賀会の後、正気に戻った私は、速攻でベルチェリ家にライラを娶る許しを得に行った。幸いライラの父上、ゲオルグ殿からすぐに許可は下り、王のご裁可もいただいた。これで明日にでもライラと結婚できる！　と思ったのだが、気づくと何故か、仕事量が倍に増えていた。

それもこれも、もとを正せば、政局の混乱に乗じた廷臣どもが、利権を貪ろうと好き勝手やらかしたせいだ。

しかし、サムエリ公爵家の次期当主、クラウス・サムエリが尚書として宮廷入りしてから、早一月。宮廷の勢力図は劇的に塗り替えられつつある。

レーマン侯爵家を旗頭にしていた一派は凋落し、かつての権勢は見るかげもない。その代わり、サムエリ公爵家を中心とする派閥が急速にその勢力を伸ばし、宮廷を席捲しつつある。

その結果、サムエリ公爵家の後ろ盾となった魔術師の塔は、以前のように廷臣どもの勝手な思惑に振り回されることがなくなった。……まあ、そこは良かった。良かったのだが、何故か宮廷魔術師団長である私宛に、廷臣たちのみならず、地方の行政官まで、請願書をよこすようになってしまったのだ。

なんで私に……。私は確かにサムエリ公爵家を支持すると明言したが、政治に介入するつもりはこれっぽっちもない。ヨナスら王宮直属騎士団も、魔術師団と同じくサムエリ公爵家の支持に回ったが、私と違い、ヨナスにはそうした請願書は届いていないという。なんでだ。

「……不公平だ。なぜ私ばかり……」

「ヨナス様、サムエリ公爵家支持を明らかにされた際、これまでの政局の混乱について、珍しく語気を強めて非難されてましたからね。後ろめたく思われた方も多いんでしょう。それに、ヨナス様の書類嫌いは有名ですから。下手に請願書を送ったら、便宜をはかってもらえるどころか逆に恨まれるんじゃないかって、そう思われてるんじゃないでしょうか」

「私だって恨むぞ！　この書類よこしたやつら、全員呪ってやる！」

王国全土が雪で閉ざされる冬季は、魔獣討伐や国境紛争などへ駆り出される機会が減る。通常業務は別として、冬は魔術師にとって閑散期だ。魔術師の塔は年中無休のようなものだが、この時期は長期休暇をとって楽しむ魔術師も多い。それなのに……。

書類の山に手をつき、うつむく私に、ライラが優しく言った。

「……ヘルムート様、この書類が……、そうですね、この辺りまで終わったら、一緒に昼食をとりませんか？」

ライラが、たまった書類の山の半分目くらいを指して言った。

「昼食……」

「最近、ヘルムート様はなかなか普通にお食事もとれていないようですから。たまには息抜きに、外へお食事に行きませんか？」

たしかに最近、あの激マズ簡易補助食品しか食べていない。栄養的には完璧だが、心が荒んでいる。

「お嫌ですか？」

「イヤじゃない！」

私は反射的にそう叫んだ。小首を傾げてこちらを見るライラは、床を転げ回りたいくらい可愛い。

そのライラに食事に誘われている。イヤなわけがない！

じゃ三時間後くらいにまた来ますね、とライラが執務室を出ていった後、私ははたと我に返った。

どうしよう。

ライラと一緒に昼食……、これは……、これはひょっとして、デートというものなのでは？

だって私とライラは両想いで、恋人で、婚約者なのだし！　恋人……、恋人とデート……、生きててよかった！　我が人生に悔いなし！

いや、待て。デート……、デートって何をすれば？　食事をするのだったか？　ライラは食事に誘ってくれたのだから、食事だよな？　えっ、待て、何を食べるんだ？　どこで食べるんだ？　服……、何を着れば？

私は執務室を歩き回り、しばらく考えた。そして考えた挙句、仕事をすることにした。

どうすればいいのかわからない。こういう時は、仕事をするに限る。

私は座り、執務机にうず高く積まれた書類の山に手を伸ばした。だが、
この書類の山が半分になったら……。

ライラの声がよみがえり、私は執務机に突っ伏した。ライラのきらきら輝く緑の瞳が思い出され、なんだか胸が苦しい。いつも思うのだが、ライラの瞳はなんであんなに綺麗なんだろう。見ていると吸い込まれそうだ。

あんなに可愛い恋人からデートに誘われるなんて、私はなんという幸せ者なのだろう。誰かに呪われても文句は言えない。うむ、もし呪われたとしても、その呪い、甘んじて受けよう……。

時々ライラのことを考え、ニヤニヤしたり執務机に頭をぶつけたりしながら、私は何とか書類を片付けた。そうして約束の三時間後、

「ヘルムート様、どうですか？　お食事に行けそうですか？」

「もちろんだ！」

執務室に現れたライラに、私は椅子から飛び上がって同意した。

ライラは魔術師のローブではなく、なんかヒラッとした緑色の服を着ていた。可愛い。めちゃくちゃ可愛い。うそ、どうしよう。

ライラの可愛さに私は動揺し、ライラに近寄っては下がり、また近寄っては下がり、という行動をくり返してしまった。

「……えーと、ヘルムート様、大丈夫ですか？」

「私の体調は万全だ！」

ライラが私を心配している。恋人に心配されたいという、積年の夢その一が叶った！　そして今日はこれからデート！　ああああ、どうしよう、幸せすぎて怖い！　呪われて死んだらどうしよう！

死ぬ前に出発だ！　と思ったところで気がついた。

「あ、そうだ……、服」

私は懸念事項を思い出し、ライラを見た。

「すまん、服なのだが……、何を着ればいいだろうか？」

婚活用に作った衣裳が売るほどあるから、その中から選べばいいのだろうが、こういう場合、何を着ればいいのだろうか。色や布地、アクセサリーの組み合わせなど、面倒くさい決まり事があるのはわかっているが、恋人とデートという設定は想定外だ。どうしよう……。

すがるようにライラを見ると、

「今日行くのは貴族街のお店ではないので、そんなに気になさる必要はありませんよ。そうですね、宝石などのアクセサリーはなしで、質のいいシンプルなものを」

そう言うとライラは、執務室の隣の控室のドアを開けた。そこのクローゼットに置きっぱなしにしている服をいくつか手に取って、私の体に当てる。

「このシャツとマントと……、武器はどうしましょう、丸腰だと落ち着かないでしょうか？」

ライラが上目遣いで私を見ている！　可愛いいいい！　……待て、武器？　武器か。ふむ。

「剣は二つ佩いてもいいだろうか？　最近、双剣に魔法を乗せて戦う訓練をしているから、実際に装備して動きを確かめてみたい」

「……それは構いませんが、あの、外では剣を抜かないでくださいね？」

心配そうなライラが可愛くて死ぬ！

「ああ、むろん、大丈夫だ。むやみに剣を抜くようなことはせぬ」

それでは剣帯はこれにしましょうか、とライラが革製の剣帯を選び、私に差し出した。

「お着替えは一人で大丈夫ですか？　お手伝いします？」

「えええ⁉　いや、着替え……、えっ⁉　てつ……、手伝うって⁉」

ライラはにこっと笑って私を見上げた。死ぬぅう！

「だだだ大丈夫だ！　一人でできる！」

私はライラを控室から追い出すと、高速で着替えた。そしてふと、考えてしまった。

ライラと私が、けけけけっこん……、したら、互いの着替えを手伝ったりもするのか……？　そう言えばヨナスのやつは、ソフィア嬢のコルセットの紐を締めるのを手伝ったとか言ってたが……。うそ！　ダメだそんな！　イヤではないが恥ずかしい！　でもちょっと憧れる！

どうしようどうしよう、とじたばたしていると、

「あの……、ヘルムート様、本当に大丈夫ですか？」

控室のドアを開けたライラが、ちょっと引いた表情でこちらを見ていた。私は慌てて呼吸を整えて言った。

「ああ、準備はできた。行こう」

魔術師の塔を出てから、辻馬車を拾ってそれに二人で乗った。小型の辻馬車だったので車内が狭く、隣り合って座るとなんか密着してしまう。違うのだ、いま膝が触れたのはわざとではない！ていうか、ずーっと肩とか腕とかがくっついている！　どうしよう嬉しいけど困る！

「あ、このお店です、ヘルムート様」

「っ！」

ライラがすっと私に近づき、窓から外を指さした。いまいまいま、頬が、ふ、触れて、なんかなんか、いい匂いが……。

ライラが御者に声をかけ、辻馬車が止まった。私は慌てて御者に料金を払うと、馬車から降りてライラに手を差し出した。

ライラは、にこっと私に笑いかけると、私の手に軽く手を置き、ふわりと馬車から降りた。

ああ、ライラはまるで、妖精のようだ。立ち居振る舞いが軽やかで優雅で、きらきらしている。

ライラが連れて来てくれたのは、ベルチェリ商会が運営しているというレストランだった。

「この冬、新しく開店したんです。どんな感じかなって、視察を兼ねて来てしまいました」

ふふっと笑うライラが、可愛くて可愛くて可愛い。好き。

「好きだ……」

気づいたら言葉が漏れていた。私は慌てて両手で口を覆った。しまった、つい……。

「まあ」

ライラは少し目を見張り、そして嬉しそうに笑って言った。

「わたしもです、ヘルムート様」

ライラの笑顔が雷のように胸を直撃した。あああ……、もう死んでもかまわない。可愛い。胸が痛い。死にそう……。

ふわふわしながらライラについていくと、案内されたのは二階にある窓際の席だった。大きなガラスを贅沢に使った窓で、外の景色がよく見える。

「ほう、珍しいな。これほど大きなガラスを窓に使うとは」

私の言葉に、ライラは嬉しそうな表情で言った。

「ヘルムート様にそう思っていただけたなら、成功ですね。こちらの店舗では、景色を売りにして集客しようと考えているんです。ここからだと街を一望できますし、天気がよければペルミティ山も見えますから」

「景色を?」

聞けば、ベルチェリ商会の飲食部門では、景観による集客を軸に新店舗を展開しているのだという。そのために壁一面ガラス張りの窓にしたそうだが、ガラスの強度をどうやって上げたのかと思ったら、土と火の魔法を重ねがけしたそうだ。面白い。興味があるなら術式について詳しく記した書類を届けると言われたので、もちろん頼んだ。

「でもヘルムート様、仕事山積みじゃないですか。これ以上、書類を増やしてどうなさるんです?」

「趣味の書類と仕事の書類は別だ。仕事で疲れたら、趣味の書類を眺めて心の平安をはかる」

そう言うと、ライラがおかしそうに笑った。

ヘルムート様らしいですね、と優しい眼差しで見つめられ、もうもう、何かが爆発しそうだ。魔力が暴走したらどうしよう。

ドキドキしていたら、給仕の者が大きなワゴンを押してこちらに来た。なんか酒や果実水の瓶がワゴンの上にいっぱい乗っているのだが、これは何なのだろう。

不思議に思って見ていると、

「このお店では、注文したものではなく、店側で提供する飲み物や食べ物をこうしてワゴンに乗せてお客様にお運びするんです。お客様は、そこから好きなものを好きなだけ、お取りいただくことができます」

「そのようなサービスがあるのか。初めて見るな」

「ええ、平民向けのお店では、こうした形式が最近、人気なんです。貴族街のお店では、難しいかもしれませんけど」

「貴族でもこうしたサービスを好む者もいるのではないか？　ヨナスや騎士団の連中は、酒と肉以外はいらないといつも言っているぞ。私の場合は、それに甘いものがあれば満足だ」

「それはまた特殊層なので……。ていうかヘルムート様、好き嫌いせずに野菜も食べてください」

ライラと話しながら食べるのは楽しい。野菜も美味しい……ような気がしなくもない。

「実は今日、ヘルムート様にご相談したいことがあるんです」

ライラの言葉に、私は首を傾げた。珍しい。ライラが私に相談とはなんだろう。ライラはだいたい、何でも自分でできるから、私を頼るということは……、やっぱりアレだろうか。

「誰か呪いたいやつがいるのか？」

仕事上、古今東西の禁術には通じているし、趣味で集めた呪いのアイテムも充実している。そういうことなら任せてくれ！　と胸を張ると、ライラはぎょっとしたような表情になった。

「いえいえいえ！　違います、そういう事ではありません！　誰も何も呪いたくなんかないので、誤解なさらないでください！　そうではなく、あの……、結婚式のことなんですが」

けっこんしき！

私はライラを見た。けっこん……、結婚、式。そう、そう、そうだ。私とライラは結婚するのだ！　仕事のせいで延び延びになっているが、何があっても春には結婚してみせる！　結婚……、結婚式……、なんという甘美な響き。私とライラが結婚……、結婚式……！

「何でも言ってくれ、何でもするぞ！　金ならある、いくらでも好きなだけ使ってくれ！」

「ありがとうございます。……あの、ヘルムート様はお忙しそうなので、あらかじめヘルムート様の希望をお聞きして、わたしでできる範囲で予定を進めておこうかと思いまして。どういう結婚式にしたいとか、これだけは外せない、とか、そういうのあります？」

もちろんある、たくさんある！　私は勢い込んで言った。

「ゴンドラに乗りたい！　魔法でゴンドラを飛ばして、祭壇前に降りるやつ！　あれをやりたい！だから教会も、天井が開閉式になっているところがいい！　それなら二階席からではなく、教会の外からゴンドラを飛ばせるからな！　あ、やっぱり、ゴンドラではなく無蓋馬車のほうがいい！幻影のペガサスに引かせて、空から薔薇の花びらを撒いて」

「……ペガサスに、薔薇……、ですか？」

気のせいか、ライラの顔が引きつっているように見える。費用を心配しているのだろうか。私はライラを安心させるように頷きかけ、言った。

「大丈夫だ、金ならあるし、なんなら私が術式を用意する！　……あ、でも私が描くと、薔薇の色が青か金になってしまうな……。薔薇は赤がいいから、そこは魔術師を雇うしかないか」

「色まで決まっているんですね……」

私はうんうんと頷いた。子どもの頃から憧れつづけた結婚式だ。そこはもう、微に入り細を穿って夢の計画を語れるぞ！

「祭壇前には真紅の薔薇のアーチを建てて、そこで永遠の愛を誓う！　空には幻影術で天使を数体飛ばし、祝福のラッパを吹き鳴らすようにして」

「…………」

「あっ、オーロラとか発生させるのもいいな！　きっととても綺麗だ！　あれは雷と風と光、三つの魔術の複合式となるから、作成には少し時間がかかるな。今から取り掛かっておくか。……どう思う、ライラ？」

「…………」

なんかライラの顔色が悪い。

「えっと……、ヘルムート様、それぜんぶ、本気で……、おっしゃってるんですよね……？」

「むろんだ、私は冗談など言わぬ！」

こんな大切なことを茶化したりはしない！　一生で一度きりの、憧れの結婚式なのだから！

「そ……、そうですよね、うん……、そうですよね……」

ライラはうつむき、考え込んだ後、顔を上げて私を見た。

「わかりました、ヘルムート様」

なんか決意に満ちた表情で、ライラが言った。

「ヘルムート様の夢をすべて叶えるよう、全力で努力いたしますわ。ペガサスも薔薇のアーチも、天使もオーロラも。……ぜんぶやってやろうではありませんか。毒食らわば皿までですわ」

「そうか！」

私は嬉しくなって、思わず手を伸ばし、ライラの手を握った。

「ありがとう、ライラ！　すごくすごく嬉しい！　子どもの頃からの夢だったのだ！」

「……そうですよね……、ええ。ヘルムート様の夢を叶えることができて、わたしも嬉しいです」

ライラが、もう片方の手をそっと私の手に重ねた。

「あ」

おおぉぉう！　手が！　ライラの手が！　そう言えばさっき、私からライラの手を握ったのだった！　なんという不埒なことを！　いや、でも私たちはもうすぐ結婚するのだし、手を握るくらいは……、いやこれ以上は無理！　心臓が壊れる！

ぴぎゃっと小さく悲鳴を上げた私に、ライラは微笑んで手を引っ込めた。バカバカ私のバカ！　心臓なんて壊れてもいいから、手を握っていたかった！

「そろそろ時間ですね。塔に戻りましょうか」

「……ん」

無念だ。もう夢のデートが終わってしまった。ライラと一緒にいると、あっという間に時間が過ぎる。このデートだって、体感時間は三秒だ。

「あの……、ライラ、その……、今度、また……、その、あの」

「……また一緒に来ましょう、ヘルムート様」

ライラの笑顔がまぶしい。その優しい眼差しに、なんだか私は泣きそうになってしまった。

好きだ、ライラ。大好きだ。

次の休みには、一日中ライラに好き好きと言い続けたい。言わないと胸が張り裂けるかもしれない。こんなに好きな気持ちで胸がいっぱいで、苦しいくらいなのだから。


わかっていた事だけど、ヘルムート様の結婚式にかける思いは、ハンパではなかった。

ペガサスに薔薇のアーチに天使にオーロラ……。正直、予想を超えていた。

派手婚を望む貴族は多いけど、ここまでのはさすがにいないだろうな……。ていうか……、ペガサスの引く馬車に……乗る、のか……。

わたしは、ふう、と大きく息をついた。

うん、まあ、見方を変えれば、ここまで大掛かりな、魔術を多用した結婚式はなかなかないだろうから、ある意味、いいパフォーマンスになるかもしれない。

宮廷の反サムエリ派に、サムエリ派最大の後ろ盾である魔術師団の、実力を見せつけるいい機会になるだろう。うん、良いところだけを見よう、うん……。……ラッパを吹く天使か……。

店を出ると、既に日が傾いていた。

「すみません、ヘルムート様。少し長居しすぎてしまいました」

「そうか？　三秒くらいしか経ってないような気がしたが」

三秒はさすがにないが、わたしもヘルムート様と一緒だと、時が経つのを忘れてしまう。

店の外の通りは、数日後に控えた冬祭りのせいで人通りが増えている。冬祭りの飾りつけも始まり、とても綺麗だ。せっかくなので、少し歩いてから辻馬車を拾うことにする。

「ヘルムート様、お忙しいとは思うんですけど……、もし時間があったら、冬祭りの期間中、一緒に街に出かけませんか？」

「なんとしても時間を確保する！　一緒に出かけよう！」

ヘルムート様が即座に返し、わたしを見た。

「ヘルムート様？」

「ん……」

わたしを見つめたまま、ヘルムート様は独り言のように言った。

「不思議なものだ。……こうして一緒にいるのに、それでも足りないと、そう思うのだから。毎日のように会っているのに、ライラと別れる時は、いつも寂しくて胸が痛くなる。すぐに会いたくなって、我慢できない。今だってそうだ。こうして側にいて、話して、見つめているのに、それでも何かが足りない。もっともっと、ライラが欲しいと思ってしまう。……これ以上、何をどうすれば私は満足するのだろうな……」

「ヘルムート様」

思いもよらない情熱的な告白に、わたしは真っ赤になってしまった。

ヘルムート様はふだん、手を握ることさえ恥ずかしがるような奥手だが、たまにこういう赤面するようなセリフを、臆面もなく口にすることがある。

計算して言っているのではない、とわかっている分、かえってドキドキしてしまう。

わたしは、並んで歩くヘルムート様をちらりと見上げた。

今日のヘルムート様は、仕立てはいいが、特に凝った服装はしていない。シャツに細身のズボン、革のロングブーツに、襟に毛皮をあしらったマントという、ごく普通の格好だ。それなのに、そのシンプルさがかえってヘルムート様の美形度を上げているような気がする。

これは決して惚れた欲目ではないだろう。その証拠に、すれ違う女性が何人か、ヘルムート様に見惚れて振り返っている。

ヘルムート様は、長身のすらりとした体形に、どこか浮世離れした美貌の持ち主だ。宮廷魔術師団長という地位もお持ちだし、本来なら婚活など必要のない方だ。まあ、本人の元々の気質が真面目だから、どんなにモテても遊び人になるようなことはなかっただろうけど。

わたしがヘルムート様に好意を持ってもらえたのは、幼なじみという立ち位置と、婚活をお手伝いした間、誰よりも近くにいたおかげだと思っている。

別に自虐でもなんでもなく、わたしには特にこれといった美点はない。人目を惹く美貌も、血筋の良さも、高潔な人格も、何もない。わたしがヘルムート様と両想いになれたのは、ほとんど奇跡のようなものなのだ。

この奇跡に胡坐をかくことなく、ヘルムート様に愛想を尽かされないよう、努力しなければ。

ヘルムート様の夢と憧れが詰まった結婚式を、望み通りに挙げられるよう、頑張ろう。……うん、まあ……、少し、いやかなり変わった結婚式になるだろうけど。

しかし、ヘルムート様の希望をすべて叶えるためには、かなりの人数の魔術師を雇うことになるだろう。ヘルムート様は、自分で術式を用意してもいいようなことをおっしゃっていたけど、それでなくとも仕事で忙殺されているのに、これ以上の面倒を押し付けたくはない。

これはいい機会かもしれない、とわたしはヘルムート様を見上げて言った。

「ヘルムート様、あの、今後のわたしの仕事についてなんですが」

「ん？　何だ？」

蜂蜜色の瞳が優しくわたしを見つめている。わたしはドキドキしながら言った。

「春になったら、わたし、魔術師の塔を辞めようと思っているんです」

「え⁉」

ヘルムート様が飛び上がり、焦ったようにわたしの両腕を掴んだ。

「えっ、え⁉　や、辞めるって、なんで⁉　え、うそ、まさか……、わ、私の側にいたくないからとか、そ、そういう理由……」

「いや違う、違います！　落ち着いてください、ヘルムート様」

わたしは慌ててヘルムート様の肩をぽんぽんと叩いた。

「もうすぐ、リオンがベルチェリ商会に入ります。それの補佐として、わたしも商会の仕事に本腰を入れないといけませんから。そうなると、さすがに魔術師の塔で働きながら、というわけには参りませんので」

「あ、ああ……、そ、そうか、そうだな。商会の仕事。……そうか」

よかった、と大きく息をつくヘルムート様に、わたしはちょっと笑ってしまった。

「ヘルムート様、春にはわたしたち、結婚するんですよ。側にいたくないなんて、そんなことあるわけないじゃないですか」

「あ。……ん、それは……、そう、なのだが」

ヘルムート様は困ったようにわたしを見た。

「ライラが、その……、私を、すすす……、き、というのが、慣れないというか、信じられないというか。どうにも不思議で、毎朝、目覚めるたびに夢ではないかと思うのだ。だから、塔でライラに会えると、ほっとする。ライラが私の側に来て、話しかけてくれると、夢ではないとわかるから。……それがなくなるのは、残念だな」

「そ……、そうなんですか」

顔が熱い。……ヘルムート様は、どうしてこう自覚なく、熱烈な告白をするのか。心臓に悪い。ていうか、ここまできて、まだ夢じゃないかと疑っているって……。わたしも、ちゃんとヘルムート様を好きだと言葉にして伝えたつもりだったんだけど、足りなかっただろうか。

じっとヘルムート様を見つめると、ヘルムート様は少し赤くなってもじもじした。

「え、……な、なんだ？　どうかしたか、ライラ？」

「うーん、あの、ヘルムート様が考えていらっしゃるよりも、ずっとわたしはヘルムート様のこと、好きだと思いますよ」

「えっ⁉」

ヘルムート様が飛び上がった。

「な、なに……、え、いきなりどうした⁉　なにこれ夢⁉　仕事のしすぎで白昼夢を見てるのか⁉」

「いえ、現実です」

冷静に突っ込んだが、わたしもちょっと気恥ずかしい。けど、やっぱりきちんと伝えておこう。

「あのですね、わたしは……、わたしが魔術師の塔に入ろうと決めたのは、ヘルムート様のお側にいたかったからです」

「え」

ヘルムート様は目を見開いた。

「以前にも申し上げました通り、リオンが学院を卒業したら、わたしは誰か、商会の利益となるような方と結婚するつもりでしたし。……だから、せめてそれまでは、好きな人の側にいたいと思ったんです」

「……すっ……、え⁉　すっ、好きって、好きって、そ、それ私のことか⁉」

「ヘルムート様以外、誰がいるって言うんですか」

「だっ、誰って……、え、いや、でも……、ええ⁉　でも、でも……」

真っ赤になってもごもご口ごもるヘルムート様を、わたしはじっと見た。えー、とかうー、とか唸りながら、ヘルムート様は両手で顔を覆い、その場にしゃがみ込んでしまった。

「大丈夫ですか、ヘルムート様？」

「……大丈夫じゃない……」

よろよろしながらヘルムート様は立ち上がり、うわ言のように言った。

「あああ……、記録魔道具を持ってくるのだった……。そうすれば、ライラの言葉を半永久的に記録できたのに……」

「そこまで⁉」

記録魔道具は大変高価で、主に王室が記念行事などを記録する際に使用するような最新魔道具である。魔道具大好きなヘルムート様は所有しているようだが、わたしの発言を記録するためだけにそんな貴重な魔道具を使おうだなんて、相変わらずヘルムート様の発想は凡人の理解を越えてるなあ。

「だって、春になったらライラは塔を辞めてしまうんだろう？　そうしたら、今みたいに頻繁に会う機会もなくなってしまうだろうし。……ああ、やはり記録魔道具を持ってくるのだった……」

「あの、魔術師の塔を辞めても、完全に関係がなくなるというわけではありませんよ。せっかく築いた人脈もありますし、商会入りしてからは、魔術師の塔との仕事を任せてもらえる予定なので」

嘆くヘルムート様をなだめるように、わたしは優しくヘルムート様の腕を撫でながら言った。

「それから、商会入りした後なんですけど、わたし、ギルドを立ち上げようと思っているんです。あまり大きなものではないんですけど、魔術師専用のギルドを」

「……魔術師専用のギルド？」

ヘルムート様はわたしの言葉に首を傾げた。

「王都には、かなり規模の大きい、冒険者全般を網羅するギルドがあるだろう。なぜわざわざ、魔術師専用のギルドを？」

ヘルムート様の疑問はもっともだ。わたしは自分の考えを整理するように、ゆっくり言った。

「以前から考えていたんですけど、魔術師が他の冒険者とチームを組んだ際、そのメンバーとの折衝や仕事の割り当て等で、いろいろと苦労されるケースが多いんです」

魔術師は、他人とのコミュニケーションが苦手という方が多い。実力はあっても、そのせいで仕事を見つけるのに苦労したり、ギルドと揉めたりする話をよく耳にした。

「実際、前魔術師団長のヒューゴ様も、引退後に入ったギルドをお辞めになってしまったと聞きました。そこのギルド長と反りが合わず、大喧嘩されたのだとか。今は冒険者として活動されるのではなく、魔道具開発に専念されていらっしゃるようです。それはそれで良いことかもしれませんけど……でも、ご本人がもう冒険者としての活動を望んでいないならともなく、そうでないというなら、もったいないと思われませんか」

「ヒューゴ様が……」

ヘルムート様は考え込むように顎に手を当てた。

「ええ。わたし、魔術師の塔で働いている間、ずっと……、なんて言うか、納得できなかったんです。魔術師の方はみな、驚くほどの実力をお持ちなのに、それをご自分でもおわかりではないと言うか。ご自分を卑下されて、他人から不当な扱いを受けても、それを当然のように受け止めていらっしゃるんです。魔術師の方が、ご自分の才能を理解し、周囲から正当な評価をもらえるようにすれば、もっと……、なんて言えばいいのかわからないんですけど」

もどかしい思いで、わたしは言葉を探した。すると、

「いや、わかる。……とても、よくわかるぞ」

ヘルムート様はわたしを見つめ、真剣な表情で言った。

「私の時もそうだった。ライラは、私自身も知らなかった私を見つけ、それを教えてくれた。そし

て、私を変えてくれたのだ。……うむ、そうだな。ライラなら、困難に陥っている魔術師たちを助け、正しい道へ導いてやることができるだろう」

いいや、そんな大層なことはできません！　ヘルムート様、過大評価にもほどがある！　……けど。

「わたしに、どんな事ができるのかはわかりませんけど……、でも、魔術師専用のギルドを立ち上げて、少しでも魔術師の方の力になれたらと、そう思ってます」

わたしはヘルムート様を見つめ返した。

ヘルムート様は、わたしがヘルムート様を変えたと言っているけど、それは違うと思う。わたしにそんな力はない。わたしはただ、元々ヘルムート様の中にあったものを見つけただけだ。その後、努力したのはヘルムート様であって、わたしではない。

「……ライラ」

すすすっとヘルムート様が近づき、わたしに言った。

「その……、ちょっと、その……、く、くっついても、いいだろうか……」

「……はい」

わたしは、そっとヘルムート様の胸に頭を預け、その背中に腕を回した。なんかヘルムート様が震えている気がするけど、ここはもう少し、頑張ってもらおう。

「大好きです、ヘルムート様」

囁きかけると、うぉう、と小さくヘルムート様が呻いたが、わたしから離れようとはしなかった。

わたしとヘルムート様は、そのまましばらく、ぴったりと身を寄せ合ってじっとしていた。ヘルムート様の顔が真っ赤になって肩で息をし始めた辺りで、倒れるんじゃないかと心配になったので、離れたけれど。

それからわたしたちは辻馬車を拾い、魔術師の塔に戻った。体に気をつけてお仕事がんばってくださいね、と別れ際に告げると、「なんか夫婦って感じ……！」とヘルムート様は、よくわからない感動の仕方をしてくれた。

半日にも満たない、仕事の合間を縫った慌ただしいデートだったけど。……でも、とても楽しい、幸せな時間だった。

番外編　クラウス・サムエリの新しい家族

我がサムエリ家は代々、王家と密接な関係を保ってきた。陰になり日向になり王家を支え、時に宰相という形で国政を担ってきた。

だが、私がサムエリ家当主となる前に父が病に倒れ、また時を同じくしてレーマン侯爵家などの貴族派が、宮廷での勢力を急速に伸ばした。そのせいで、現在の政局は混乱を極めている。

「クラウス、おまえは王をお助けし、その身の安全をお守りするのだ。我がサムエリ家には、王を王たらしめる責務がある」

めっきり老け込んだ父が、それでも気強く私に言った。幼い王がないがしろにされている現状に、サムエリ家当主として忸怩たる思いを抱いていたのだろう。宮廷はいまや、レーマン侯爵家を筆頭に、一部の貴族たちの利権争いの場と化してしまっている。

危機感を抱いた私は、まず、あらゆる情報を収集することにした。

敵側、味方側、どちらの情報も必要だが、一番重要なのは、サムエリ公爵家当主を、宰相へと押し上げることのできる勢力、具体的に言えば王宮直属騎士団と、魔術師の塔に関するものだ。

騎士団員も塔の魔術師たちも、その団長に絶対の服従を誓っている。つまりは、団長の意思がすべてを決定するのだ。

そう考えれば、騎士団は問題なかろうと思われた。次期騎士団長と目されているヨナス・ランベールは政治に無関心だが、宮廷の貴族派とは距離を置いている。また、何よりも武勇を尊ぶ騎士団と、剣が不得意なレーマン侯爵家次期当主は、そもそも相性がよろしくない。ここは放っておいても、敵に回る可能性は低いだろう。

だが問題は、魔術師の塔だ。

父もこれには頭を悩ませていたようだ。

「クラウス、塔の魔術師には気をつけろ。あいつらには、世の道理は通じん。怒ると王にすら盾突くやつらだ。……あいつらは、一度ヘソを曲げると手がつけられん。何十年も前の恨みを、まるで昨日のことのように言ってくるからな。執念深いし、陰険だし、ひがみっぽいし……」

しかめっ面で延々と文句を言う父に、私は首を傾げた。父上、過去に塔の魔術師と何かあったのだろうか。

それはともかく、塔の魔術師に注意が必要だというのは、私も同意見だ。特に、魔術師の頂点に君臨する、宮廷魔術師団長には。

現在の宮廷魔術師団長は、ヘルムート・マクシリティといったか。彼については、情報を収集する以前から、様々な噂を耳にしていた。

娼婦の息子ながら、魔術に類いまれなる才能を有し、史上最年少で宮廷魔術師団長にまで上り詰めたこと、マクシリティ侯爵家と折り合いが悪く、国立魔術学院を卒業してからはほぼ没交渉であること、など。

ヘルムート卿は私より二つ年下ではあるが、飛び級して私より先に国立魔術学院を卒業している。専攻した科目も別だし、ヘルムート卿はどこの派閥にも属さず常に一人で行動していたようだから、学院にいる間であっても、その姿を見ることさえ稀だった。たまに漏れ聞く噂は、彼の変人ぶりを伝えるものばかりだったし、実際、変わり者なのは間違いなかろうと思われたが、それでもその実力だけは疑いようがなかった。わがサムエリ公爵家が集めた情報からもその一端はうかがい知れたが、実際、彼が魔法を使うところを間近に見た時は、度肝を抜かれたものだ。

そう、私は一度だけ、ヘルムート卿が魔法を使うのを見たことがある。

先の大規模な国境紛争で、嫌々ながら従軍した時のことだ。

私は、自分でも情けなく思うが、戦争などの荒事が苦手だ。自分の手で誰かを殺さねばならないなど、考えただけで怖気をふるう。しかしその国境紛争では、家門から最低一人は出征せねばならず、しかたなく私が従軍したのだ。高齢の父や、ましてや妹を差し向けるわけにはいかないとわかっていても、私は憂鬱だった。

武勲などどうでもよい。誰を殺したくも、殺されたくもない。ただ無事に、生きて戻れたらそれでいい。……そんな弱腰で臨んだ戦だが、実際の戦場は酸鼻を極め、私の甘い考えを吹き飛ばした。

それなりに剣術を修め、体力もあるほうだと思っていたが、戦場ではそんなもの、何の役にも立たなかった。どれだけ生きたいと願い、そのために必死になれるかが生死を分けた。なりふり構わず血と泥にまみれ、他人の死に鈍感にならなければ、とても生き残れない。他人の命をためらわず犠牲にする覚悟が必要だったのだ。

「クラウス様、お逃げください！」

乱戦状態の中、私はいつの間にか本隊から離れてしまっていた。隣には、子どもの頃から一緒に育った従者が一人だけ残り、私を守ろうと必死に剣を振るっていた。

敵は数人いたが、飛び道具を持った者はいない。魔法騎士もいないようだ。今なら、従者を盾にして置き去りにすれば、助かることができる。

一瞬、私は迷った。

老いた父、娶ったばかりの妻、まだ学生の妹の顔が脳裏をよぎった。今ここで私が死んだら、サムエリ家はどうなるのだろう。なんとしても生きて戻らねばならない。だが、そのためには……。

「逃げてください、早く！」

叫ぶ従者の顔を見て、私は覚悟を決めた。

『颪の盾！』

久しぶりに使った魔法は、制御が乱れてガタガタだった。それでも敵兵と従者を隔てることができ、私はほっと息をついた。一時的な守りにしかならぬだろうが、ないよりはマシだ。

「クラウス様……」

困ったような、泣きそうな表情で私を見る従者に、私は何とか笑みを浮かべて言った。

「おまえを置いていくつもりはない」

私のために命を捨てようとする幼なじみを置き去りにし、それで生き延びたとしても、私は生涯、その決断を悔やむだろう。なぜあの時、彼を置いていったのか。なぜ犠牲にしてしまったのか。それで一生、後悔に苦しむよりは、戦って死ぬほうがいい。

それに、本隊から離れたといっても、敵陣の中に取り残されたわけではない。ここはまだ味方の防御魔法内にあり、敵側の魔術師もここまでは転移できない。なんとかここで粘り、味方を待てば……。

「クラウス様！」

敵が私の盾の魔法を突破し、剣を突き入れてきた。それを防ごうとして、従者が剣を叩き落とされる。足元を乱され、地面に倒れた従者を狙い、敵兵が大きく剣を振りかぶった。

「やめろ！」

魔法を打つ暇もなかった。私は無我夢中で剣を振り回し、敵兵から従者を守ろうとした。

打ち合う敵兵の長剣が空を切り、私の肩当を弾き飛ばす。それに気を取られていると、ぐわん、と目の回るような打撃の痛みが背中を襲った。

「クラウス様！」

従者が悲鳴を上げた。二度、三度と剣を叩きつけられ、立っていられず、私は地面に崩れ落ちた。

衝撃に呻きながらなんとか目を開けると、敵兵がとどめを刺そうと剣を振りかぶるのが見えた。

ああ、と思わず声が漏れた。死ぬのか。こんなところで。

父や妻、妹を思い、体が震えた。

力の入らぬ手で、それでも剣を握り直そうとしたその時、

『炎の盾』

落ち着き払った声が、すぐ横で聞こえた。それと同時に、凄まじい熱風に襲われる。

「う……」

熱風から伝わる恐ろしいほどの魔力に、私は思わず呻いた。

なんという魔力だ。

騎士団にも魔法を使える者はいるが、これは恐らく塔の魔術師、それもかなりの実力者だろう。

今回の紛争には、魔術師団長自らが精鋭部隊を引き連れ、出陣していると聞く。その内の誰かわか

らぬが、わざわざ本陣から転移して助けにきてくれたのか。

熱風から顔を庇いながら、私はなんとか体を起こした。すぐ隣に従者が倒れていたが、肩が上下しており、気絶しているだけのようだ。私は安堵し、ほっと息をついた。そして熱風が吹きつける方向に顔を向け、息を呑んだ。

信じられない光景が広がっていた。

ごうごうと火柱が上がり、その凄まじい威力に大地が揺れている。魔力に満ちた炎の盾は、敵兵たちを吹き飛ばし、何も燃えるものなどないはずの地面を火の海に変えていた。

「……貴殿はサムエリ家の次期当主だな？　こんなところで何をしている」

呆れたような声で問われ、私はハッとして隣に立つ男を見上げた。

熱風に黒髪を巻き上げられ、燃え盛る火柱を背に立つその男は、全身黒ずくめの格好も相まって、まるで死神のようだった。

その男の他に、魔術師らしき姿は見えない。ということは、この凄まじい炎の盾を、たった一人で作り上げたのか。私も先ほど風の盾を作ったが、同じ盾の魔法なのに、威力が違いすぎてまったく違う魔法に見える。これは盾というよりも壁、それも魔術師数人がかりでやっと作れるような代物だ。それをたった一人で、一瞬の内に作り上げたとは。この魔術師はいったい……。

「団長、いきなり転移しないでください！」

すると、転移の光とともにもう一人、黒ずくめの男が目の前にあらわれた。その男は困ったように、死神のような魔術師に文句を言った。

「せめて目的地くらいおっしゃってくれないと、こっちも追跡できませんよ」

団長と呼ばれたその死神は、うるさそうに手を振って言った。

「そんな暇があったと思うか。……そこの男は、恐らくサムエリ公爵家の次期当主、クラウス・サムエリだ。サムエリ家の跡取りを、死なせるわけにはいかんだろうが」

「サムエリ家⁉」

死神の部下らしき男は、ぎょっとしたように私を見た。

「な、なんでサムエリ公爵家の人間が、こんな前線に……」

「知らん。とにかく、そいつらは二名とも負傷している。さっさと回収して治癒術師に引き渡せ」

死神の指示に、男は胸に手をあてて応えた。

「かしこまりました。……向こうの残兵は湿地を抜け、林に逃げ込んでいるようです。いかがなさいますか」

死神は肩をすくめた。

「万が一、林から魔法を打たれたら面倒だ、放っておけ。無理に追っても、湿地に足をとられている間に反撃を受けるだろうしな。我らの役目は自軍の防御だ。後は騎士団に任せて撤収する」

「はっ！」

死神は、詠唱もなしに転移陣を浮かび上がらせると、そこに私と従者、二人まとめて放り込んだ。

死神の部下が、心得た様子で私と従者の肩をつかむ。転移させられる、と気づき、私は慌てて言った。

「助けていただき、礼を言う。ご慧眼の通り、私はサムエリ公爵家次期当主、クラウス・サムエリだ。貴殿の名は……」

私の言葉に、死神は少し意外そうな表情を浮かべ、答えた。

「……私の名は、ヘルムート・マクシリティ。宮廷魔術師団長だ」

死神、もとい宮廷魔術師団長ヘルムートが、さっと腕を振り、言った。

「礼は不要だ。もう前線には出てくるなよ。後詰で大人しくしていてくれれば、それでいい」

ちょっと団長、と部下らしき男が焦ったような声を上げたが、転移の光に飲み込まれ、それ以上の会話はできなかった。

その時は驚きのあまり、さほど痛みを感じなかったのだが、私の怪我はけっこうな重傷だったらしい。強引に治癒術で完治させては反動が大きすぎるということで、野戦病院からすぐ、王都に戻されることになってしまった。幼なじみの従者は私ほどひどい怪我ではないとのことで、それは良かったのだが。

……情けない。結局私は、自軍に迷惑をかけただけだった。

しかし、その後わかったことだが、どうやら私は味方に謀られ、殺されかけたらしい。巧みに本陣から離れるよう誘導され、気づいた時は敵に囲まれて戦死、という筋書きだったようだ。

「怪我を理由に、しばらく身を潜めたほうがよかろう。出仕は取りやめだ」

父は苦虫を噛み潰したような表情でそう言った。

「申し訳ございません……」

サムエリ家の後継者なら、当然、どんな時も暗殺を警戒してしかるべきだった。それなのに私は、初めての戦に浮足立ち、敵の策に踊らされてしまった。おかげで幼なじみの従者は死にかけ、父にも軍にも迷惑をかけた。……そして、あの死神のような魔術師にも。

宮廷魔術師団長、ヘルムート・マクシリティ。いつかこの借りを返す機会があればよいのだが。

ずっとそう願っていたのだが、その機会は、思いもよらぬ形で訪れた。

「ヴィオラ・サムエリ公爵令嬢と、リオン・ベルチェリ伯爵令息の婚姻をお許しいただきたい。見返りとして、魔術師の塔はサムエリ公爵家の後ろ盾となることを誓う。また、王宮直属騎士団も同じく、サムエリ公爵家につくとの確約を得た」

ヘルムート卿に面会を求められ、何事かと思えば、単刀直入にそう告げられた。

久しぶりに見るヘルムート卿は、あの国境紛争の時とは別人かと思うほど様変わりしていた。以前のヘルムート卿はまるで死神のような見た目だったのだが、今は宮廷一の伊達男、ハロルド・レーマン卿に劣らぬほどの男ぶりだ。……ヘルムート卿は、これほど美しい容姿をしていたのか。

正直、驚いた。

ヘルムート卿とあまり面識のない父は、ヘルムート卿の傍若無人な振る舞いに驚きのあまり絶句していた。魔術師とは、聞きしに勝る独特の作法を持っているようだ。……しかし、申し入れ自体は願ってもない内容である。なによりヘルムート卿は、私の命の恩人だ。断る理由はない。しかし、この婚姻でヘルムート卿はどんな利益を得るというのだろう。さっぱりわからないのだが。

しかもヘルムート卿は、ヴィオラの意思を直接確認したいと言い、舞踏会でのエスコートまで望む念の入れようだった。いったい、何故そこまで、ヴィオラとベルチェリ家のリオン殿との婚姻を望むのか。

その後、リオン殿と会う機会を得たのだが、やはりその理由はわからぬままだった。

リオン殿は噂以上の美貌で、まさに光り輝く美神のようであった。その性格は穏やかで優しく、これならばヴィオラも幸せになれるだろうと安心した。まあ、ヴィオラは学生時代からリオン殿に熱を上げていたようだから、最初から反対する理由などなかったのだが。

「リオン殿、貴殿はヘルムート卿と親しい間柄にあると伺った。私は、戦場で彼に命を救われている。もしヘルムート卿に何か望みがあるなら、その力になれればと思うのだが」

するとリオン殿は、まばゆい笑みを浮かべて言った。

「そのお言葉だけで、ヘルムート様は十分だとおっしゃることでしょう。ヘルムート様は今まで、己の望みはすべて己の力で叶えてこられました。今回もそうされたようです。……もし、彼の力になりたいと望まれるなら、彼の家族として助力を申し入れてはいかがでしょう？」

「家族？」

「ええ。……ヘルムート様は、僕の姉、ライラ・ベルチェリと婚姻を結ぶでしょうから。そうなれば、ヘルムート様は僕の義兄となります。どうぞ、ぜひクラウス様もヘルムート様に、家族として接していただければと思います」

「…………」

あの死神と、家族……。なかなかにハードルの高い提案だ。というか、リオン殿の姉君、ライラ嬢は、たいそう肝の据わったご令嬢なのだな。私でさえ、戦場でのあの死神のようなヘルムート卿を思い出すだけで、いまだに背筋が冷えるというのに。

そういえば、ここしばらくの間、社交嫌いのヘルムート卿にしては珍しく、ベルチェリ家の姉弟と一緒に、夜会や舞踏会などによく顔を出していたと聞く。

ひょっとして、ヘルムート卿がリオン殿とヴィオラの婚姻に動いたのも、ライラ嬢との婚姻のためなのだろうか。……しかし、そうだとしても、いったい何のためにヘルムート卿は、ベルチェリ家と姻戚となることを望んだのだ？　ベルチェリ家には確かに莫大な資産があり、海の向こうの大陸にさえ及ぶ人脈を築いている。しかし、それらをヘルムート卿が必要としているかと問われたら疑問だ。……わからない。いったい、ヘルムート卿は何を望んでいるのだろうか。

私の疑問をよそに、リオン殿の言った通り、ヘルムート卿とライラ嬢は、春に挙式することとなった。

それに関して、ライラ嬢はわざわざサムエリ公爵家を訪れ、ヘルムート卿との結婚式について、サムエリ家に配慮した説明をしてくれた。

「そのう……、今回の結婚式は、ある意味、宮廷の反サムエリ派への示威行動である、とそうお考えくださいませ。そのため、通常の式とはいろいろと異なった点がございます。その辺りはどうぞ、お気になさらないでくださいい」

そういうことなら、面倒をかけているのはこちらの方だろう。結婚式という、女性の夢見る一生一度の晴れ舞台を、権力闘争の場にしてしまって申し訳ない。私がそう告げると、

「ああ、いえいえ！　……なんと申しますか、これこそが夢と憧れの詰まった、一生一度の晴れ舞台なのですわ。これでよろしいのです。……ただ、列席者の皆さまを驚かせてしまうことになるかと思うと、それが申し訳なくて」

よくわからぬが、つまりはそれほど大掛かりな魔術を多用した式ということなのだろう。それはそれで楽しみだ。

と、思っていたのだが。

なるほど、ライラ嬢の言う通り、たしかにこれは……、凄い。

式当日、私は唖然として教会の上空を見上げていた。

幻影のペガサスが牽く無蓋馬車に乗り、ヘルムート卿とライラ嬢が、ゆっくりと教会の上空を旋回しながら下りてくる。きらびやかな無蓋馬車は、教会の中庭、誓いの間の向こう正面に、音もなく着地した。それとともに赤い薔薇の花びらが、ひらひらと空から降ってくる。……だから天井が開閉式の教会にこだわっていたのか。

教会の誓いの間は、祝福というより恐怖のざわめきに満ちていた。いや、気持ちはわかる。なんなんだ、この魔術は。

それだけではなく、教会の上空には、黄金色に光り輝く天使が数体、飛び回ってラッパを吹き鳴らしている。あれも幻影魔術なのだろうか。私の見知った幻影魔術とは何もかもが違いすぎて、よくわからないのだが。

私は、誓いの間の端に、ずらりと一列に並んだ塔の魔術師たちに視線を向けた。戦場以外で、これほど大勢の魔術師たちが集まったのを、初めて見た。なんか魔術師のいるところだけ、妙に空気が黒いというか淀んで見えるのだが、気のせいだろうか。

「まあ、素晴らしい魔術ですわねえ」

ヴィオラがおっとりとつぶやき、私は冷や汗をぬぐった。

「そ、そうだな……」

「塔の魔術師の皆さんが集まると、壮観ですね」

リオン殿が、ヴィオラの隣でにこにこしながら言った。壮観で済ませてよい問題なのだろうか。

私の疑問をよそに、滞りなく式は進行してゆく。

ヘルムート卿とライラ嬢が誓いの間に足を踏み入れた瞬間、勢揃いした魔術師たちが、一斉に膝をついた。そのまま全員揃って、右手を床に押し当てる。

すると、ドンドンドンッ！　と教会を揺るがす衝撃とともに、魔術師たちの足元から、無数の術式が浮かび上がった。それらはまばゆい光を放ちながら空へと昇ってゆき、上空で龍のようにからみあい、火花を散らした。

「な、なんだあれは……」

後ろで、おののくような声が聞こえた。反サムエリ派のサルトゥーベ伯爵の声だ。サルトゥーベ伯爵家はレーマン侯爵家（ちなみにレーマン侯爵家はこの式を欠席している）の分家であり、先の国境紛争では、私の暗殺に関わった疑いがあると報告を受けている。

その恐怖に染まった声音に、私は少し、溜飲を下げた。本音を言えば、私もサルトゥーベ伯爵に負けず劣らず、衝撃を受けていたのだが。

「まあ……」

驚いたようなヴィオラの声に、私は我に返り、上空を見上げた。展開された術式は……、あれは、もしや。

「あれは、オーロラというものだそうですよ」

リオン殿が、相変わらずにこにこしながらヴィオラに説明している。

「雷と風と光、三つの魔術を組み合わせた、大変珍しい魔術だそうです」

綺麗ですね、と微笑むリオン殿。いや、綺麗とかそういう……、たしかに綺麗ではあるが。

私も話に聞いたことだけはある。オーロラとは、別名神の光と呼ばれ、北方では尊崇の対象ともなっているはずだ。それを魔術で再現するとは……、そんなことが可能なのか？　いや、現にいま、目の前で可能にされてしまっているのだが。

「まあ、ご覧になって、リオン様。お二人とも、なんてお幸せそうなのかしら」

ヴィオラの声に私は我に返り、誓いの間の中央を歩くヘルムート卿とライラ嬢に視線を向けた。

そして、ヘルムート卿の顔を見た瞬間、ずっと心にあった疑問が氷解するのを感じた。

ヘルムート卿は、頬を染め、それはそれは嬉しそうな笑顔で、隣を歩くライラ嬢を見つめていた。

……そうか。

私は、すとんと納得した。なるほど、そうだったのか。わかってみれば簡単な話だ。ヘルムート卿は、ライラ嬢を愛している。ベルチェリ家と姻戚関係となり、そこから何か利益を得ようとしたのではない。ただ彼は、ライラ嬢と結婚したかっただけなのだ。

なんだ、そういうことだったのか……。私は得心し、微笑ましい気持ちで二人を見守った。

気づくと、祭壇前には赤い薔薇の巨大なアーチが出現し、またしても誓いの間には怯えたようなざわめきが広がったが、私はいくぶん、ビクつきながらも、微笑んで見ていることができた。

そうか、良かった。……ヘルムート卿が、愛する女性と結ばれることができて、本当に良かった。

隣のライラ嬢の笑顔が、少し引きつっているのが心配といえば心配だが、うん、まあ……、たぶん大丈夫だろう。たぶん。リオン殿もヴィオラもいるし、いざとなれば私も、家族として二人を支えよう。

そう自分に言い聞かせ、私は、心から二人の幸せを祈ったのだった。

僕を初めて見た人は、だいたいみんな、ぎょっとしたような表情になる。その後、六割の人は頬を染めてうっとりする。二割は居心地悪そうにもじもじし、一割は値踏みするような目で僕を見つめる。ここまではいい。問題は、残りの一割だ。

「リオン様、本日もご機嫌麗しく、ますます光り輝くようで……、ああ、お美しすぎて目が……」

目が、目があ……！　と身悶えるコール伯爵家嫡男ゼノンに、僕は力なく笑った。

「……おはよう、ゼノン。早く教室に戻らないと、授業に遅れるよ」

「なんと！　リオン様にこの卑しき下僕の身をご心配いただくとはッ！　光栄の至りィッ！」

がばっとひざまずくゼノンをよそに、「宿題やってきた？」「あー、次の授業、マケナ先生だよ、まいったなあ」とクラスの皆が雑談している。ゼノンの奇行を、誰も気にかけていない。すっかりクラスの日常に溶け込んでしまっている。

「ゼノン！　リオン様のお言葉を聞いたのなら、さっさと教室に戻りなさい！　その暑苦しいツラをいつまでリオン様の前にさらしているのですか！　万が一、リオン様にその暑苦しさが移ってしまったらどうするつもりですの⁉」

クベール子爵令嬢ミリアが、キリッとした表情でゼノンを叱り飛ばしている。ゼノンは熊のような大男なのだが、小柄なミリア嬢はまったく怯む様子もなく、ゼノンの耳を引っ張り、教室の外へと追い出してしまった。

「お、おのれミリア……。リオン様のご親族だからと、偉そうに……ッ！」

「ええ、そうですとも！　わたくしは、リオン様の姉君、ライラ様から直々に！　リオンをよろしく頼むと！　そうお言葉をいただいておりますからね！　わたくしは、生まれた時からリオン様の下僕！　学院に入学してから下僕となった、おまえのようなニワカとは格が違うのですわ！」

ほほほ！　と勝ち誇ったような笑い声をあげるミリア嬢と、「ニワカ……」と打ちひしがれるゼノン。

いや、生まれた時から下僕って。なんでそんな事を誇らしげに言えるのか、よくわからないんだけど。

僕はため息をついた。

僕は新興貴族、ベルチェリ伯爵家の嫡男だ。伯爵家の経営するベルチェリ商会は大陸一の規模を誇り、その資金も人脈も国内随一と言っていいだろう。でも、僕の下僕歴の長さを競うこの二人……いや、僕の親衛隊に入った人達は、口をそろえて言う。

「もしリオン様が一文無しとなられても、ベルチェリ家がお取り潰しとなるような事態となっても、我ら親衛隊の心は変わりません。我らは死ぬまで、いや死んでもリオン様の下僕であります！」

……僕と会い、言葉を交わした人の一割。そう、その一割が、こんな感じになってしまうのだ。

正直、呪われてるんじゃないか？　って思うんだけど、

「いやあね、リオン、呪いだなんて」

ライラ姉さんが笑いながら言った。

「リオンのような、姿も心も神様レベルに美しい人間に出会ったのよ？　至極まっとうな反応じゃ

ない。何の不思議もないと思うけど」

……うーん。姉さんもだいぶ……、なんて言うか、一割の人に近い思考をしているなあ。

たしかに僕の容姿は美しい部類に入るかもしれないけど、見慣れれば別にどうということもない。それに、僕には容姿以外、これといった長所は何もない。成績も悪いし、魔力もあまりない。剣の腕前もひどいものだ。

子どもの頃から、いや生まれた時から、僕の周囲の人間は僕を過剰に持ち上げ、愛してくれる。それに感謝するとともに、どこか息苦しさも感じずにはいられない。贅沢な話なんだろうけど。


「リオン様ッ、次の授業は剣術です！　俺……いや、わたくしめと一緒です！　荷物をお持ちします！　持たせてください荷物ッ！」

ゼノンが嬉しそうに僕の荷物を持ってくれる。

「ありがとう、ゼノン」

「ふおおぅ、リオン様に感謝のお言葉をいただくとはッ！　我がコール家の誉れにございます！」

「ふんっ、何ですか偉そうに！　次の次の授業は、わたくしがリオン様の荷物を持つんですからね！」

「いや、ミリア嬢、さすがにそれは……」

ミリア嬢に話しかけながら廊下を曲がった時、僕は誰かと軽くぶつかってしまった。

「あ、ごめんなさい。大丈夫？」

落ちた教科書を拾い、差し出すと、

「リ、リオンさま……」

そこにいたのは、顔を真っ赤に染めたヴィオラ嬢だった。

僕は驚いたけれど、顔には出さないよう、一つ息を吸った。

「ヴィオラ嬢」

僕が名を呼ぶと、彼女はハッとしたように僕を見た。藍に近い深い青の瞳に、僕の姿が映っている。それを見て、僕は思わず言ってしまった。

「元気だしてね」

ヴィオラ嬢はびっくりしたように目を瞬いた。

どうしよう、何を言っているんだ、と内心途方に暮れながら、僕はヴィオラ嬢ににこっと笑いかけた。すると、

「リオン、さま……」

彼女は呆然としたように僕の名を呼んだ。……そして、ぽろぽろと涙をこぼした。

「えっ」

僕と同様、ヴィオラ嬢も自分で驚いた様子だった。拭っても拭ってもこぼれ落ちる涙に、おろおろしている。

「ああ、ごめんなさい、変なこと言って。えっと、もしかしてどこか打ちましたか？　痛むのですか？　ごめんなさい、すぐ医務室に」

慌てて僕が謝ると、

「ち、ちが……、そうでは、な……、も、もうし、わけ……」

ヴィオラ嬢は泣きながら僕に謝ると、走って逃げていってしまった。

……うーん。またやってしまった。

実を言うと、こうした事はたまにある。僕と一言二言、言葉を交わした相手が、急に泣き出してしまうのだ。

最初の頃は、何かひどい事を言ってしまったのだろうか？　と気にしていたけれど、相手はいつも、僕のせいではないと言う。嬉しくて泣いたのだ、と言う。

よくわからないけど、でもやっぱり誰かが泣いている姿は、胸が痛くなる。

「……リオン様、サムエリ公爵令嬢をご存じなのですか？」

ミリア嬢がキリッとした表情で僕に問いかけた。

「うん。ここの回廊を通る時、あそこの小さな四阿が見えるでしょう？　そこに、よくヴィオラ嬢がいらしたからね」

中庭にある小さな四阿を指し示すと、ゼノンが納得したように頷いた。

「そういえば、いつもあそこにサムエリ派の女生徒たちがおりましたな！　今はすっかりレーマン派のやつらが幅を利かせておりますが、……ウッ！」

突然ミリア嬢に足を踏まれ、ゼノンがうずくまった。

「お、おのれミリアッ！　油断しているところを攻撃するとは卑怯なッ！」

「おだまりこの脳筋！　……リオン様、ゼノンの申すことなど気になさる必要はございません。ですがもし、リオン様がレーマン派をご不快に思われるのでしたら、このわたくしがどのような手を使ってでも、必ず駆逐してみせますわ！」

「えッ、リオン様、どなたかお気に触るやつがいらっしゃるのですか⁉　おっしゃっていただければ、俺が……いや、わたくしめが必ず殺《ヤ》ッてご覧にいれます！」

俺がやる、いやわたくしが、と言い合う二人に、僕は小さくため息をついた。

「二人とも、あまり物騒なことは言わないようにね。……さあ、授業に遅れぬよう、移動しようか」

僕は歩きながら、ちらりと四阿に目を向けた。

咲き乱れる花々の中にある、小さな四阿。ヴィオラ嬢はよく、ここにいた。花に囲まれ、妖精のように儚げな様子で。たまに僕と目が合うと、真っ赤になってうつむいていた。

可愛いな、と思ったけど、態度にも表情にも出したつもりはない。僕がヴィオラ嬢に好意を持ったところで、それは叶えられない想いだからだ。新興貴族の息子と、曾祖母に王族の姫君をいただく公爵令嬢が結ばれるなんて、ありえない夢物語だ。もしそんな噂が立ってしまったら、ヴィオラ嬢に迷惑がかかる。

「……リオン様のお気持ちさえあれば、すべて投げ捨てても悔いはないというのが、この学院全生徒の想いにございます」

僕の気持ちを見透かしたように、ミリア嬢がぼそっとつぶやいた。

「うむ、それは俺も同意する！　リオン様がいらっしゃれば、地の果てであってもそこはこの世の楽園！　リオン様のお側こそ、俺の居るべき場所！」

「おまえはお呼びじゃないのよっ！」

ゼノンとミリア嬢が再び言い合いをはじめた。

「本当に、二人は仲がいいねえ」

「「違います！」」

きれいに重なる声に、僕は思わず吹き出した。うらやましい。僕もこの二人のように、ヴィオラ嬢といつも一緒にいて、当たり前のように言葉を交わせる間柄になりたかった。考えてもしかたのないことだけれど。

ヴィオラ嬢は、あの国境紛争で兄君が負傷されてから、ずっとふさぎ込んでいる。兄君のこと、公爵家のこれからのことを思い、心を痛めていらっしゃるのだろう。彼女を元気づけたいと、思わず声をかけたけれど、かえって悲しませてしまったかもしれない。

……そう思っていたんだけど。

「リ、リオン様の親衛隊に、入隊を希望いたします！　わたくしも、リオン様のお役に立てるよう、精一杯頑張ります！」

あれから数日後、僕のクラスにやってきたヴィオラ嬢は、決意に満ちた表情でそう言った。放課後とはいえ、教室にはまだ何人か生徒も残っていて、驚いたようにヴィオラ嬢を見ている。でもヴィオラ嬢はそうした視線に怯むことなく、小さく震えながらも毅然と顔を上げ、正面から僕と向きあった。かっこいい……ではなく、どうしてヴィオラ嬢が、僕の親衛隊に。

「え、なぜ……」

「わたくし、リオン様にお声をかけていただいて、目が覚めましたの！　いつまでもふさぎ込んでいてもしかたがない、と！　リオン様のおっしゃる通りですわ！　わたくし……、わたくし、元気を出します！　それで、それでリオン様のお役に立てるよう、頑張りますわ！」

「えええ……」

たしかに元気になってほしいとは思ったけど。でも、好きな子が自分の親衛隊に入っちゃうとか、ちょっとそれは……。

「その意気ですわ、ヴィオラ様！　しかしリオン様の親衛隊にあっては、肩書など無意味！　たとえ公爵令嬢であっても、一介の隊員として扱いますわよ、そのお覚悟はおありですか？」

ミリア嬢がキリッと問いかける。いや待って、ちょっと待って！

「もちろんですわ！」

ヴィオラ嬢が力強く頷いた。

「それでこそ、平民から高位貴族まで、あまねく公平なリオン様の親衛隊ですわ！　ぜひ、ビシバシご指導くださいませ！」

「よくぞおっしゃいました、ヴィオラ様！」

ミリア嬢が高らかに言うと、隣でゼノンも頷いた。

「うむ、そのお覚悟、俺も感服つかまつった！　ヴィオラ嬢を、リオン様の親衛隊員として認めようではないか！」

「なんでゼノンが認めているのですかっ！　認めるのは隊長である、このわたくしです、わたくし！」

ミリア嬢は怒鳴った後、こほんと咳払いした。

「……ヴィオラ様、このように、リオン様の親衛隊にあっては、誰もが平等です。ゼノンのような救いがたい脳筋であっても、どれほどコイツを追放したいと思っても……、リオン様が良いとおっしゃるなら、隊員として遇さねばなりません、誠に不本意ですが！」

ふう、とミリア嬢は息をつき、僕を見た。

「わたくしはヴィオラ様を、リオン様の親衛隊員として喜んでお迎えしたいと思います。……リオン様のお考えは？」

ミリア嬢に問いかけられ、僕は一瞬、返答に迷った。

学院に入学してすぐ、僕の親衛隊が出来た時、僕は何よりもまず先に、こう言った。

「僕は全員を平等に、公平に扱う。特別扱いはしない。それがイヤなら、親衛隊に入ることはしないでほしい」

余計な揉め事を避けるためには、そうしなければならないと思ったからだ。でも、ヴィオラ嬢に対しても僕はそうできるだろうか。他の親衛隊員と同じく、平等に公平に、どれほど近くにいても、決して特別扱いはせずに。……正直、自信がない。申し訳ないけど、適当な理由をつけて入隊は断らせてもらおう、と思ったのだけれど。

ヴィオラ嬢は、目をきらきら輝かせ、期待に満ちた表情で僕の返事を待っていた。僕の気持ちなんて気づきもしない、……けれどその嬉しそうな瞳に、僕の心はぐっとつかまれてしまった。ふさぎ込んでいた時の、あの悲しそうな目とはまるで違う、生き生きと輝く瞳に。

「……えっと、辞めたければ、いつでも辞めていいから」

気づいたら、僕はそう言っていた。ヴィオラ嬢が飛び上がって喜んでいる。

「よろしいのですか、リオン様⁉」

「うん。……これからよろしく、ヴィオラ嬢」

ちょっと素っ気ない僕の返事に、ヴィオラ嬢は嬉しそうに頷いた。

「ありがとうございます、リオン様！　これからよろしくお願いいたします！」

ああ……、もう、僕のバカ。これから卒業までどうしよう。大丈夫かなあ……。

「ま、平等に、というのは、在籍中に限った話ですがね。卒業してしまえば、そんな縛りもなくなりますから」

ミリア嬢が僕を見て、意味ありげに言った。……僕の態度ってそんなにわかりやすいかなあ、と思ったけれど、

「いいえ、俺は……わたくしめは、永遠にリオン様の下僕ですッ！　どこまでもいつまでもあなた様の下僕！　この剣に誓って！」

「まあ、ゼノン様」

ゼノンがいきなり剣を抜いて騎士の誓いを立てようとするから、そんな考えも吹っ飛んでしまった。ヴィオラ嬢は驚いたように声を上げ、ミリア嬢は額にピシッと青筋を立てた。

「校内で剣を抜く馬鹿がおりますか！　この脳筋がっ！」

騒ぐ二人に僕が思わずクスクス笑うと、隣でヴィオラ嬢も小さく笑っているのが見えた。

……まあ、いいか。ヴィオラ嬢が元気になってくれるなら。

いや、ヴィオラ嬢だけでなく、ミリア嬢、ゼノンに、他の親衛隊員たち。みんな、大切な僕の友達だ。……うん、みんなは僕の下僕だと言い張っているけど、友達だから。

みんなのために、僕も頑張ろう。大切なみんなが、幸せでいてくれるように。

嫌われ魔術師様の敏腕婚活係

＊本作は「小説家になろう」（https://syosetu.com/）に掲載されていた作品を、大幅に加筆修正したものとなります。
＊この作品はフィクションです。実在の人物・団体・事件・地名・名称等とは一切関係ありません。

2023年9月20日　第一刷発行

著者 ……………………………… 倉本 縞
©KURAMOTO SHIMA/Frontier Works Inc.
イラスト ……………………………… 雲屋 ゆきお
発行者 ……………………………… 辻 政英
発行所 ……………………………… 株式会社フロンティアワークス
〒170-0013　東京都豊島区東池袋 3-22-17
東池袋セントラルプレイス 5F
営業　TEL 03-5957-1030　FAX 03-5957-1533
アリアンローズ公式サイト　https://arianrose.jp/
フォーマットデザイン ……………………………… ウエダデザイン室
装丁デザイン ……………………………… AFTERGLOW
印刷所 ……………………………… シナノ書籍印刷株式会社